魅丽文化 花火工作室

她的悄悄话 2

Her whisper

锦橙 著

江苏凤凰文艺出版社
JIANGSU PHOENIX LITERATURE AND ART PUBLISHING

图书在版编目（CIP）数据

她的悄悄话. 2 / 锦橙著. -- 南京 : 江苏凤凰文艺出版社, 2020.12
ISBN 978-7-5594-5005-0

Ⅰ. ①她… Ⅱ. ①锦… Ⅲ. ①长篇小说 - 中国 - 当代
Ⅳ. ① I247.5

中国版本图书馆 CIP 数据核字 (2020) 第 110531 号

她的悄悄话. 2

锦橙 著

责任编辑 张 倩
特约编辑 夏 沅 余叮咚
装帧设计 苏 荼
封面绘制 小石头
出版发行 江苏凤凰文艺出版社
南京市中央路 165 号，邮编：210009
网 址 http://www.jswenyi.com
印 刷 湖南天闻新华印务有限公司
开 本 880mm × 1230mm 1/32
印 张 9
字 数 250 千字
版 次 2020 年 12 月第 1 版
印 次 2020 年 12 月第 1 次印刷
书 号 ISBN 978-7-5594-5005-0
定 价 39.80 元

目录 CONTENTS

目录
CONTENTS

第一章

路星鸣还是个人吗

小腚一瘫，小腿一翻，
凡尘俗世，与我无关。

时间只凝滞了五秒钟不到。

路星鸣放下书本，起身，凑到话筒前："阿姨，我是小路。"他说，"韩厉正在他云知表妹这儿呢。"

电话那头的韩母稍微停顿，笑了："云知怎么可能是韩厉的表妹，要是那样，不就乱套了。既然韩厉和云知待在一起，那我就放心了。"转而，她和韩厉说，"过两天我们要出去一趟，你老实些，别惹祸，省得你爸知道又训你。"

韩母像是有事，着急说完便挂断电话，留下三人大眼瞪着小眼，气氛再次陷入不安的焦灼中。

云知握着医用棉的手不由得收紧，僵坐在沙发上，始终没敢往路星鸣那个方向看。即使看不见他脸上的表情，云知也能感受到他投过来的视线，深沉又冰冷。

她手抖，抬了一下眼睫又很快垂下。

片刻后，路星鸣打破沉寂，嗓音里好似淬了冰："原来你们不是表兄妹啊……"他的尾音拖得很长，语气却极淡，看着云知说，"那我很好奇，什么关系能让你们这么亲密。"

两人又是上药又是打闹，时不时走动几圈看看对方，每当云知和路星鸣在一块时，韩厉还会"争风吃醋"。

路星鸣信任云知，所以没有多想，更没想过她会撒谎，也从未怀疑过他们二人的关系，可到头来还是被信任着的人深深欺瞒了。

他很生气。

人在气极的时候是不会表露出任何情绪的，如同现在的路星鸣，他的面色比任何时候都要平静。云知小心翼翼地向他看过去，触及他那冰冷的视线时，顿时低头。

她和韩厉的关系好像也没什么好隐瞒的，她张张嘴，说："我是他姑姑。"

"她是我表姐。"

韩厉的这句话和云知同时发出，两人一怔，面面相觑。路星鸣轻轻嗤笑一声，一副“我静静地听你们吹”的样子。

“他又胡说，我真的是他姑姑。”云知急了，为了让路星鸣确信，将字音咬得很重。

韩厉朝天翻了个白眼，不情愿地改口：“没错，她是我姑姑，亲的。”这句话配合着那吊儿郎当的神态与坐姿，怎么看都没有多少可信度。

除非他真的傻了，不然不会再被他们骗第二次，他越发觉得可笑：“你怎么不说她是你小姨？”

韩厉：“我妈是独生子女。”

这话题已经没办法再聊下去了。

路星鸣面色阴沉，两步上前，把云知手里的药瓶抽出来放在桌上，左手一拎，右手一提，拖拽着两人走到门前，毫不留情地把他们丢了出去。

关门前，他还不忘嘲讽：“祝你们姑侄俩相处愉快。”

砰！

发出的巨大响动让云知的肩膀一抖，耳朵被震得嗡嗡响。

韩厉脚踝带伤，被这么一甩，险些跌倒，踉跄几步才站稳，扯着嗓子对里面吼道：“路星鸣，你神经病啊？！爱信不信，不信拉倒，再说了，我们俩什么关系，和你有什么关系！”

隔着一道门，路星鸣不再压抑愤怒，简单粗暴地说了一个“滚”字。

韩厉敲了两下门：“我包还在里面呢。你给我拿出来，别想独吞我的可乐、瓜子、花生米。”

路星鸣才不稀罕他这点破玩意，将房门拉开一条缝，直接把黑色背包从里面丢到外面的地上。

韩厉捡起包，抱怨：“我这里还有薯片呢，你就不能温柔点啊！”

他叫嚷半天，里面的路星鸣已经不再理会，回复的只有沉默。

韩厉抱着包正要向云知索要房卡，她便先一步转身开门，他正要跟着进去，就被她堵在门口。

“韩厉，你回去吧。”云知小声嘱咐，“记得伤口不要沾水。”

她半垂着脑袋，睫毛遮挡住了一双眼，秀挺鼻梁下的樱桃唇被紧紧地含着，看起来格外低落和难过。

说完这句后，云知便轻轻关了门，徒留韩厉抱着一堆零食在门前呆滞。

他没吃饭，一脸伤，衣衫不整，脑中凌乱。

韩厉很蒙，这一个个又是怎么了，好端端的，他也没招惹谁啊。

韩厉想不通，看了眼手上的零食，最后委屈巴巴地耷拉下嘴角，一瘸一拐地转身离开。

深夜静寂，窗外无月也无星。

时针指向“11”，以往这个时候云知早就睡了，但是，今天她无心睡眠，脑中浑浑噩噩，一闭上眼，脑海中浮现的就是路星鸣不久前的神情——充满了冰冷的讽刺。

她越想越不好受，翻身拿起手机，点开路星鸣的头像，想说点什么，但是迟迟没有动静。等屏幕暗下来，她指尖点开，屏幕再暗下来，她再点，如此反复多次后，她深深吸了口气。

“我真的是韩厉的姑姑。”

她打下这句话，指尖在发送按钮上停留一秒，按下。

过了许久，云知才收到他的回复：“哦。”

简单的一个字，让人心里涩涩的。

云知忍下酸楚，指尖慢慢在键盘上移动：“我是私生女。”

那五个黑字平静地躺在输入框里，连同着上面的“哦”散发出凉意，就像是一把刀子，把她的尊严剜成了一块烂肉。

云知目光闪烁，逐字删除，按灭手机屏幕，侧躺在床上，再也没有动静。

她闭着眼，比起被路星鸣误会，她好像更害怕被他瞧不起。

她明明知道路星鸣不是那样的人，但骨子里的自卑不住地提醒着——她在泥污里，他在星辰上。

等高中毕业，各自离散，她会回去守着山院，伴随着山林鸟兽过完一生；而路星鸣会成为任人仰望的骄子，还会有貌美温柔、与他登对的妻子。

那时候他们又有什么关系呢？等到那时候，他又怎会在意这个小小的误会。

云知揪扯着身下的床单，明知如此，却忍不住难过。

外面好像传来响动，是开门声。

云知身子一颤，慢腾腾地从床上爬起，盯着看了一会儿后，情不自禁地下床走了过去。

门外，路星鸣穿戴整齐，正与人通话。

“小鸣，你爸心脏病犯了，你看你能回来一趟吗？”

路星鸣半眯着眼，喉咙里发出一道类似讥嘲的轻哼。

女人更加谨慎：“你要是不愿意……”

路星鸣“嗯”了一声挂断电话，似有觉察般地朝着这边看了一眼。

趴在猫眼上的云知心跳加快，她快速低头，屏息凝神，不敢发出任何动静。

门外的脚步声远去，他走了。

云知打开门，看着亮着灯的空荡的楼道，心底升起一股小小的失落。

路星鸣打车前往新悦华府，路途有些远，他戴着耳机翻找歌单。

第一首：《绿光》。

第二首：《备胎》。

第三首：《备胎都不是》。

路星鸣烦躁地摘去耳机，闭目养神。

沿路寂静，到达目的地后，他踏入那扇半年都没有进过的大门。

客厅金碧辉煌，路星鸣没有换鞋径直而入，然后在沙发上看到了妆容年轻、仪态整洁的后母苏婕。

她显然是打扮了一番，脸上精致无瑕，待路星鸣进来，立马起身迎上来：“累了吧，我让厨房熬了汤，你喝点，暖暖胃。”

“不用。”路星鸣冷淡异常，“他在哪家医院？”

话音刚落，路父的身影便出现在了目光尽头。

苏婕表情尴尬，声音干巴巴地解释：“你爸想见你，所以……”

路星鸣收敛视线，二话不说，当下要走。

“站住，刚回来，你又要去哪儿？”

路父在商场混迹多年，一脸威严，他长得和路星鸣不太相似，方方正正的国字脸，横眉冷对，看向路星鸣时满是厌恶。

“听说你成绩又下降了，你怎么就不能好好和你弟弟学学？！

“看你的德行，以后能有什么出息？！

“几个月不回家，翅膀硬了，想自个儿飞是不是！”

路父劈头盖脸的一顿责骂根本不给人招架的机会，路星鸣面无表情，这些话从小到大听过没有千遍，也有百遍，他的内心早就无波无澜。

“不能，没有，是。”

五个字，干脆地回答了那三个问题。

随即，路星鸣绕过他，上楼。

路父怔了一下，气息不稳，近乎咬牙切齿地说：“你看到了，他就是用这种态度来对我的。我养他，还不如养条狗，他当初就应该和他妈一起淹死！”

苏婕“哎哟”了一声：“哪能这样说，小鸣听到该多伤心。你冷静些，他好不容易才回来，别又把孩子气走。”

路星鸣脚步一顿，微微侧眸，路父背对着他，苏婕正在一旁安慰。

他能想象到父亲说这话时的神情，一定是颊腮抖动，五官狰狞，恨不得把他抽筋剥皮，生吞活剥。

可惜，“父亲”这个身份限制了他，让他只能一遍又一遍地在心底诅咒。

路星鸣低眸，眉眼淡淡的。

他不知道是不是每个父亲都无条件地爱自己的孩子，但他的父亲一定不是。

路父真情实感地憎恨着他和他的生母，直到有一天，他患有抑郁症的母亲再也无法忍受这日复一日的冷暴力，于是带他在一个夜里驱车投河。

那夜只有他获救，混乱的人群之中，站在最后面的路父是表情最为冷冰的一个。

从那天起，路星鸣就明白自己是个孤儿了。

——不是所有人都配有儿子的。

“哥，你回来啦！”

房门被打开一条小缝，路星泽小声地和他打着招呼，他未语。

路星泽比路星鸣小三岁，是他同父异母的弟弟。路星泽性格温润，懂事又聪明知礼，是被路家捧在掌心里的宝贝。当然，路星泽也从未让路父失望过，不管是学习，还是为人处世，都会做到最好。

面对着欣喜地和自己打招呼的弟弟，路星鸣较为冷淡：“怎么还不睡？”

“我在做一道题，哥，你能教教我吗？”

路星泽害怕路父听到，又害怕路星鸣拒绝，姿态放得极低，眼神更为小心翼翼。

路星鸣步伐停顿，转身进入房间。

屋内的书架上摆着密集的书本，墙角处有一个陈列架，上面陈列着大大小小的奖杯和奖状。此外，路星泽还把兄弟两人的合照放在床头，照片上的路星鸣不过十一二岁，眉眼之间透着阴郁。这是他们兄弟俩唯一的合照，路星泽很珍惜。

路星鸣拉开椅子坐下，拿起练习册翻了翻：“哪道题？”

路星泽又紧张又欣喜地说：“第三题。”

路星鸣扫了一眼，握笔在草稿纸上解题，路星泽坐姿很乖，眼神之中不禁流露出对兄长的崇拜。

路星鸣很聪明，尽管路父总是讽刺他烂泥扶不上墙，养他不如养一块叉烧。但只有路星泽知道他是真的聪明，不管什么东西，一学即会，对数字敏感，语言天赋也强过他人。小时候，他背着父亲参加过一次模型大赛，还获了奖杯，却被路父砸得稀巴烂；他还参加过少儿英语作文赛，拿到第一名后，路父质疑那不是他的水平。

当孩子的兴趣被父亲一次次扼杀后，他的心中也不会再有梦想。

之后，路星泽鲜少在家中见到他。

“好了。”

一会儿工夫，路星鸣就把解题思路写在了纸上，他不准备多留，正要走时，被路星泽叫住。

“明天韩家的人会过来。”

“嗯？”

“那天，我也是偷偷听到的，爸有意让你联姻，现在已经在琢磨联姻对象了。”

商业联姻是很常见的一件事，尤其路星鸣不受宠，让他以结婚的方式为集团谋取利益是他最后的存在价值。

路父作为一个商人，哪怕路星鸣是一张烂牌，也不会放弃。

“哦。”路星鸣的脸上没什么表情，敷衍性地应声后，推门离开。

路星泽对着他的背影看了好一会儿，才叹气地收回目光。

第二日早上十点，韩家父母带着韩祝祝准时登门。

韩祝祝穿着一条白粉色小礼裙，跟在韩母身后显得非常不乐意。待见到从楼梯上下来的路星鸣时，她整个人就像受惊的小鸟一样缩起头颅，看都不敢看他一眼。

“听说你生病住院了，没事吧？”韩父上前寒暄。

路父笑了笑：“不碍事，就是先前太累，现在已经恢复了。”

交谈之中，路父冲路星泽使了个眼神：“我们还有事要谈，你和你大哥带着祝祝去后花园玩吧。”

路星泽点点头，领着韩祝祝离开客厅，路星鸣转身跟上。

韩祝祝从小和路星泽玩得比较好，小时候每次被路星鸣惹哭，也都是路星泽哄好的。两人正有说有笑着，就见路星鸣一脸阴沉地过来。

韩祝祝神情僵住，慢慢地向后瑟缩。

“过来。”路星鸣语调平淡，无波澜的凤眼硬是被韩祝祝看出一丝锐利。

她硬着头皮：“干吗！我才不过去呢！”

路星鸣说：“有事问你。”

韩祝祝看了看路星泽，不自觉地往他的身旁靠：“你现在问，我耳朵没聋，能听见。”

“不过来是吧。”说着，路星鸣挽起袖子。

韩祝祝打了个寒战，再次想到小时候被他挂在树上的恐惧，当下马不停蹄地跑了过去。

“你上去把我的包拿下来。”这话，他是对着路星泽说的。

等路星泽离开，路星鸣才说：“我问你，韩云知是不是你姑姑？”

路星鸣思考良久，他想相信云知，可又信不过韩厉。

再说，韩老爷子已经去世，要是他真有个这么大的女儿，那么，说明……画面戛然而止，路星鸣头皮发麻，不想再想。

韩祝祝因为这个问题愣了半晌，想到那个凭空冒出来的姑姑，不觉间烦躁。

韩祝祝没有直接回答，打量路星鸣两眼，回想起他上次在医院的表现后，了然：“路星鸣，你这么在意这事儿，难不成……”

路星鸣一怔，俊眉紧蹙：“与你何干？”

韩祝祝梗起脖子，不怕死地说：“那她是不是我姑姑又与你何干？”

她心情颇好，得意扬扬：“我看你还是别想了，就你这性格，想也白想。”

路星鸣神色越发阴晦，韩祝祝总算找到一丝丝报复的快感。

“她和我哥关系比较好。”

姑侄关系，当然好。

韩祝祝故意把话说得模棱两可，就是为了让他胡思乱想，给他添堵。谁让他以前不干好事，老是欺负人。

那话说完，路星鸣便不再言语了。

见他沉默，韩祝祝不禁心慌，她会不会太过分了？

想着，韩祝祝小心翼翼地凑上前：“路星鸣，你没事吧？我也是实话实说，你……你可别生气啊，不关我的事。”

恰巧路星泽拎着路星鸣的东西过来，看见救星，韩祝祝飞奔而去，藏在对方的身后。

路星鸣眸中闪着晦暗不明的光，一把夺过路星鸣手上的书包，直接从花园的后墙离开。

路星泽失神一会儿，忙喊：“哥，你走了，爸又要生气！”

回应他的是少年潇洒离去的背影。

新悦华府是富人区，位于城郊，不好叫车。路星鸣徒步下山，给刘彪虎发送信息，让他接人，随即站在路边等候。

过了一会儿，一辆越野车过来。

车窗被人摇下，路星鸣抬眼一看，四个光头。

刘彪虎笑得眼都没了：“路哥这是又回家经历父亲的毒打了？”一边调侃，刘彪虎一边给他开门。

副驾驶坐着武晓松，开车的是他哥，后面是方正、方圆，还有刘彪虎，其中刘彪虎就要占据两个位置，三人往里面挤了挤，给路星鸣腾出一个位置。

等他上车，刘彪虎才说：“武哥的 KTV 开张，我们准备去捧捧场，路哥顺道一起呗。”

路星鸣像是块海绵一样被刘彪虎那身肥肉挤压，不爽快地踢他一脚：“你能不能减减肥？！”

刘彪虎：“我这肉是留下来过冬的，你不懂。”

武晓松：“他这肉全是用智商换来的，你不懂。”

隔着座位，刘彪虎上前去和武晓松扭打在一起，本来就显得拥挤的车厢因为闹腾的两人更是混乱不堪。

路星鸣的目光投向窗外，周身笼罩了一层看不见的隔阂，旁人的热闹、欢喜都与之无关。

好友见他心情的确不好，当下停止闹腾。

刘彪虎环住路星鸣的肩膀：“大好年华呢，哥开心点，你别这么伤春悲秋。”

“滚。”路星鸣再次踹开他。

大好年华怎么了？

大好年华就不容他这个青春期少年伤春悲秋了？

开玩笑。

武晓松大哥的店开在某条夜街，一群人先是四处晃了一圈，然后在八点左右前往 KTV。过程中，苏婕又给路星鸣打了电话，他一个未接，全部挂断。

KTV 里音乐轰鸣，灯光交错，呐喊声与尖叫声融合其中，热闹又喧嚣。

好友们勾肩搭背地在台上唱歌，路星鸣待在角落缄默无声地喝着饮料。

那饮料里好像掺了其他东西，入口先是甘甜，随后喉头涌出苦涩，胃部烧灼，酒气从下蹿至大脑，眼前霓虹的灯光晃动，人影叠加，双目逐渐迷离。

酒精上头了，路星鸣按着太阳穴，摇摇晃晃地起身，寻找到自己的背包后，拎起向外走。

夜空布上漆黑的阴云，惊雷响彻天地，银白色的闪电似两条蛟龙般闪过夜空，瓢泼大雨哗啦啦地向下掉。

雨势迅猛，冷气钻入后颈，路星鸣那被酒气熏了半天的大脑清明几分。

想吐，他弯腰，只呕出几口酸水。

路星鸣佝偻着腰，看着落地的雨珠，又看着大街上稀少的车辆，小心翼翼地把云知给的护身符从书包取下放在怀间后，顶着书包踏入风雨之中。

这场雨来得太过突然，令人猝不及防。

云知先把塞翁、失马送回去，又和李爷爷借了把伞，低身匆匆往公寓赶。

终于回了家，出电梯后，她却愣住。

视线尽头清晰地倒着一个人影，浑身是水，贴着墙角一动不动。云知握伞的手不自觉地收紧，轻轻地后退两步，警惕地看了两秒后，迈步上前。

“路学长？”她小心翼翼地叫着他。

路星鸣完全垂着头，头顶的雨水还没干，沾在额头的水珠缓缓下滑到鼻尖，米白色外衣皱皱巴巴地贴在身上，隐约印出身体的肌肉纹理，包扔在一旁，而他像昏过去一样没半点动静。

空气中隐约弥漫着酒气，云知闻了闻，慢慢在他的身前蹲下：“学长，你喝酒了吗？”

路星鸣指尖一动，抬头，猩红的一双眼看向她时，带着不加掩饰的幽怨、控诉。

云知失神，慢腾腾地向后躲避：“学长，我送你回去吧，你的房卡放在哪里了？”

路星鸣不说话，像是又没了意识。

云知没有办法，拉开他的书包在里面翻找。手机、钱包、纸巾、耳机，一堆乱七八糟的东西，就是没有那张房卡。

会不会在口袋？

云知悄悄瞄他一眼，咕噜一声咽了口唾沫，手指慢慢向他的口袋里伸。

上衣的两个口袋里都没有，云知又探向他的裤兜，手指头用力往里面摸索，越来越深时，手腕倏地被一只冰冷的手牢牢地握住，她的心猛地一跳，肩膀跟着抖了一下。

路星鸣眸似黑玉，阴阴沉沉的。

云知骤然意识到自己的行为太过唐突，正要将手抽离时，路星鸣先一步松手，闭眼笔直地倒在她的怀里。

云知条件反射般地伸手护住，他全身冰冷，呼出的气却是滚烫的，整个脑袋完全抵靠在她的胸前，没有丝毫攻击力。

云知睫毛颤动，凝滞住呼吸，手脚突然不知道往哪里放。

“那……”云知明知道他可能没了知觉，但还是认真地问，“我先带你回我家了哦？”

他没吭声。

“你不说话，我就当你是同意了。”

他又没吭声。

云知打定主意，弯腰抱起路星鸣，把他带进屋。

路学长很重，短短几步路，耗费她不少力气。

他身上落满雨水，于是云知暂时把他安顿在沙发上。自己家的那张沙发比不上他公寓里的宽敞，只见那修长的两条腿委屈地搭在沙发扶手上，他身体蜷缩，一条长臂完全垂在地面上，光是看着，就觉得不好受。

云知为路星鸣脱去湿漉漉的外衣和鞋子，找来一条毛巾，细心擦干那颗光头，紧接着是脸颊与脖子。

灯光打在他的脸上，云知发现他长得过于好看了些。

剃去头发后，少年眉眼里的英气完全显露，饱满额头下的一双浓眉则习惯性地皱着，长睫毛遮住那双充满凉薄的眸。云知像欣赏一件珍宝般，目光缓缓移动，他鼻梁高，人中长短刚好，连接着弧度精致、性感的唇。

云知歪头打量，握着毛巾的手指好奇地按了按那冰冷、轻轻闭着的双唇。

——软软的，像布丁。

她害怕被发现，着急忙慌地将手缩回藏在背后，紧张地打量路星鸣多次，见他没有任何意识，暗暗松了口气。

“冷。”路星鸣嘴里咕哝，双臂将自己紧紧地环绕。

他身上的湿衣服还没有换下，要是这样穿一夜，肯定要感冒。

云知正想把他那湿漉漉的T恤衫、裤子扒拉下来时，立马感觉不妥，顿时住手，摇头。

不行，路学长还是黄花大“闺男”，这样不好……

思索几秒，云知决定找十班的同学来帮忙。

她先打给刘彪虎，接电话的是一个陌生的男人，没等她开口，就说："虎子上头了，你有事明天打吧。"

云知又打给了武晓松，接电话的还是陌生的男人，依旧是同样的措辞："武松上头了，你有事明天打吧。"

云知疑惑，怎么感觉都是一个人的声音。

这次她打给了方正，对方宛如一个人形复读机。

"你好，方正、方圆都上头了，你有事明天打吧。"

啪嗒，电话被挂断。

云知对着黑掉的屏幕沉默。

她看了看路星鸣，咬咬唇，痛下决心联系韩厉。

"喂？"

话筒里声音嘈杂，云知被吵到，用手指堵住另外一只耳朵，不由得提高音量："韩厉，你现在在干吗？"

"和朋友在公寓，怎么了？"

云知犹豫着："你现在能过来一下吗？"她看着哆嗦成一团的路星鸣，嗓音低了一些，"路学长在我这儿呢……"

对面一瞬间安静。

"他……他晕倒了，我也没找着他的房卡。"

听她说完，韩厉咬牙切齿："韩云知，你能不能有点安全意识，哪有人把昏迷不醒的男人往家里领的，遇到危险怎么办？！"

云知嗫嚅："昏迷不醒的男人打不过我。"

韩厉沉默，这倒是，别说昏迷不醒，就算有八块腹肌的男人估计也打不过她。

韩厉起身踢开椅子："我马上过去，你离他远点。"

"哦。"云知乖乖应道，挂电话前急忙叮嘱，"韩厉，你来的时候带一套你的衣服，路学长全身都湿了，他一直穿着湿衣服，肯定会感冒的。"

我管他去死。

韩厉最终没把这话说出来，揣着手机独自离开。

雨来得快，去得也快，等雨停后，街边再次人头攒动起来。

韩厉当然不可能给路星鸣拿自己的衣服，他还嫌弃呢。

于是，他来到小区外面的一家服装店，随便选了一套男士穿的衣服结账离开。正要往云知那边赶时，他的注意力全放在了隔壁的女式内衣店，玻璃窗里，墙壁上挂满花花绿绿的女式内衣。

他挑眉，鬼点子霍地上来，径自走了进去。

买好东西，韩厉拎着大包小包来到云知这里，进门的第一句话就是："路星鸣呢？"

云知伸手一指，路星鸣蜷在沙发上半死不活。

"这人是喝了多少啊？！"韩厉隔着老远就闻到从他身上传来的酒气，鼻子嫌弃地皱起。

"学长好像发烧了。"云知满眼担心，"韩厉，你先给他换衣服，我出去买些醒酒药。"

韩厉想着干坏事，二话不说地点了点头，待云知走远，他对着路星鸣露出一抹邪笑。

呵，想当年路星鸣以多欺少揍了他一顿不说，还把他扒得只剩下一条裤衩子，害他出了天大的丑。

都说"不是不报，时候未到"，现在是该要路星鸣还回来了。

韩厉恶向胆边生，干脆利落地把路星鸣身上的湿衣服扒拉下来，将新买的粉红色睡衣换上，来回各种角度拍了好几张照片，这才心满意足地收手。害怕沾了水的沙发又弄脏那好不容易才新换的衣服，韩厉随意给路星鸣擦了擦身上的水，便直接扛起对方丢上床。

这时，云知买药回来，韩厉不动声色地说："我不计前嫌地给他换好了。"

云知在沙发上没看见路星鸣，视线一转，看到路星鸣好好地躺在床上休息，不由得杏眼一弯，踮起脚尖拍拍韩厉的光头，毫不掩饰地夸赞："韩厉真懂事！"

云知本来担心侄儿会趁机欺负不省人事的路学长，还担心了好久，结果是她多想了。她就知道，侄儿面冷心热，是个好孩子。

韩厉露出两排牙齿，心情更加舒畅。

云知并没有注意到路星鸣已经清醒，正半眯着眼不动声色地看着他们。待她走近，他又迅速闭眼，长睫毛遮住眸中的惊涛骇浪。

“韩厉，你帮我去厨房烧些水，我把这里收拾一下。”

韩厉心情正好着呢，没有抱怨，乖乖地进入厨房。

云知坐在床边，手心抵在路星鸣饱满的额头上，感受到滚烫的温度后，眉心拧了拧。

“韩……”云知正想喊韩厉倒水，手腕却被一双大手紧抓不放。

她被抓得疼，正要说话，余光忽地注意到被子下一抹突兀的粉红色。

鬼使神差般，云知伸手揪住那截粉红色，慢悠悠地往外一拽——粉红色睡衣。

云知紧盯着手上的女式睡衣，惊住。

路星鸣手臂一颤，对着那件衣物失神，眼底是明显的茫然、惊诧。

云知的嘴角慢慢向两边扬，在快扯出笑时，立马抿唇憋回去。她红着脸，在路星鸣惊愕的注视下拉开被子，一点一点地把那件睡衣顺着之前的方向揣了回去。

最后她别开头，只给他露出一只粉红色的小耳朵：“我、我什么都没看见。”

路星鸣默然，云知捂住双眼：“真的。”

路星鸣收手，起身抄起地上属于自己的东西，跌跌撞撞地拉门逃离，整套动作用了一分钟不到。

云知在床上维持捂眼的动作许久，透过指缝，看见路星鸣已经走了，地上还留着两件衣服，其中一个小小的护身符夹在其中。

云知上前把护身符收好，是干的，看样子，他保护得很好。

云知暗自收紧，那种自己珍贵的物品被别人小心保护的感觉让她心头感动。

“水好了。”韩厉端着折叠水壶出来，四下没看见路星鸣，“路星鸣走了？

“啊……嗯。”云知低头含混不清地应着，因为刚才发生的事情，她的脸到现在都还很红，害怕韩厉觉察，她敏感地避开他的目光。

韩厉神经大条，丝毫没有意识到不对，放下水壶，拿手机翻了翻刚拍的照片，挑眉选出其中一张给路星鸣发过去后，心情愉悦。

他仰头对云知说：“那我走了，你一个人注意点。”

云知轻轻“嗯”一声，送韩厉离开后，长呼一口气，随即坐在椅子上对着手上小小的护身符发呆。

她一夜未睡，恍惚持续到天明，直到路星鸣清早来敲门，才手忙脚乱地收拾好自己过去将门打开。

两人面对着面，距离很近，云知硬是没敢抬头看，死死地盯着脚边一块地砖。

他身上飘来清爽的味道，一如既往地冷冽好闻。

“我、我来拿东西。”头顶，路星鸣视线闪躲，声音冷冷清清的。

云知的眼神不安地乱窜：“拿……拿什么？”她结结巴巴，羞涩胆怯。

路星鸣气息紊乱，又想到昨天的事情，平静的脸上隐约裂开一丝尴尬，又很快收敛。

路星鸣像是什么事情都没有发生过，闭口不谈昨夜的一切，只是说：“护身符，它……它不见了。”

云知恍惚了一下，一拍脑袋想起，小跑着回屋把护身符从抽屉里拿出递还给路星鸣。

“给。”她红着脸提醒，“学长不要再丢了。”

“嗯。”路星鸣伸手，二人指尖有短暂的接触，彼此一愣，又迅速抽离，护身符没拿稳，直直地掉在了地上。

他们对视一眼，几乎是同时弯腰拾取，可想而知，两个人的脑门重重地磕碰在一起。路星鸣的头很硬，云知疼得发出呜咽声，缓缓地蹲地。

“没事吧？”路星鸣紧张兮兮地问。

“没、没事。”云知也紧张兮兮地回。

“我看看。”他蹲下，大手捧起云知的脸颊。

云知的过敏彻底痊愈，脑袋又变成了他最喜欢的“毛桃”，弯弯的两道眉，一双眼圆润晶莹，看着人时，带着天然的清澈、干净。云知比刚来时胖了点，脸蛋上的婴儿肥也更显几分，更……可爱了。

两人眼对眼，鼻对鼻，时间突然停止。

路星鸣不受控制地想要靠近，可是，就在此时，云知主动倾身，只听“咚”的清脆一声，她磕上了路星鸣饱满的额头。

这简直就是让人迷惑的行为，路星鸣蒙了半晌：“你在干吗？”

云知耳根涨红：“我以为你想和我碰一碰。”

路星鸣一噎，无奈地吸气。

算了。

他拿着护身符站起，准备去上学。

之后，两人自动屏蔽那天发生的尴尬，路星鸣不提，云知也不问。转眼到国庆假期，学生们纷纷离校。

云知不想几天假期都在家里，就想着留在李爷爷那里陪着他和塞翁、失马，顺便还能补课，提升成绩，没想到李爷爷的儿子突然带着妻女回来过节。没有办法，她只能和韩厉回家。

假期是企业最忙的时候，韩家父母为各种活动、会议忙得焦头烂额，留给三个小孩一大笔钱，让他们好好玩之后，就再也没露面。除了韩家父母给的钱，韩奶奶又给宝贝孙子、孙女买了礼物。

韩奶奶送韩厉的手表价值不菲，是某品牌为中国国庆特别设计的限定款，价格七位数；送韩祝祝的多是女孩子喜欢的裙子、包包，加起来也花了不少钱。

收到礼物后，韩祝祝迫不及待地跑去楼上试穿，韩厉不太喜欢戴手表，说了句“谢谢奶奶”后就放在了一边。

祖孙和睦，云知不想打扰，抱着书包默然回到房间做功课。她正专心解题时，韩祝祝没打招呼直接进来。

“喂，你看好看不？”韩祝祝对着云知转了个圈，肆意炫耀着一身行头。

韩奶奶毕竟是老人家，选的服装款式也是古板的基础款，粉红色的连衣裙到膝，腰部别了个夸张至极的蝴蝶结。她下巴微扬，得意扬扬地向云知展示着手腕上的珠宝。

云知秀气地拧了一下眉，她一个村里出来的，不懂时尚，但她觉得这种衣服款式并不适合韩祝祝。韩祝祝长得小家碧玉，应该穿一些清淡的颜色，珠宝对她来说也更显俗气，整个人看起来不伦不类。

云知害怕说实话让韩祝祝心里不好受，但要是不说实话，自己不好受，于是点头：“好看。”

韩祝祝还没来得及欣喜，云知又说：“不过不适合你。”

韩祝祝的笑容僵在脸上，跺跺脚，愤愤不平：“我看你就是嫉妒！你懂什么，哼！”说完，她仰起头颅骄傲地离开。

云知无奈地摇摇头，坐直身体继续做题，脚步声又从后面传来。她笔尖一顿：“祝祝，我做作业呢。”

“韩祝祝来过？”来的人是韩厉。

云知抬眸，他大大咧咧地占据了她的床，拈起果盘里的一颗葡萄往嘴里丢。

韩厉咽下葡萄，将一个盒子从怀中掏出丢过来：“喏。”

银色的小盒子方方正正，四边印有一圈精致的花纹，中间标记着品牌 LOGO（标志），她狐疑地打开。

盒子中央，精致的星星发夹静静地躺在里面。

云知的眼睛倏地瞪大，既惊愕又惊喜，她有些不确定地指着自己：“给我的？”

女孩欣喜的表情让韩厉不知如何应对，他本来就不是那种善于表达的人，此刻别扭到极致：“就……随便买的，你喜欢就戴着，不喜欢就丢那儿，反正没几个钱。”

韩厉料定奶奶会送他们礼物，也料定她会忽略云知，为了不让小姑姑难过，特意托方明的姐姐帮忙选的，是没几个钱，他爸妈给的那点零花钱全没了。

想到这儿，韩厉一阵肉疼。

云知如获珍宝般地把发夹拿出来，照着镜子在光头上比了比，特别开心地说：“好好看呀，就是可惜我没头发。”

“你留着长出头发戴嘛。”韩厉下巴抵在桌面，桃花眼中映着橘色的灯，“明天我和方明他们准备出去，你要不要一起来？”

云知摇头：“我还是不去打扰你了。”

韩厉撇嘴：“你都见过，也没什么打扰不打扰的，那就这么说定了，明天早些起来哦。”

韩厉伸了个懒腰，迈着步子闲散地离开。

云知对着门的方向张望许久，最后找出假发戴上，又把那枚小小的精致发夹别在侧边，别说，亮晶晶的，还真的很好看。

她抿唇，不禁笑得腼腆、欢喜。

韩厉说好带云知出去玩儿，云知嘴上说怕打扰，然而到真正出去这天还是期待的。

她特意起了大早，穿了条小白裙搭一件外衣，又戴上假发，最后宝贝似的把韩厉买给她的发夹戴在了头顶，发夹闪着光，衬着她的眉眼越发精致。

韩厉早已醒来，看到云知的装扮，浓眉上扬，突然觉得这钱花得值了。

结果，正要出门，他们就被韩奶奶拦住，旁边还跟着一个满脸幽怨的韩祝祝。

韩奶奶瞥了眼云知，面色不善：“你要去哪儿？”这话她是跟韩厉说的。

“出去玩儿啊，怎么了？”

“大过节的，你出去玩，把妹妹一个人丢在家里像话吗？”

韩厉不耐烦地掏了掏耳朵：“她不是要上钢琴课吗？之前又不是没带过她，她一会儿嫌我这个朋友不好，一会儿嫌那个人粗鲁，难伺候死了……”

“怎么说妹妹呢。”韩奶奶眉毛一横，“我看祝祝说得对，你那些朋友是应该少接触。”

韩厉朝天翻了个白眼，长呼一口气：“那您说，您要怎么办？”

“带祝祝一起去玩。”韩奶奶左右看云知不顺眼，哼了两声，“看场电影、逛逛商场，不比去那些乱七八糟的地方强啊。你要是想去找朋友，改日再去，今天陪妹妹。”说着，韩奶奶从钱包里抽出一张卡，“给，今儿买什么都算在奶奶头上。”

然后……韩厉很没出息地屈服了。

他前不久因为云知洗发水过敏而被扣了半年零花钱，爸妈昨天给的假期费用都被拿去买云知的那枚发夹了，现在可以说是身无分文、一穷二白。

“成，您是奶奶，听您的，今天我保证让你宝贝孙女开心，行了吧？”

接过卡，韩厉对韩祝祝勾勾手，韩祝祝瞬间眉开眼笑，扑过来挽住他的胳膊，又对云知偷偷做了个鬼脸当作挑衅。

韩厉给方明发了条消息，瞥了眼妹妹，瞅了眼姑姑，深深觉得这个国庆是过不好了。

想到云知没看过电影，韩厉决定先领着她们去看电影。

到达凌城最繁华的商场，他安顿好两人在影厅外的休息椅上坐下，独自去排队买票。

云知来凌城有小半年，这还是第一次来这种商城。

他们位于十楼影厅，旁边是奶茶店，楼下有服装店，也有餐厅，因为是国庆，人群熙攘，繁盛热闹。

她坐得安静，然而眼睛里的好奇是隐瞒不了的，只听韩祝祝嘲讽的话语从一旁传来："土包子……"

云知肩膀一抖，立马低头。

这时，韩祝祝站起身，云知急忙问："祝祝，你去哪儿？"

韩祝祝没好气地回复："洗手间。"

"那你快回来，小心别把我丢了。"商城过大，路连着路，半天也没见韩厉的身影，她担心一个人找不到，不由得对着韩祝祝叮嘱。

韩祝祝低声说"麻烦"，然后向洗手间走去。

去往洗手间的这条路上，人明显多了，韩祝祝走了走，扭头看看，见云知老实地在那儿坐着，就没再回头。

拐角处，几道熟悉的身影一闪而过，即使没看清两人的脸，韩祝祝也一眼认出那是她在学校的姐妹花。

韩祝祝没想到能在这里碰到好朋友，当下兴奋无比地追上去，准备给她们一个惊喜。

两人没有进入厕所隔间，站在洗手池前补妆，韩祝祝正要上前打招呼，突然听到她们的话头对准了自己。

"昨天韩祝祝在群里发的那条裙子，你看见没？真的丑得爆炸了！"

韩祝祝脸上的笑容缓缓收敛，呆立在门口没有进去，直直地盯着她们看。

姐妹花衣着靓丽，对着洗手池前宽敞明亮的镜子细致地涂抹唇膏，隐约传来的还有她们奚落的取笑。

"是啊，我也想说韩祝祝的衣品真的差，明明不适合粉红色的衣服，还偏偏爱芭比粉，简直辣眼睛。啧，每次违心夸她，真的别扭死了。"

"自己脾气那么差，也不想想我们为什么和她做朋友，记得她上次送我那条围巾，真的难看死了，我给我们家猫垫窝儿都嫌弃。"

"还有啊，她自己还是个天煞孤星，寄人篱下呢，有什么资格和我们取笑她那个姑姑。"

“就是、就是，上次我就想这样说了。没了韩家，她什么都不是，还敢对我们趾高气扬。”

两人补完了妆，话题又转到某个男星身上。

韩祝祝的脸蛋已经完全白了，垂下的手死死地紧握，两只眼赤红，发狠般地瞪着前面的姐妹花。

在她们要转身时，韩祝祝猛然惊觉，大步冲进去扯住一个小姐妹的头发，猛烈地嘶吼：“孟嫣然，你说谁天煞孤星！你有本事再给我说一遍！”

“祝、祝祝？”

刚刚还嬉笑着讨论的两人全然蒙了。

韩祝祝面容狰狞，手上一松，又撕扯住另外一人的衣裳，嘶哑的声音已带上哭腔：“你们凭什么这样说我？！嫌我送的围巾难看，那你别收啊！有本事把我给你们的包、珠宝，还有限量款的球鞋还给我！拿着我的好处，说我的坏话，你们要不要脸？！”

“韩祝祝，你疯了啊！我们说的本来就是实话，你以为谁稀罕要你的破东西，当初是谁没脸没皮地找我们做朋友的！你自己上赶着，还怪别人说吗！”

两人不甘示弱，挣扎着与韩祝祝扭打在一起。

她们闹出的动静太大，逐渐引来一群看热闹的人，里三层、外三层地围在门口，就是没人上前阻拦。

云知正在外面着急地等候着，始终不明白发生了什么事，直到听过路人说女洗手间有三个女孩子在打架，她才意识到不对，着急地拿上东西跑了过去。

哪怕隔着好远，云知也听到了从里面传来的哭声。

“你们厚颜无耻，等我回去就告诉我叔叔！”

这是韩祝祝的声音。

云知挤开人群走了进去，韩祝祝跌倒在角落，头发被扯下一大把，衣裙凌乱，满脸泪水。

在她面前的女生依旧拉着她的衣领不住地晃动：“你告！我这儿还

有你拍你姑姑的照片呢！还有你上次逃课去看演唱会的视频。你告啊！看看你叔叔会来找我们算账，还是找你这个侄女算账！”

韩祝祝的脸又白了，目珠一转，聚焦在门前的云知身上。她咬着牙别开头，硬是没主动求救。

已经有人去找保安了，只是保安半天没过来。

云知挤进来扯开两个女生：“你们别打了！”

她嗓音软，说起话来软绵绵的，没力度。

女生见突然冒出一个漂亮的女孩，顿时厌烦道：“你谁啊？少管闲事！”说着，女生将她狠狠甩开。

云知看了眼地上的韩祝祝，主动说：“我是她姑姑。”

韩祝祝深深地低头，女生一脸愕然。

她们在微信小群里见过云知的照片，被韩祝祝做成了表情包，滑稽又丑。

可是，面前的云知娇小玲珑，身段均匀，黑发下的脸蛋没涂抹任何化妆品，像是自带磨皮美颜功能，精致好看得一塌糊涂。

女生收起那对同性的小小嫉妒心，对着她嘲笑：“怎么，你还想替她做主啊，你知道她把你过敏的样子做成表情包了吗？她在背地里讽刺你，你还当烂好人啊？”

云知想了一下班级群里同学们经常发的各种表情包，忍不住好奇，问：“什么表情包呀？”

女生向韩祝祝冷哼，取出手机给云知看。

“真让人‘秃’然”“真让人头大”“被生活压秃了脑壳”。

数张表情包用的都是云知过敏在医院时的照片制作而成的，当时她光顾着难过落泪，现在看看，的确很有喜感。

云知指着几个表情包，兴冲冲地和女生打商量：“那个……这些表情包能发给我吗？”她掏出手机，“这是我的微信，你添加上我，麻烦发给我好不好？”

挺可爱的，她也想和同学们一起分享表情包。

女生一脸问号，像看神经病一样看着她：“你什么毛病啊？韩祝祝在羞辱你欸！”

“就是！你什么毛病！现在是要表情包的时候吗？！”

保安快来了，面对着众人的指指点点，回头再看镜子里自己狼狈的模样，韩祝祝咬咬唇，再也无法在这里多待一秒，忍着眼泪向外冲，云知急急忙忙地追了上去。

韩祝祝一直跑到商城负一层的地下停车场，确定无人后，才蹲坐在墙角哭，云知很快走到她的面前。

见云知过来，韩祝祝更加难过，不禁抱怨：“你不帮着我出气也就算了，你干吗还和她们加好友要表情包，她们打我，你看不见啊！”

韩祝祝越说越来气，眼泪又簌簌地往下掉。

云知很无奈：“你又没说让我帮你。”

“这还用人说吗！”韩祝祝吼得更大声。

云知鼓了鼓脸蛋，理所应当道：“当然要了。如果我帮你，回头你们再和好，又骂我怎么办？”吃力不讨好，她又不是傻子。

“你……”韩祝祝哑然，喉咙像卡住一样。

她抽抽鼻子，环着膝盖背过脸说：“不会和好了……”说着，她埋下头，小声哽咽着。

她哭得伤心，自尊心受到剧烈的创伤。云知一直看着，好半天才蹲过去，用手指头拉了拉她的袖子。

“干吗啦！”韩祝祝哭声沙哑，“你别想着安慰我，我才不稀罕你安慰。”

“我没想安慰你，我就是想说你能把表情包发给我吗？”云知眼巴巴地瞅着她，满脑子想的都是刚才那套表情包。

平常班级微信群里斗图，她只能发系统自带的，上次发了一个小黄人微笑打招呼的表情，还被骂了，说她讽刺人，一点都不尊重同学。

云知特别委屈，她哪有不尊重人啦，还有上上次和同学们发“再见”，又被说她嘲讽人。

后来，她才知道，那几个都是骂人的意思，城里人可真难理解。

韩祝祝似卡带一样，哭声骤停，抬头婆娑的泪眼中带有诧异："韩云知，你这个人怎么一点同情心都没有，你不安慰我就算了，竟然还想着要表情包！"

"啊……嗯。"

她竟然还"嗯"！

韩祝祝嘴角耷拉，觉得自己一定是世界上最可怜的小孩："你当然不会有同情心了，你根本就不懂，你又没……"

韩祝祝正想说"死爹妈"时，对上了云知清澈黝黑的瞳孔，她停下，突然想到云知真的死了爹妈——死得还比她的爹妈早一点。

韩祝祝话头一转："从小都是奶奶照顾我，她觉得自己买的裙子好看，她就是觉得女孩子穿粉色好看，我要是不穿，奶奶难过怎么办？她们凭什么那样说我！凭什么说我是天煞孤星！"

韩祝祝又生气又悲伤，可是，云知像个没有感情的机器人一样，始终不为所动。

在这种气氛下，韩祝祝总算哭不出来了。她擦干眼泪，取出手机："我扫你微信，发你表情包。"

云知眼睛唰地一亮，把事先就准备好的二维码递了过去。

韩祝祝心底沧桑，这人是真的没有感情。

图片被一张张发过来后，云知喜滋滋地保存，随便找了个人发送其中一张。

"小腚一瘫，小腿一翻，凡尘俗世，与我无关。"

这张是她跷着腿在病床上的时候，最为喜感。

结果，没乐两秒，云知就发现发错人了，她竟然发给了路星鸣。她本来是想着发给韩厉的，她慌了神："祝祝、祝祝，这个怎么撤回啊。"

韩祝祝冷哼："不告诉你。"

云知正着急着，路星鸣发来回复，是一个问号。

云知知道，当他发问号时，不是对自己有问题，而是觉得别人有问题。

事到如今，云知只能硬着头皮又发过去一张表情包。

云知：大大的脑袋有大大的问号。

路学长：脑子坏掉了？

云知：脑子坏掉了。

看样子，这人的脑子是真的坏掉了，但别说，她过敏时的大脑袋真的挺可爱。于是，路星鸣一一保存，并且添加到了“最爱表情包”的一栏里。

路学长：你在干吗？

云知看了眼韩祝祝，老实地没有隐瞒：我和侄女在一起被人打了。

她漏了一个标点符号和一个“她”字，正想着重新打字，就见路星鸣发过来两个字：位置。

云知发了个定位：你要过来呀？

废话，他肯定要过来，还要带着一群人过来。

路星鸣说了句“等我”后，便招呼着刘彪虎等人前往商城，准备给小假发那不知从哪里冒出来的可爱侄女出气。

云知歪歪头：你也要来玩吗？

对方没有回应，云知放下手机，发现韩祝祝一脸幽怨地看着她。

忙着和路星鸣聊天的云知总算有了一点点不好意思。

“好、好啦。”云知放下手机，拍了拍韩祝祝的肩，“其实也不是什么大不了的事。”

韩祝祝背过身：“没发生在你的身上，你肯定觉得没什么大不了。”

云知目光闪烁，轻声开口：“我小时候都是在山里和师父生活的，第一次下山是三岁，他们造谣我的身世。”云知一顿，“有几个年纪大点的孩子听后，开始效仿故事书里的情节，要把我捆起来沉江，别人来救时，他们乐呵呵，竟说只是为了好玩，不觉得自己有什么不对。”

说者轻描淡写，听者心神震颤。

对韩祝祝这种在大城市长大的女生来说，她永远不会理解封闭的大山里的迂腐与黑暗，只觉得玄幻、惊愕。

云知经历过所有的不堪与咒骂，她当然有不甘过，也当然痛苦过，更为师父因她所遭受的非议而无助地咒骂，但是又有什么用呢？人类的喜怒无法共通，别人永远不能对你所经历的悲惨感同身受，说出去只会给他人增添一点茶余饭后的笑料罢了。

云知渐渐明白，于是舍弃流言蜚语，学会善待一切。

“我师父说过，人在世上，一百个人里面会有八十个人不认识你，有十个人讨厌你，有三个人憎恶你，有五个人想看你笑话，有一个人想和你做真心朋友，还有一个人……最爱你。”

韩祝祝的下巴抖动，眼泪不自觉地往下掉。

云知看着她说：“所以，你没必要为了憎恶你的人难过，就像你讨厌我时，我从来都觉得无所谓。”

云知的眼泪只给爱的人，笑容更要给爱的人。

师父说，茫茫世界亿万人口，总会有一人从尽头而来，包容你的苦难，拥抱你的黑暗，予你余生光明。而在这之前，要先经历那九十八人，你才会遇到最爱的那个人。

韩祝祝发泄一番后，总算停止了哭泣。她现在很狼狈，头发散乱着，裙子系带被扯开了，脸上、脖子上均是红色抓痕，除那些指甲印有些多之外，倒也没什么太大的伤痕。

电话铃声响起，来电显示是韩厉，云知瞥了眼韩祝祝，背过身去接。

“我说你们这是在哪儿呢？！”韩厉抱怨，“电话也不接，短信也不回，别是丢下我跑了吧？”

韩厉好不容易买好了票，回头再看，两人全都不见了，电话打不通，发消息没人理，如今电影快要开场，他拿着票孤苦无依地站在外面，凄凄惨惨，就是等不见人过来。

云知说：“我们马上过去。”

“那你们快点。”韩厉催促，挂断电话。

云知收好手机，转过头去看韩祝祝，她还处于被打击之中，哭过的两只眼睛像核桃一样，又红又肿。

“韩厉叫我们了……”云知小声提醒。

韩祝祝揉着眼从地上站起，通过某辆车的窗户玻璃，看到自己现在的模样，怔了怔后，把头发扎好，随便整理了一下系带，低低地说：“我回家了。”

云知歪头，韩祝祝神情失落地说：“你和我哥玩吧。”她现在这个样子，走出去实在让人笑话。

韩祝祝自顾自地用软件叫了辆车，失落地踱入电梯中。

云知急急忙忙跟上：“那你哥问起来……”

“你就说我肚子不舒服，回家了。”知道的都会懂是怎么回事。

云知缄默，见她情绪实在不佳，于是也没有挽留，但还是犹豫地问：“你一个人可以吗？”

韩祝祝蔫乎乎地颔首，电梯抵达一楼，她低垂着头离开，背影很快消失在视线尽头。

在电梯门合上的瞬间，路星鸣自外面走来，好巧不巧地与韩祝祝擦身而过。

“路哥，云姐在几楼来着？”刘彪虎在一旁说。

路星鸣抬眸看层数，说：“十楼。”

武晓松摩拳擦掌：“竟敢欺负我们云姐，我肯定要他好看！”

路星鸣睨他一眼，没说话。

电梯一下来，几人挤入，待到达十楼后，又气势汹汹地杀了出去，环视一圈，寻找云知的身影。

假日期间到处是人挤人，他们一边走，一边找，最后在电影院门口，刘彪虎看见了他们班的吉祥物。刘彪虎眼睛一亮，正要抬手打招呼时，又见她身旁还跟着一位，于是定睛一看，可不就是东区那个小阎王。

刘彪虎一头冷汗唰地下来，眼睛小心翼翼地朝路星鸣的方向瞟。

他正仔细找寻着另外一旁，显然是没注意到这边。

刘彪虎背过身，借着自己又胖又壮的身体优势，直接挡住了后方视线，紧接着揽住路星鸣的肩膀："路哥，这边没人，我们还是去楼下找找吧。"

路星鸣甩开刘彪虎，低头打通云知的电话，熟悉的铃声于不远处响起。

路星鸣按了挂断，倏然眯眼朝着所在的方向扭头，刘彪虎没拦住，被他看了个正着。

在喧闹人群的那头，韩厉皱眉弯腰，嘴唇上下动着，像是和她说着什么。小姑娘微微仰头，黑色假发包裹着小脸，佩戴在侧边的发饰很衬她的眉眼。

路星鸣不怎么关注时尚品牌，但是，那天刚巧瞄见她头上戴的发饰出现在某个明星头上，微博博主说价格五位数，以她的贫穷程度，肯定买不起，也不舍得。

所以……他直直地盯着韩厉，眼中没有温度。

——肯定是他送的。

路星鸣的视线转移到云知的身上，她小脸白白净净，杏眼亮闪闪，全身安好，哪里像是被人打过的样子。

至于侄女……

路星鸣目前没有发现长得像"侄女"的人。

云知令他失去神志和应有的智商，不由自主地脑补了一出狗血言情剧。

韩厉给云知送礼物，又用云知的手机骗他出来，目的就是故意炫耀，让他嫉妒！

这个人的心真是忒坏了！歹毒如此，恐怖如斯！

路星鸣平静的面容之下暗潮涌动，他将情绪掩饰得很好，以至于让他人一点也看不出他现在是喜还是怒。越是如此，刘彪虎越觉得慌张。

"路哥。"刘彪虎小心翼翼地叫他，"云姐好像没事，我们要不走吧？"这么大的商场，要是打起来就麻烦了。

路星鸣的声音淡淡的："来都来了，哪有走的道理。"说着，路星鸣走了过去。

云知还在奇怪着那个被突然挂断的电话，正犹豫要不要拨回去时，韩厉的表情发生了微妙的变化，他看着前头，眉头拧着，一脸不善。

“怎么啦？”

韩厉不语，依旧盯着前方看。

云知眨眨眼，狐疑地回头，目光定住，随即盈盈浅笑：“你来啦，路学长。”

“嗯。”路星鸣颔首，瞥了眼韩厉后，突然问，“要不要一起去看部电影？”

云知瞥向韩厉，张嘴正要拒绝，就被韩厉拉在身后。他一脸怨气：“想和她看电影？你做梦吧！”

狠话刚放完，韩厉就被刘彪虎几人拖拽住双臂，刘彪虎一个顶俩，更别提还有一对学空手道的双胞胎助阵。

“喂？你们什么意思！快放开我！”韩厉怒从脚底生，奋力挣扎起来。

几人不为所动，由着他做无谓的抵抗，最后武晓松过去，把那新买的几张电影票从韩厉的裤兜里揪扯出来送到了路星鸣的手上，谄笑：“路哥好好玩，这小子我给你盯着，保证他不打扰到你和云姐。”

韩厉怒骂：“你们还是人吗！”

“抱歉了，厉少，在你面前，我们不准备当人。”武晓松一抬手，架着韩厉疾步进入电梯，把空间留给了路星鸣和云知。

他们走后，空间好像瞬间宁静了下来。

两人大眼瞪着小眼，谁都没有开口打破沉默，气氛隐约尴尬起来。

路星鸣轻咳一声别开头，攥紧电影票，低哑着嗓音：“电影要开始了，我们先进去吧。”

“可是……”

“一张票很贵的，不看，太浪费钱。”路星鸣开口。

云知挠了挠头顶的小假发，跟在了他的身后。

检票入场，进影厅后灯光开始变暗，她在后面看着他的背影。

浅蓝色的光线在少年的肩头流转，他睫黑如墨，脖子的线条修长好看，肩宽腰窄，脊梁挺直，外搭的黑色大衣更显得他身高腿长。他们的位置在五排正中间，入座时，他扫了眼票上的电影名字——《萌犬向前冲》，看起来是一部关于狗狗的卖萌电影，小假发肯定很喜欢这种类型的片子。

这部电影讲述了一只名叫小八的金毛犬从小到老的故事。它是一只陪伴犬，但它不温驯，不听话，调皮捣蛋，难以管教。之后，工作人员将一岁的它送往军人疗养院，这里住的都是因伤退伍的残疾军人，他们嫌弃它不懂事，一度想要送它离开，但因为种种又打消了念头。

终于，小八十二岁，它已经老了，在疗养院要关闭时，大家决定替小八找一个好人家，小八似乎听到了他们的对话，在临走前的雨夜里，睡在疗养院后面的柳树下，再没有醒来——那是它初来时所待的地方。

这是一部标准的温情催泪片，剧情里的金毛犬简直就是和塞翁一个模子刻出来的。

路星鸣对这种片子没什么感觉，全程面无表情地看完，倒是其他观影的女生都哭惨了，尤其是云知，从电影后半场到电影散场，眼泪就没停过。

她哭得抽抽搭搭，上气不接下气，路星鸣把纸巾一张接着一张地往她那儿送。

两人已出了影厅，云知继续坐在外面的椅子上哭。她悲切，不知道的都以为路星鸣欺负了她，各种眼神频频往他的身上送。

路星鸣头皮发麻，蹲身仰起脸："别哭了。"

云知哭得眼红、脸也红，就连鼻尖都是红红的。他用纸巾擦擦她的眼泪，去旁边买了一瓶水递过去。

喝过水后，云知情绪好转，想到电影结尾，又是一阵意难平，不禁低声嗔怪："都怪你，干吗带我看这种电影……"她每说两个字，就抽搭一下。

路星鸣暗骂了一声韩厉后，附和地应下："是，都怪我。下次我们看开心一些的。"

云知吸了吸鼻子，点头。

她哭累了，开始犯困，揉了揉酸涩的眼后，说：“我要回去了……”

见云知的状态确实不好，他送她到楼下，又亲自拦了一辆车，待车远去后，才重回商城，准备去找韩厉算账。

几人正在某个烤肉店里大快朵颐，韩厉被刘彪虎夹着坐在墙角，面前的筷子一下没动过。他脸很臭，见路星鸣从人群中走来，他目露凶光，正要拍桌而起，就被刘彪虎压下。

韩厉忍着怒火，对着路星鸣咬牙切齿：“路星鸣，你无耻！”

“你去那边。”路星鸣踹了踹刘彪虎。

路星鸣坐下后，脱去大衣，他里面穿了件米白色的针织衫，衬得眉眼清冷贵气。

两人明明都是光头，路星鸣却像是正义凛然的警察，而韩厉就如同被羁押的犯人。

路星鸣倒了杯饮料，敬过去：“韩厉，我们打个商量。”

韩厉：“你先让我打你爹一顿，我们再商量。”

路星鸣一琢磨，觉得也不是不行：“我爸住在新悦华府 3 排 21 栋，公司地址也可以给你，你什么时候去？”

韩厉喉头一哽：“浑蛋。”

路星鸣笑了，好哥俩似的揽上韩厉的肩：“只要你把照片删了，你做的事，我就既往不咎。”

韩厉厌恶地躲避着他的胳膊：“你快给我松开！再不松，我报警了！”

话一出口，四面八方的客人都看了过来，两秒后，都移开视线。

武晓松挤眉弄眼：“厉少，‘自首’使不得。”

“滚。”韩厉骂。

路星鸣叹息，手指开始向下摸，韩厉挣了半天，最后还是被他掏出钱包。他从里面抽出几张红色钞票丢给刘彪虎：“结账去。”

韩厉心痛欲裂：“路星鸣，你土匪啊！还给我！我就那五百块了！”

不是假话，他真的就那五百块了，数张银行卡被冻结，花呗欠账，借呗没还，要是那五百块都没有，可真要沦落到坐三轮车回家的地步了。

眼看没有希望，韩厉扯着嗓子喊："给我留五十块打车！"

"给你留了一百，不谢。"

韩厉把钱收好，狠狠地瞪了几人好几眼。

见差不多了，路星鸣又拽着韩厉站起。

韩厉连挣扎都懒得挣扎，老老实实地跟着他们走。他是不甘心，可打又打不过，跑又跑不了，除了认命，还能怎么样。

韩厉没好气地说："要打还是要杀，你能不能痛快点？"

话音刚落，路星鸣就停下了脚步。

韩厉抬头，冷汗唰地流下来。

——角色扮演服饰店，新上水冰月服装。

路星鸣还是个人吗？！

第二章
心情好

他是很疼她，
打疼的。

回韩家后，云知和李爷爷通了一个视频，他的孩子也在，笑着和云知打了声招呼。

一家子都是温柔的好人，从面相就能看出来。

李爷爷问了云知的学习情况，又嘱咐她照顾好身体，最后招呼塞翁、失马过来。

两条狗先是对着视频里的云知歪歪头，意识过来后，鼻孔直接凑到镜头上，还不住地哼唧哼唧着撒娇。

失马激动地翻过肚皮，狗狗好像在奇怪云知为什么不过来摸它，眼睛里写满茫然、失落。

“我过两天就去看塞翁它们，爷爷，你也要照顾好自己。”

挂断电话后，又对着塞翁、失马的照片看了好久，云知那颗被电影伤害到的小心灵才得到短暂的治愈。

不过，动物真的好可怜，云知趴在桌上蔫乎乎地想。狗狗的平均寿命是十三年，像电影里的警犬种，每受伤一次，就要透支一次生命。如果有一天塞翁、失马像小八那样离开，她一定会难过死，还有山里的大黄，它也老了。

她正沉思着，门被敲了敲，估计是韩厉。

“进来。”

“喂……”

云知肩膀一僵，不可置信地看着她：“你竟然会敲门啦？”

韩祝祝脸色变了又变，语气不爽：“你这是什么话，说得好像我以前都不敲门一样。”

云知：“你以前是不敲门的呀。”

韩祝祝沉默。

“找我有事吗？”云知歪头看她。

她脸上的指甲印都被化妆品盖住了，身上的没露出来，加上韩奶奶眼神不好，硬是没看出不对，这也让她免去一顿盘问，能好好在房间里独自冷静一下午。

韩祝祝神色纠结，最后慢悠悠地上前："我问你，我那条裙子真的不好看吗？"

云知怔了一下，见她脸色难看，估计还是在意这件事，于是点头："不好看。"

"哦，我知道了。"韩祝祝一屁股坐在了床边，"那你说我明天宴会穿什么好？"

"宴会？"

"路星泽的爸爸要过生日，邀请了我们，不过，叔叔不在，只有我和婶婶去。"韩祝祝想到云知可能不知道路星泽是谁，特意解释说，"路星泽是路星鸣的弟弟。"

云知眼睛一亮，总算有了兴致，兴冲冲地问："路学长还有弟弟呀？"

"路学长"这个称呼让韩祝祝撇了一下嘴："嗯，同父异母的弟弟。"

同父异母……

云知拧眉："那学长的妈妈呢？"

韩祝祝双手托着脸："早就去世了。"

路家这些事早就尽人皆知，也没必要隐瞒，韩祝祝便对着云知一齐说了："好像是十月份吧，她妈妈带着路星鸣冲进了凌城的守心湖，救援队来的时候，只拉上来路星鸣。"

韩祝祝曾经看过一次路星鸣生母的照片，那是真正的美人，名字也好听，叫柳意。

韩祝祝听奶奶说过几次，听说柳意是那个年代的第一名媛，和路家是商业联姻。她喜欢路父，路父不喜欢她，一来二去的冷暴力让这个本就敏感的女人彻底失控。奶奶说，许是害怕孩子留在人世受苦，所以她才带着路星鸣一起走，万万没想到……最后年幼的儿子从鬼门关里爬了出来。

想到小时候路星鸣那双阴鸷的眼，韩祝祝不禁打了个冷战，拉住云知的袖子："喂，你是不是和路星鸣是朋友啊？"

云知走出先前的震惊，又陷入新一轮的迷惘。

她和路星鸣……算是朋友吧？

“这有什么难回答的，是就是，不是就不是。”韩祝祝努嘴，“他上次还问我们的关系呢。”

这让云知想不到，她道：“他问你？”

“是啊。”韩祝祝点头，“我说你是我哥的人。”

回想起这件事，韩祝祝发自肺腑地开心起来，她看不惯路星鸣，他吃瘪，她就高兴。

云知生气了，脸一沉：“祝祝，你太过分了，你……你怎么能这样说！”

她就说学长后来怪怪的，原来是因为有人在后面添油加醋。

韩祝祝冷哼：“活该，谁让他以前欺负我。”

云知起身，刚想着把韩祝祝赶出去，再找路星鸣说清楚时，韩祝祝突然抬起头：“明天你要不要一起去宴会？”

云知茫然：“我去做什么？”

“路叔叔好像要给路星鸣在生日宴上相亲，你不想去吗？”

云知愣了一下：“相、相亲？”

“是啊，商业联姻。”

云知挠挠头，这个词汇对她来说太过“狗血”，感觉只有在电视剧里才经常听到。

“你不去的话就算了，既然你不去，我也不去了。”宴会上，她肯定会遇到各班级的同学，孟嫣然她们肯定也会在。

今天这事儿一发生，韩祝祝立马被踢出她们的微信小群，想也知道那两个人肯定要四处说她。

韩祝祝只有她们两个朋友，平常那种场合都是和她们一起玩，如今闹掰了，她也没心情过去。

“我去。”云知紧紧握拳，眼神笃定，“我要去找路星鸣。”

云知不知道以后会发生什么，也不清楚他们会走到哪一步，但是，她想对路星鸣好一点，再好一点，就从现在开始。

韩祝祝没再多说，起身离开时，突然扭头，语气若了不少：“你……你的那些表情包，我只在闺密群发过，其他人不知道。”

韩祝祝抿着唇，眸中有深深的落寞，她本来以为交到的是很好的朋友，所以掏心掏肺，什么都和她们说，自己讨厌谁、喜欢谁，毫不隐瞒，毫不避讳。

韩祝祝突然意识到她在别人眼里也没有高贵多少，她嫌弃云知是无父无母的扫把星，她又何尝不是被别人所厌弃。

拼命忍下眼泪后，韩祝祝静悄悄地回到了自己屋。

韩奶奶在生日宴这天刚巧要出去打牌，韩祝祝顺理成章地和韩家父母提出带云知一同去宴会的请求。

韩母想着有人和韩祝祝结伴也挺好，毫不犹豫地点头同意。

去宴会要穿礼服，韩母先前给云知买了几套小礼服，可是她一次都没有穿过。

“这条吧。”

把衣柜里的衣服看了一圈，韩母拿出一条白色小礼裙，裙子及膝往上的位置，细细的系带系在腰间，点缀在上面的花纹让整体显得不那么单调。

衣服穿好后，韩母又为云知化了淡妆，最后在嘴唇上涂了一层轻薄的水红色唇釉。

她稍微整理好云知的假发，将拎包递过去：“走吧。”

“嫂嫂。”云知略显忐忑，“要是他们问起来，我……”

韩母一笑：“我们是客人，别人不会太注意你的，到时候你一直跟着祝祝就好，等送完礼物，我们就回来。”

云知点头，忐忐忑忑地随着韩母下楼。

韩祝祝已经准备好了，她一改以往的装扮，换了身极素的礼服，珠宝首饰一件没戴，看起来秀雅青涩，和其他十五六岁的小姑娘没什么两样。

——

“我们走了，韩厉怎么办？”

“他从昨天晚上回来就不对劲，不用管他。”

说着，韩母领着两人前往宴会会场。

宴会举办地在路家的葡萄酒庄里，他们到的时候，门外停了不少车辆，韩母出示邀请函，一左一右地牵着她们去打招呼。

随后，云知见到了路星鸣的父亲，还有弟弟。

路父和路星鸣长得并不相似，他看了眼云知，似乎觉察到了她的身份，收回目光，招呼路星泽过来带两人去玩。

路星泽温润知礼，笑时脸上有酒窝，和路星鸣的性格截然相反。

云知没来过这种宴会，害怕闹出笑话，一直安安静静地跟在韩祝祝的后面，时不时小心抬眼打量四周，在茫茫的人群中找寻路星鸣的身影。

庄园金碧辉煌，头顶的法式大吊灯在地板上折射出闪亮的光芒，来宾很多，有几张面孔常在电视上出现，在这杯盏交错的陌生世界里，云知始终没有看见那张熟悉的脸。

她垂眼，忽然生出几分失落。

此时韩祝祝瞥她两眼，拉住路星泽，压低声问：“你哥呢？”

“我哥不来。”路星泽说，“我哥和我爸关系不好，你又不是不知道。”

韩祝祝挠挠头：“那你再给你哥打个电话，你就说韩云知在。”

路星泽一愣。

“喏，都成望夫石了。”韩祝祝不由得讥讽，“看样子，你哥上辈子也不是坏事做尽、恶贯满盈。”

不过，这话也只敢背着路星鸣说了，等他真的过来，她跑得比谁都快。

路星泽去打电话，云知蹲在角落里眼巴巴地瞅着路星鸣的朋友圈看。

他昨天发了张自拍照，配上文字：“心情好。”

云知的指尖轻轻点了点屏幕上路星鸣的眉眼，正要关闭手机时，突然看见他身后有一个熟悉的影子，好像是……

云知定睛一看——韩厉？

她将图片放大多倍，那个小点慢慢变大，也不知是不是她的错觉，她总觉得侄儿穿的好像是女装。

她正恍惚着，韩祝祝过来拉起她，语气不满：“你干吗蹲在这儿，多不好看！”

韩祝祝四处环视，见没人注意后，长舒一口气。

说话间，几道熟悉的身影忽地出现在视野之中，韩祝祝视线追随，那两人可不就是她的前姐妹花，如今正和新结识的朋友说笑着。

她们好像是往后厅去，韩祝祝松开云知，自己一个人偷偷摸摸跟了过去。

几个女孩正在后厅的茶室里吃点心，韩祝祝没进去，贴在墙角偷听她们讲话。

“等假期结束去了学校，我肯定要韩祝祝好看。”

“算了吧，嫣然，别闹得太僵。”

“她那天把我的后背都挠出血了，果然是有人养，没人教。”

几人阴阳怪气地损了一顿韩祝祝后，话头一转：“对了，那天我爸给我看了路星鸣的照片，他长得还挺好看的。”

旁人暧昧地推了推她：“听说路董事长正给他相亲，你喜欢的话，可以去试试看。”

孟嫣然低头，一脸娇羞。

韩祝祝面容扭曲，指甲狠狠地抓上墙壁，她忍着气，给路星泽发消息催促：“你哥是不是要到了？让路星鸣直接来后厅茶室，就说他再不来，就成别人的未婚夫了。”

接着，她又给云知发消息：“让侍应生带你来后厅茶室，路星鸣会到这儿来的。”

发完消息，韩祝祝把手机往兜里一揣，狠狠地推门而入。

她动作粗暴，颇有几分韩厉的架势，惹得屋里的几个女孩齐齐扭头。

见是韩祝祝，孟嫣然嗤笑一声：“怎么，你又来找我们打架？”

“不是。”韩祝祝仰头，“我是来摧毁你那愚蠢的少女心的。”

“啥？”

韩祝祝铿锵有力地说："路星鸣是我哥哥，想嫁给他，你做梦！"

"啥？"

孟嫣然蒙了，其他两个人也是一脸茫然。

看着她们那惊愕的表情，韩祝祝心情格外舒畅，此时从外面传来脚步声，估计人已经到了。

她挑衅般地扫了几人两眼，缓缓地扭头。

进来的是云知，她又美又白，颜值甩那几个庸脂俗粉几条街，韩祝祝从来没觉得她这么好看、这么顺眼过。

韩祝祝上去挽住云知的胳膊，骄傲地炫耀："我姑姑。"

话音落下，路星鸣姗姗来迟。

少年没穿西装，简约的黑风衣，高帮鞋，扣子未系，露出里面的白色底衫。他原本比照片上英俊得多，美人尖，高鼻梁，凤眼上翘，气质清冷又张扬。

她们正对着路星鸣出神时，韩祝祝就把人拉过来紧紧地挽住，声音比刚才更加用力："一直照顾我到大的哥哥！"

云知和路星鸣都在彼此的眼神中看到了浓郁的茫然，谁都没搞清楚现在是什么情况。

路星鸣懒得搭理韩祝祝，垂目看着手臂上韩祝祝紧紧挽住的手，皱眉，不适地想要抽离。

韩祝祝抓得紧，硬是不撒手，表情轻蔑，继续嘲讽："你也不照照镜子看看自己是什么德行。啊，呸！"韩祝祝骂道，"你配吗？你琢磨琢磨你配吗？你给我哥擦鞋都不配！"

"祝……"

"姑姑不用说话。"韩祝祝捂住云知的嘴，阻止她发出声音，"侄女来。"

孟嫣然双手握成拳，脸蛋憋成猪肝色，她被当众一番羞辱，自然不好受。可这里毕竟是别人家的地盘，何况路星鸣还是这里的主人，她当众发火，怎么都说不过去，除忍耐之外，只有忍耐。

“哼！没的说了吧。”韩祝祝的尾巴都快要翘到天上去了，“就你还想在学校欺负我，你要是真敢，我就告诉我哥哥，我星鸣哥哥从小疼我，看他收不收拾你。”

所有人都知道他们两人青梅竹马一起长大，他们关系如何，只有熟人知道，外人并不会怀疑。

路星鸣越听越觉得不对劲，低沉道：“你脑子坏了？”

他是很疼她，打疼的。

云知已经认出她们是在商城里遇见的那两个女生，她也知道韩祝祝可能是想出口恶气，但要继续这样下去，恐怕事情会闹大。

本着息事宁人的想法，云知轻轻拉了一下韩祝祝捂在她嘴巴上的手，压低嗓音轻语：“祝祝，别说了，我们出去吧……”

“哼。”韩祝祝瞥了眼云知，下巴高高扬起，“今天这事儿就算了，孟嫣然，明天前记得把我送你的东西都还回来，要是没法还，就折算成人民币打到我的账户上。我相信你们孟家不缺那点钱，你要是真的缺，我不介意向你爸妈要。”

见孟嫣然脸上惨白，韩祝祝咧开嘴，扯开一个恶毒的笑：“假期后最好别让我在学校听到那些关于我的不好的传言，不然，咱们看看谁先挨打。毕竟我有人养，没人教，脸皮可厚着呢。”

被韩祝祝这么一顿呛，孟嫣然半天连一句话都不敢说。

韩祝祝出了气，心情颇好，回头又扯着嗓子喊：“以后要是有哪个不长眼的在背后乱说话，我用手撕了她。”

路星鸣两人跟着“节奏大师”韩祝祝离开茶室。

四下无人，云知上前，瞅了眼路星鸣后，低声警告：“祝祝，你怎么能随便和人吵，万一人家又来打你怎么办。”

韩祝祝不觉得有错：“那孟嫣然那么嚣张，我就是想挫挫她的锐气。她要是敢打我，我就告诉她家里人，看她们能奈我何。”

云知张嘴，硬是没说出一个字来。

此时，一直找不到她们的韩母款款而来：“云知，祝祝，你们做什么呢？”

韩祝祝说：“我和姑姑去转了转，没干吗。”

云知抿唇，软软地叫了句“嫂嫂”。

韩母挑眉，注意到旁边路星鸣也在，于是没有打扰：“那你们好好玩儿，再待一下，我们就要离开了。”说罢，她转身离去。

韩祝祝看了看云知，又看了看路星鸣，识相地去找路星泽，把空间留给了他们。

几人一走，周边突然静寂下来。

云知低头盯着脚尖，路星鸣神色恍惚。

嫂嫂……

云知对韩母的称呼持续地在他的耳边徘徊，明明只是一个非常普通的称呼，从她嘴里说出来就像是有魔力一样，让人大脑浑噩。

路星鸣睫毛一颤，黝黑的双眼将视线慢悠悠地飘落在她的脸上。

他发现今天的小姑娘极美，出尘的白色越发突显她干净的气质，两条白花花的腿露在外面，脚上踏着一双平跟鞋，估计是冷，膝盖微微泛着红。

她双手背在后面，头低垂，假发别在耳后，浓密的睫毛被打了黑色膏体，愈显得纤长、鬈翘，饱满的嘴唇上也涂抹了亮晶晶的唇彩，红得诱人。

路星鸣移开视线，指节分明的手指拉了拉衣领。

“你……”他喉结滚动，“真的没骗我。”

“嗯。”云知这一声轻飘飘的，似羽毛落在他的心头。

路星鸣目光闪烁：“韩厉要叫你姑姑？”

路星鸣尝试着让语气平淡，然而，话说出去时仍不由得雀跃。

云知颔首：“韩厉是我侄儿。”顿了一下，她说，“学长以后不要欺负他。”

路星鸣挑眉，心情骤然舒朗。

以后肯定要少欺负他一下，大不了不当着云知的面欺负。

大厅里传来轻柔的交响乐，灯光一点一点归于昏暗，云知别过头向外面望，旋转的银色光晕下，男男女女跌入舞池之中。

云知看见韩祝祝正和路星泽舞步相伴，身姿格外优美，忍不住眼底露出一抹钦羡。

她只在电视剧里见过这种画面，如今真正出现在眼前，更觉得光鲜美好。

“要一起吗？”耳边路星鸣在问。

云知摇头：“我不会跳舞。”

路星鸣抿了一下唇，突然摊开左手掌心，右手的食指与中指慢慢在掌心处弯了弯：“能和你跳一支舞吗？”

少年嗓音轻柔，似春风般掠过心头，触动心弦。

云知看着那近在眼前的清俊眉眼，愣了愣，慢慢将白嫩的两根手指放了上去。

他掌心温热，当云知指尖触及时，毫无预兆地被他的手指钩上。

少年手指修长，温柔地带着她，缓缓地在这处小小的舞池里移动。

云知黑亮的杏仁眼中有明媚的光在闪烁，嘴角逐渐扬起笑，小酒窝晃得他心中滚烫。

这天路星鸣心情甚好，他坐上车，取出手机对着云知的头像看了好一会儿，最后嘴边漾起笑，激动喜悦地将备注改成了：死敌的姑姑。

似乎不太好，路星鸣皱眉，又换回了最初的“小假发”，可爱。

他摸了把脑门，之后靠着椅背将韩厉从黑名单拉出，备注修改为：大侄子。

他和云知是同班同学，怎么说都和云知是平辈了。

L：周一见。

大侄子：见个鬼，给爷滚。

啧。

盯着那六个字，路星鸣无奈地摇了摇头，收好手机缓缓发动引擎。

小孩子的脾气就是不好。

路星鸣很快活，韩厉可不太快活，水冰月那套衣服至今还在衣柜里躺着。

没错，那天路星鸣逼他穿完后，晚上就用顺丰快递把衣服邮寄了过来，存心羞辱他！

韩厉狠狠地磨牙，随即想起自己手机里也有他的底，决定了，上课后就找他算账！

假期结束后，云知和韩厉重返学校。

她先回宿舍放下东西，接着去超市买生活用品。待她离开，韩厉蹲在门前等路星鸣回来。

大概只过了五分钟，电梯门打开，路星鸣走出来。

韩厉双眼发光，见到他的那刻唰地起身冲过去，一把揪扯住他胸前的衣襟，恶狠狠地说："我的照片呢！"

路星鸣身形一顿，对着那双发狠的眼睛缄默三秒，倏地笑了。他笑得平和，眸里夹杂的意味不明。

韩厉一怔，愤怒地将人推搡到身后的墙壁："笑什么呢，我的照片呢！"他又问，脾气更加急躁。

"小孩子这么大火气做什么。"路星鸣攥住他的拳头，一根手指、一根手指地掰开，慢条斯理地整理了一下外衣上的褶皱，这才搭理他，"小厉，不是我说，你现在的性格实在太粗俗了。"说罢，路星鸣轻轻叹气。

"你在我这儿装什么大尾巴狼！照片！给我照片！你今天要是不给，我就弄死你！"

那天他们以多欺少，韩厉被迫就范。今天不一样，论单挑，还不知道谁才是那个被揍的孙子呢。

韩厉底气硬了不少，卷起袖子，露出两条结实的小臂震慑："照片。"

路星鸣拿出手机在相册里翻了翻，韩厉穿着水冰月服装的照片静静地躺在里面。他挑眉，将手机屏幕在韩厉眼前一晃："给你也行，但你要先把我的删了。”

路星鸣不傻，之前他做了什么，可都一笔一笔地记着呢。

韩厉神情一凝，仍不死心：“你、你先删。”

路星鸣：“叫哥哥，我就删。”

“哥哥”两字让韩厉眼神战栗，迟迟未语。

他的反应愉悦了路星鸣，一时间脸上笑意更深了三分：“以后多了个长辈疼你，是不是很开心，小厉。”

这是让人开心吗？这简直就是扎心。路星鸣逼着他穿女装，拍了照，还发朋友圈，现在还想让他叫哥？！

他韩厉就算是死，从楼梯上滚下去，都不会叫路星鸣一声哥哥！

——这是羞耻！

——这是凌辱！

——这是对他人格的侮辱！

韩厉狠狠地磨着后槽牙：“路星鸣，你恶不恶心？‘哥哥’这词，你自己觉得恶不恶心！”

路星鸣一派淡然：“你叫的话，恶心也爱听。”侮辱死对头是他这辈子最快乐的事了，就算恶心，也快乐。

韩厉狠狠地瞪着路星鸣：“一句话，照片你删不删。”

路星鸣从容不迫，依旧重复那句话：“叫哥哥，我就删。”

这厮真无耻。

韩厉忍着恶气，最后像是想到什么一样，忽地冷静：“行啊，那我只能把你穿胸罩的照片发朋友圈了。”说着，他顿了一下，“对了，一直没和你说，你身边那个叫小二的是我安插到你身边的奸细，相信他会很快把消息散布出去，嘻嘻，想不到吧。”

韩厉晃着手机，刻意将照片放大十倍。

沙发上的路星鸣不甚清醒，上身只裹了件骚气的情趣内衣，和那个硬气的光头格格不入。

路星鸣喉头一哽，双眸定住。

两人僵持着，谁都不肯低头。

路星鸣面无表情："叫哥哥，我就删。"

韩厉捏紧手机："叫祖宗，我就删。"

又是一阵沉默，谁都不肯妥协。

楼道很冷，韩厉站得腿麻，掐表瞅了眼时间，说："韩云知回来了。"

路星鸣默然，要是让云知看见这些东西，他们两人都别想面子好看。

"叫哥哥，快点。"路星鸣不耐烦，仍不肯先退让。

"你先叫祖宗。"

啧，有完没完。

路星鸣抿了抿唇："一起叫。"

韩厉一琢磨，觉得可行。

三秒之后，两人齐齐发声。

"哥哥。"

"祖宗。"

漫长的沉默后，谁都没删。

路星鸣懒得再和韩厉搁这儿耗下去，瞄准机会上去抢夺手机，韩厉显然是有相同的想法，在路星鸣出手时，上前从他口袋里抢手机。

两人在电梯口前撕扯成一团，胶着好几个回合后，路星鸣率先一步抢夺过手机。他看了眼旁边的电梯显示屏，红色的数字正显示为"1"，距离上来还要些时间。

路星鸣抓着手机，迅速生出主意，绕过韩厉跑下楼梯。

"给我站住！"

韩厉失了一下神，动作敏捷地追了上去。

路星鸣的身影近在咫尺，韩厉生怕人跑了，伸出长臂钩住路星鸣后衣领的兜帽，未承想脚下踩空，一个踉跄向下倒去，直直地撞上路星鸣的后背。

突然的撞击令人重心不稳，两个大男生生拉硬拽，竟打了好几个滚，硬生生地从楼梯上滚了下去，最后只听咔嚓两声，彻底没了动静。

叮。

电梯开了。

云知拎着满满当当的两个袋子从里面出来。她先将东西放在地上，又从包包里翻找房卡开门。

她刚打开一条门缝，痛苦的哼唧声隐约从耳边传来，她停下动作，耳尖上下动了动。

“路星鸣……”

“你快滚下去。”

“我要弄死你……”

“巧了，我也是。”

好像是韩厉和路星鸣？

云知把袋子放到门里，关门循着声音寻人，紧接着在楼梯下面看见了两人。

韩厉压在路星鸣的身上，二人姿势扭曲，手上抓着同一部手机，谁也没撒开。

云知觉得他们可能在玩一些游戏，定定神，站在上面犹豫半天才问：“学长，你们在干吗？”

路星鸣艰难地转了一下脖子，视线尽头，他的小可爱茫然地睁着大眼睛，半歪着头，丝毫没有要上前帮忙的意思。

“叫救护车。”路星鸣忍着痛说。

他的胳膊好像错位了，疼得脑袋发涨，左边手肘向下的位置没了任何知觉，更别提身上还压了一个一百多斤的韩厉。

路星鸣越想越气，抬脚踹上韩厉：“给我下去！”

结果，他刚骂完，韩厉便嘶吼一声：“路星鸣，别动！疼！”

韩厉的腿似乎是骨折了，本就无法动弹，路星鸣那一脚差点让他疼到升天。

韩厉闭眼哼唧，抓着手机的力度更大几分。

路星鸣咬牙不松手，两人继续暗自较劲。

云知见情况不对，立马打了 120。

救护车很快过来，在被抬上担架时，韩厉和路星鸣硬是还抓着那部手机，谁也不舍得放。

前来的救护人员无奈地低叹：“两位患者，请配合我们的工作好吗？”

韩厉：“这是我的东西，你让他放开。”

路星鸣：“这里面有未经我允许拍摄的照片，涉嫌侵犯我的肖像权，作为受害者，我有权保留证据。”

最终，救护人员看向云知。

这俩人磨磨叽叽的，让谁都烦，哪怕是云知这样好脾气的人看着都上火。

小姑娘的脸色一沉，上前几步，一把将手机夺入手中，两人没了指望，老老实实地被抬上担架，云知作为家属，一同坐上救护车。

经过诊断，韩厉和路星鸣都是轻微骨裂，一个在右腿，一个在左胳膊，要想痊愈，起码得一个月以上。

今晚要住院观察，单人间没有剩余，护士把他们安置在一间三人房里。

两人身上打了石膏固定，鼻青脸肿，躺在各自的床上，谁都没搭理谁。

“路狗。”韩厉骂道。

“韩鳖。”路星鸣怒呛。

提着一壶热水进门的云知：“你们不要吵架。”

躺在靠墙的一张床上的病人艰难地扭头，盯着他们看了两秒后，乐了：“三人相声？”

面对着少年们锐利凶恶的眼神，病人讪讪地收起笑，背过身，不再说话。

病房里陷入死一样的寂静，云知用一次性纸杯倒了两杯水，准备等凉了，再给他们喝药。

她看了眼时间，折腾到现在已是八点多钟。

医生说他们这一周都要住院，可是来得匆忙，什么都没有准备，作为唯一的“监护人”，云知必须回去一趟。

“韩厉，你给你朋友打个电话，让他帮你带几件衣服送到我公寓，等我收拾好路学长的，一起给你们带过来。”

韩厉不乐意了：“你管他干什么？”

云知的睫毛颤了颤：“他是我雇主。”顿了一下，她又问，“一会儿我给你们带吃的，你们想吃什么呀？”

路星鸣看向窗外漆黑的夜空，摇头：“不用，我们点外卖就行。”

“反正我还要来嘛，那我给你们随便做一些，你们要听话，不可以打架。”私自决定好后，云知跟路星鸣要了房卡，挥挥手，离开医院。

云知买好东西，急匆匆地赶回公寓。她先熬了蔬菜粥，在等候的工夫又调制馅料，准备煮一些馄饨，抽空还把屋子打扫一番，最后拿过路星鸣的书包，打开衣柜往里面放衣服，瞥见内衣内裤时，她红着脸，眼疾手快地将那个烫手的盒子丢入其中，快速拉上拉链，长舒一口气。

叮咚。

外面门铃响了，好像是隔壁传来的。

云知趴在猫眼看，瞥见方明拎着东西在外面，急忙开门：“方明同学。”

方明扭头，神色错愕。

“那是韩厉的东西吗？”

“啊……嗯。”方明呆呆地一应。

“给我吧。”云知笑着接过，“麻烦你送过来了。”

“厉哥没事吧？”

“医生说要住院一段时间，应该没什么大问题。”

看着小姑娘无波无澜的精致脸蛋，方明眉梢狠狠地一跳。

这都住院了，还没什么大问题。

“要不，一会儿我和你一起去吧，这么多东西，估计你也拿不过去。”

云知一合计，觉得也是，欣然同意。

她的馄饨还要点时间才好，方明只得先进屋等着。

在诚南两年，他又怎么不知道这是路星鸣家。室内的每一寸地方都被收拾得干干净净，打理得井井有条。他视线一转，看见云知裹着围裙，轻车熟路地将洗好的餐具归于原位——显然不是第一次来了。

果然，韩厉的这个妹子和路星鸣有一腿，方明觉得自己真是先知。

云知将馄饨和粥分别放入保温杯里，背着书包拎起东西赶往医院。方明本想帮忙拿点，可看小姑娘轻松的表情，实在不像是要人帮忙的样子，最后便只拿着韩厉的一个行李包，安静地跟在后面。

在云知做饭的这段时间，韩厉早就等不及地点了外卖，并且吃了个大饱。

吃饱喝足开始犯困，他靠着枕头，睨着路星鸣，对方认真地看着电视，一言不发。

现在快到十点，韩厉摸摸鼓鼓的肚皮："你不会真的等着韩云知给你送饭吧？她做的清汤寡水，有什么好吃的。"

韩厉只吃过云知做的面，寡淡得不行，相信除爱清淡的老爷爷、老奶奶外，都不会想吃她做的饭。

路星鸣面色冷淡："你管我。"

韩厉轻哼，拿起桌上的遥控器换了个台。

路星鸣皱眉，重新换了回去。

他们来回拉锯几次之后，护士看不过眼，直接关了电视。

此时，云知提着大包小包过来，后面还跟着方明。完全不了解情况的方明看到床旁边的路星鸣时，脚步瞬间顿住。

这是什么情况？

愣了好长时间，方明才忐忑地进门，一双视线就没从路星鸣的身上离开过。

"哥，你们搞什么？"方明在韩厉的床边坐下，压低声音问。

韩厉看着一旁的行李："充电器带了吗？"

方明："带了，耳机也带来了。"

韩厉正想说话，嗅到隔壁床传来一股香气。

云知先舀了两碗馄饨，尽管没添肉，但味道清香，色泽诱人，看起来很是可口。韩厉本来吃过东西，不知怎么又饿了，咽了口唾沫。

"给。"云知将馄饨递到韩厉的面前，"小心烫。"

接着，她又递了一小碗给路星鸣，路星鸣没有接，晃了晃自己的左胳膊。

静静对视两眼后，云知拉出椅子坐下，舀起一小勺吹凉，递到他的嘴边，他很受用。

馄饨里包的是白菜和葱，料添得很足，鲜而不淡。

云知握着勺子满眼期待："好吃吗？"

路星鸣没说话，只是张开嘴，"啊"了一声。

她抿唇轻笑，一小勺一小勺地喂着。

两人旁若无人，画面刺眼得很，韩厉看不过去，气得直抓床单。

方明也看不过去，最后端起碗，安慰："厉哥，别难过，我来喂你，来，啊——"

"滚。"韩厉没好气地推开，印堂发黑，"我不饿。"

他气都气饱了，哪里还有什么食欲。

听到这话，云知不禁扭过头："韩厉不饿吗？"

路星鸣笑中带讽："他刚才吃了一大块比萨，当然不饿。"

"原来你吃过了呀。"

云知正想说"你要是不想吃就不吃"的时候，韩厉突然接过碗，咕噜咕噜两下把一小碗馄饨吃了干净，嘴巴一抹，侧躺在旁边闷不吭声。

"你别不开心啊。"方明继续安慰，"我知道你这个做哥哥的看着妹妹照顾死对头不好受，但你换个方式想，这也是好事。妹妹和路星鸣是同班同学，四舍五入，你也是死对头的哥啊！"

啧，怎么想都是赚钱的买卖，给死对头做哥，左右都不亏！

谁承想这话说完，韩厉眼睛就布上红血丝。他咬着牙，从牙缝里吐出四个字：“你、给、我、走。”

方明知道，韩厉这是气到要打人了，当下不敢逗留，着急地离开。

目送方明离去的背影，路星鸣嘴角噙笑，好不悠闲自得。

韩厉死死地捏着手机，看着路星鸣那副表情，再也压抑不住怒火，操起旁边还有一点水的纸杯砸了过去，转过身表示眼不见为净。

“韩厉！”

小姑娘没什么震慑性的吼声从一旁传来，韩厉肩膀一抖，看了过去。

视线里，云知头顶着纸杯，一行水珠顺着她的假发向下滴，漂亮的两只杏眼里满含控诉。

糟糕，砸错人了。

韩厉自认理亏，小声地道歉：“对不起……”

“讨厌，都脏了。”

云知哪真舍得和韩厉计较，抱怨一句后，满是心疼地把沾了水的假发从脑袋上摘了下来，用纸巾小心擦拭着假发上的水珠。

这回谁都没有说话，灯光下，三颗光头连成一线，三个光洁的大脑门晃得人眼睛晕。

旁边扭了脖子的病人盯得眼睛都直了，心里合计这三人是演喜剧的吧。

三颗大光头越看越有喜感，越看越惹人发笑，尤其是擦假发的云知，喜剧效果绝了。

他嘴角抽了又抽，最后绷不住，溢出一声笑。他不笑还好，一笑直接让脖子抽筋，全身因为疼痛而绷紧，嘴里的笑变成了痛苦的哼唧。

病人僵硬着脑袋，着急忙慌地抬手找呼叫按钮的位置，结果一个翻身直接从床上滚了下去，哼唧的声音越发大了。

等护士把人带走，韩厉才眨巴两下眼，说：“这人真搞笑，是喜剧演员吧。”

这一次，路星鸣表示赞同。

第三章

以后我不欺负你了

他这么英俊，竟然没人欣赏。
唉，无人欣赏，天妒“蓝颜”。

病房有三个小柜，刚好一人一个，云知将两人的衣物用品放进去，这时，韩厉在后头扯着嗓子喊："我要上厕所。"

韩厉右腿骨裂，暂时不能下地。

云知关好柜门，把尿壶从床底下拿出来放了上去。

韩厉："你认真的？"

小姑娘杏眼莹润，看起来很认真。

韩厉哑然，他一个身高八尺的男子汉，怎么也不能沦落到在床上撒尿的地步啊！

可是，他又实在憋不住，急得直蹭后脚跟，最后眼珠子转动，视线停在路星鸣的脸上，不再动弹。

路星鸣的床抬高了几厘米，后背靠着枕头，闲散地翻着不知从哪里找来的书本，觉察到韩厉热切的注视，不为所动，指腹轻轻摩挲过一页书纸。

韩厉扭曲着面容，倏地开口："姑姑，带我去洗手间。"

"姑姑大法"好，韩厉这话刚落音，路星鸣啪地将书往桌上一丢，麻利地下床，单臂伸过去，端的是儒雅、随和："男女有别，就不要麻烦姑姑了。"

呵，还治不了你。

韩厉嘚瑟着被路星鸣搀扶着，慢吞吞地向洗手间蠕动。

两人的身影很快消失在厕所隔间，云知默默地放下手上的尿壶，重新打好两盆热水等着他们回来。

韩厉解决完生理需求后舒坦不少，刚躺下，云知就把一块热毛巾丢过来，叮嘱："韩厉，擦擦脸再睡。"

说完，她不再管他，默默地背过身为路星鸣擦拭着脸部。

韩厉吃醋："你干吗帮他擦，他又不是没手。"

"学长现在就是没手嘛，"云知瞪他一眼，"男子汉不要这么小气。"

"我……"韩厉吃瘪，接着硬是一个字没说出来。

"把帘子拉上吧，我不太习惯别人看我洗脸。"路星鸣语气一顿，

“会害羞。”

云知对他可谓有求必应，二话不说拉上帘子，将两张病床隔开成两个小世界。

帮他把脸洗好，又让他漱了口，云知想了想，问：“擦油吗？”

路星鸣皮肤很好，又白又嫩，毫无瑕疵，也许是刚洗过的原因，皮肤有些紧绷。

想到最近天气干燥，云知就将宝贝霜从包里拿了出来。路星鸣一眼扫过，看到上面清晰地印着“郁美净”三个字。

云知的脸微红，默默地把郁美净重新揣回口袋，低低地嘟囔：“你应该用不惯这个……”

她活得没有其他女孩子精致，尽管韩母给她买了一堆护肤品，但她一个都没用过，却对这种十几块钱一小盒的婴儿润肤霜情有独钟。

“你帮我擦。”路星鸣晃了晃打着石膏的手，“我不太方便。”

她杏眼弯成月牙，重重地“嗯”了一声，径直坐到床边。

郁美净的香味有些浓郁，云知挤出一点，均匀地在他脸上点了五个点，最后慢慢涂起来。

少年的脸蛋比想象中的还要滑，她湿润的指尖滑过那饱满的额头，浓密的眉毛，高挺的鼻梁，小心地绕过眼睛，可经过下巴时，指腹不小心蹭到那柔软的双唇。

他的视线骤然灼热，沉沉地凝视她，像看待珍宝。

云知腮颊发热，长睫毛习惯性地颤了颤，正要说“好了”时，路星鸣微扬起下颌：“脖子。”

云知一愣，又弄了点乳霜抹上去。

云知发现路星鸣的脖子线条很漂亮，修长精致，流畅地连着肩膀，喉结微微凸起，V 字领的病号服下是格外性感的锁骨。

她小心涂抹着，眼睛根本不敢乱看。

“好了……”云知把郁美净揣回去，依旧躲避着路星鸣的视线，“我先回去啦。”

"现在很晚了，我让刘彪虎接你吧。"

"不用。"云知摇头否决他的提议，"我……我骑辆共享单车回去，反正也不远。"

听到对话，韩厉撩开帘子看过来，不满："大半夜的，你骑什么单车，我们家又不是没有打车那点钱。"

说话间，韩厉就拿起手机要转账，直到瞥见那条余额不足的提示，气焰降下来。

他……现在还真的没有打车那点钱。

路星鸣发过去一个五十元的红包，拍拍她的小光头："打车，乖。"

那条红包信息让云知窘迫："我有钱……"

"你有钱和我给不冲突，乖，拿去打车。"

云知挠挠后脑勺，是这个说法吗？

临时走，她又不放心地看了两人一眼："你们真的可以？"

"没事的，又不是小孩。"路星鸣轻轻一挥手，"上车前记得给我发出租车的车牌号，坐在后座，上车后给我打电话。"

他像老父亲一样絮絮叨叨了一堆，云知也很乖巧地点头记下，最后才拿起东西离开医院。

人走后，韩厉冷哼："虚伪。"

路星鸣懒得理他，开始在网上找专业的护工。

"你不会真想坑蒙拐骗我们家小傻姑吧？"

韩厉依旧在絮叨，路星鸣垂眼，假装没听到。

"我和你说话呢。"韩厉伸过手臂扒拉了他一下，"我可都听说了，你爸有意让你联姻，现在能同意给你自由吗？"

路星鸣五指攥紧，沉吟许久，才说："不需要他同意。"

韩厉愣怔，路星鸣清俊的侧颜骤然归于深沉，漆黑的眼底凝着融化不开的冰雪。

自从母亲去世，路父有意把他养废，各种冷暴力与人格侮辱是他每时每刻要经历的事。一开始他不明白父亲为什么总是打压他的兴趣、天赋，后来他懂了。

父亲是在怕，怕他有朝一日展翅腾飞，更怕老时遭到报复。

路父清楚父亲对孩子来说代表着什么，于是在母亲死后，把母亲的死全部归结在他的身上，让年幼的孩童日复一日地活在煎熬、畏惧中。他想学模型？好啊，那就全部打碎。他考了满分？那一定是作弊。他想交朋友？那都是狐朋狗友。

路星鸣清楚一切，于是遵从指示，上了一个混混聚集的高中，按照他所期望的样子变成一个没用的“废人”。

高中将要结束，他应该脱离家庭，做自己真正想要做的事。

次日，路星鸣和韩厉的狐朋狗友们一同出现，十几个人瞬间挤满这间狭窄的病房。

第三张床上的病人哪见过这种阵仗，当下吓得战战兢兢，卑微地蜷缩在角落，试图降低存在感。

“你们怎么了？”说话间，刘彪虎狠狠地拍了一下韩厉的大腿。

韩厉抱腿闷哼，等疼痛过去，抓起一个苹果砸了过去：“路星鸣，让你的人滚到那边去！”

要是以往，刘彪虎早就不客气地打回去了，但是今天不同，看着韩厉那打了厚重的石膏的一条腿，一下笑成眯眯眼。

韩厉汗毛倒立，不好的预感油然而生。

方明觉察出不对，当下把人推远，拉上帘子。

韩厉松了一口气，对着那边喊：“这是楚河汉界，你们敢过来，就弄死你们！”

“厉少脾气够大啊，我就过来。”刘彪虎的脑袋从后面钻了出来，接着缩了回去，“嘿嘿，我又走了。”

“我来啦。”他又钻进来。

“嘿嘿，我又走了。”他又缩回去。

“我……”

“来个鬼！”韩厉抱住那颗大脑袋，咣当一声撞了过去。

刘彪虎蹲下身子起不来，后面的人齐齐嘲笑。

“让你的人安分点，听到没！”

路星鸣眉梢带笑，看似一点都不介意，碍于这是公共场合，还是开口提醒：“还有别的病人在呢，不要打扰到人家。”

他们注意到第三张床上蜷缩成一只虾米的病人，方正乐了一下：“那哥们脖子怎么了？”

病人很给面子地解释：“上厕所，磕在马桶上了。”

一群人没说话，这人怎么这么搞笑，别是喜剧演员吧。

“说起来，云姐没来呀。”刘彪虎四处张望，有些奇怪竟没看见云知的身影。

“她晚点来。”

云知每天晚上很忙，遛狗两个小时，听李爷爷讲解作业二十分钟，起码等八九点才会过来。路星鸣害怕小姑娘太操劳，于是早些请了护工，最迟明天来上班。

他自然乐意被小假发照料，但就是不乐意她照顾旁边那个“拖油瓶”。

想着，路星鸣轻描淡写地瞥向帘子后面。

他随意的一眼顿时让刘彪虎几人会错意，彼此给了个眼神后，坏笑着拉开帘子。

韩厉隐隐感觉到杀气，一回头，对上他们阴恻恻的表情。

这个表情……和那天逼迫他穿女装时一模一样。

“方正，关门。”

“得嘞。”

门一关，韩厉心头一紧，张嘴就喊：“护驾！快护驾！”

几个男生刚准备围住韩厉，武晓松扯着嗓子喊：“难道你们就不想看厉少穿女装吗？他那天穿女装特美！你们不想一睹为快吗！”

病房静寂三秒，之后炸响。

“我想看！”

“虽然不应该，但是容我背叛厉少五分钟！”

就连方明都在喊：“现在我们都是路哥的走狗！”

说罢，他们一拥而上。

武晓松知道韩厉住院后就早有准备，特意从他姐那儿拿了一套大码护士装，很衬韩厉。

韩厉被七八双手压在床上动弹不得，叫声倒是一浪高过一浪。

“你们还是人吗！兄弟情呢！”

“路星鸣！不就是让你穿了次胸罩，你至于吗！”

“啊！你们碰到我的伤口了！”

歇斯底里的怒吼过后是无奈的妥协，韩厉面色惨白地躺在床上，眼底是受尽凌辱的沧桑。

那套护士装对他来说并不合身，紧绷到勒出肌肉，大腿外露，衣摆处的小蕾丝性感可爱极了。

两队人笑得瘫在地上，一时之间病房内充满了欢乐的氛围。

然而，就在此时，门咯吱一声被推开了。

他们笑声未停，目光与拎着保温杯的云知撞个正着。

满房间的声音刹那间收敛，空气隐隐变得尴尬起来。

云知慢慢扭头，一双目光停留在韩厉的身上。

漫长的沉默后，小姑娘什么也没说，啪的一声把门关严，韩厉当场想表演个“猛虎落泪”。

“呃，我们先走了哦。”

“对、对，我们先走了，二位保重好身体。”

告别声接连响起，病房很快变空了很多。

云知没回来，许是受到的刺激太大，不知道在哪里消化。

韩厉把头闷在被子里，企图憋死自己以保尊严。

“喂，韩厉。”路星鸣的嗓音轻飘飘的。

韩厉没好气：“滚，别和我说话。”

路星鸣一合计，于是拿起纸和笔，写好字后，将纸张揉成一团丢了过去。

过了好久，韩厉才探出手把纸团打开。

“以后我不欺负你了，也不会让别人欺负你。”

正当韩厉满脑子问号时候，路星鸣又甩过来一个纸团。

“我以后会好好疼你的。”

可想而知，韩厉炸了。

手上的字条被他撕成百来片，韩厉正想上去和路星鸣大战几百回合时，门吱呀一声被拉开一条小小的缝。

两人一同扭头看去，云知双手扒拉着门框，只探了半个脑袋进来，眼睛很大，来回张望，带着掩饰不住的好奇，最后目光定住，见韩厉还穿着那身护士装后，又慢慢悠悠地、像什么都没发生过一样地把门关上。

这种此地无银三百两的小动作让韩厉无奈地出声："你要进就进，在外面鬼鬼祟祟做什么。"

云知苦恼地拉扯了一下假发，迈着小碎步推门而入。

她始终避免与韩厉视线接触，刻意的小表情让他无比不适。

“你想看就大大方方地看，也不是什么见不得的东西，至于这样吗？”

搞得人家好像是变态一样——韩厉翻了个白眼，躺平，任人围观。

闻声，云知鼓起勇气看了过去。

韩厉四仰八叉地躺在床上，露出的腱子肉与那身性感的服饰格格不入，第一眼看上去很不适，看久了竟还有些反差萌。

沉默许久，云知嗫嚅着："挺、挺适合你的。"

韩厉静默，路星鸣很不给面子地轻笑出声："恭喜，小厉，你找到了新的换衣思路。"

韩厉不客气地硬呛回去："不客气，是你教得好。"

路星鸣脸色一沉，别开了头。

云知臊红了脸，努力忽视掉路星鸣那日的狼狈，放下书包从里面取出几本厚厚的作业。

“这是路学长的，这是韩厉的。”云知分别递了过去。

韩厉头大：“我们都这样了，就不用做作业了吧？”

小姑娘眼中带着固执：“不行，住院也要学习，到时候成绩落下，再补回去很困难。再说了，我特意去找你同学要的，很辛苦。”

韩厉白眼翻起，顿时觉得世界苍白，人生无望。

路星鸣不像韩厉那样要死要活，他架起床上吃饭用的小桌子，右手不甚熟练地握住笔，一道题、一道题仔细地解起来。

见他认真，云知也不敢怠慢，趴在桌上完成剩余的家庭作业。

人都有从众心理，哪怕韩厉没有想学习的心思，见他们那么认真，也不好再懒散下去，于是不情不愿地打开作业本——嗯，一道也不会。

韩厉转着圆珠笔，伸长脖子向云知那边张望。

小姑娘没有写连笔字，一笔一画，字迹清秀，十班的课程好像和他们班是同步的，就连作业都留得差不多。

韩厉舔了下嘴唇，照着开始抄。

云知写得认真，毫无觉察，快速翻过第二页。

面临选择题时，笔尖顿住，她看向路星鸣，软声软气地撒着娇：“学长，这道我不会。”

“嗯？”路星鸣抬眼，眼眸似玉。

他扯过作业本，正要教，旁边的韩厉冷嘲热讽：“你问他一个吊车尾的干吗？”

路星鸣凝望韩厉两秒钟，缓声开口：“长辈说话，小孩子不要插嘴。”

韩厉顿时没了话说。

路星鸣垂下眼睫毛，认真地在草稿纸上写着解题思路。

他害怕云知听不懂，刻意放缓语调，声音越发显得低沉，不疾不徐地在耳边环绕，莫名让人昏昏欲睡。

云知单手撑着下巴，不由自主地把视线全部放在了路星鸣的身上。

少年眼眸低垂，眉宇间有几分冷意，他好看的唇一张一合，云知痴痴地看着，心底竟萌发了一丝情不自禁。

正当她恍惚之时，有所察觉的路星鸣看了过来，眸子沉了沉。

“好看？”

云知颔首，呆呆地说：“好看。”

他眼角蕴含笑意，云知恍然惊醒，倏地将脑袋低下，假发下的耳根通红。

路星鸣笑意深了深，轻轻在她的小脑袋上一摸：“好看无用，要好好学习。”

云知将头埋在桌下，无颜见人。

旁边的韩厉也在嘲讽：“年纪轻轻就瞎了眼。”

路星鸣好看个鬼，路星鸣哪里有他好看！

他这么英俊，竟然没人欣赏。

唉，无人欣赏，天妒“蓝颜”。

又过两天，第三张床上的病人成功出院，脱离苦海，如今病房里只剩下路星鸣和韩厉两个人。

两人谁也没将住院的事告诉家人，加上父母都忙，连个电话都少有，所以，相比起其他病房的热闹，这间屋子较为冷清，每天只有云知跑得最勤快。

今天她煮了粥，拎着过来时，眼熟她的护士随口搭话：“又来看男同学呀。”

云知不好意思地笑了笑。

“这么辛苦，小心生病哦。”

“姐姐也要注意身体。”云知左右看看，见四下无人注意，悄悄地把背包里的小零食取出两包放在了桌上，然后一溜烟地向病房跑去。

护士姐姐说的话不无道理，云知这几天三点一线来回跑，她每天休息的时间本来就短暂，如今为了照顾路星鸣和韩厉，再次减少睡眠时间，尽管嘴上不说，但身体渐渐有了抗拒。

不过，那两人再有两三天就能出院，到时候云知也能清闲一点。

在距离病房还有几步远时，护士推着轮椅缓缓地从拐角出现，云知静静地侧身让路，余光偶然一瞥，倏地对着轮椅上的女人出神几秒。

她很好看，黑发白肤，气质内敛，五官艳丽但不张扬。

云知忍不住又一连看了好几眼。

“小妹妹一直看着姐姐做什么？”她半抬起丹凤眼，似笑非笑的表情，慵懒又轻佻。

云知的眼睫毛慌忙垂下，贴着墙看向别处。

她呵呵笑一声，由护士推着进入病房。

云知一看，可不就是韩厉两人所在的712房吗？她尴尬地咬了下唇，磨磨蹭蹭地走进去。

路星鸣和韩厉都不在，估计正在做检查，她取下书包，把里面的东西取出，又仔细收拾着桌上的东西。

女人半躺在病床上，视线一直追随着云知，神色中是明显的打量。

云知被盯得手心发烫，忍不住偷瞄，瞬间对上她的视线，闹了个大红脸。

女人嘴角懒洋洋地勾着，饶有兴趣地看着小姑娘，最后问：“来照顾父母还是兄弟？”

云知特别乖地回答：“来看侄子。”

“哦？”她扫了一下云知身上的校服，“上初中？”

“高中啦！”云知强调，“我都快十八岁了。”

就是她个子不高，显小。想到自己一米五九就是上不了一米六的身高，她愤愤地决定回去多吃几碗饭。

这时有人进来，看也没看云知，直接走到了病床前：“你这几天都要住院，老师要你好好休息，不用担心工作。”

女人轻轻地点头。

“我也和护士说了，一旦有单人病房，就让你转过去。”

“好。”女人闭眼，脸色苍白。

“那我们先走了，再见，颜瑟。”

几人前脚刚走，后脚路星鸣推着韩厉进门。

“路星鸣，你能不能看点路？轱辘撞墙了！你是不是想谋害我，好祸害我姑姑？我告诉你，门儿都没有！”

韩厉从门外咋呼到门里，路星鸣单手推着轮椅，默然不语地包容着来之不易的侄儿。

“韩厉，有人在呢。”云知瞥向病床上闭目休息的女人，压低声提醒他。

韩厉不屑地冷哼，嘟囔一句“关我什么事”，但还是朝墙边的位置扫了一眼，结果就这一眼，让他彻底移不开了。

今天外面的阳光很温柔，韩厉看见她的身后开出鲜花，映衬得她五官艳丽、动人如火，烧得韩厉的胸口滚烫，意识全无。

韩厉怔怔地瞅着，忘记眨眼，只剩对方那张脸在眼前晃动。

忽然，路星鸣抬脚一踹，轮椅向前一滚，咣当一声撞了床。

韩厉被撞得一激灵，瞪了路星鸣一眼，开始骂：“我……”

颜瑟半眯着眼看过来，韩厉心一紧，咬牙改口：“我日日夜夜想让你这样做了。”

路星鸣拧眉：“没病吧，你？”

韩厉不说话，双臂撑着床，自力更生地爬了上去，面上佯装淡然，实则暗中观察着邻床的漂亮姐姐。

“韩……韩云知，今天老师留什么作业了？快点，我渴望知识的心已经蠢蠢欲动。”韩厉脊梁挺直，一本正经。

云知困惑：“你不是不喜欢做作业吗？”

每次云知拿着作业过来，他都寻死觅活，甚至厚颜无耻地想偷换路星鸣的作业本，不过都被她阻止了。

韩厉耳根烧红：“胡说，我最爱做作业了！”

云知没说话，掏出作业本递给他。

路星鸣朝旁边看去，眉一挑，看破不说破。

韩厉装模作样地做了一会儿作业，蹭到云知的跟前，刻意放低声音：“姑姑。”

云知知道，他一叫“姑姑”，准没好事，于是背过身，给了他一个骄傲的后脑勺。

“你帮我去和她要一张名片呗。”韩厉继续磨着，“电话号码也行。”

云知歪了一下脑袋：“和谁？”

韩厉向隔壁床示意，云知了然，顿了一下，说：“为什么？”

韩厉烦躁地皱眉：“哪有那么多为什么，你到底帮不帮啊？”

云知眼珠子转了转，突然像是明白了什么，脸上露出两个小酒窝：“那你怎么不自己去。”

韩厉轻轻嗤笑：“我要是有你这么可爱，我肯定去，哪儿能轮得到你。”

话音刚落，“这么可爱”的云知便走到了隔壁床，脚步没有片刻犹豫。

韩厉敛声，他这姑姑是不是不太经夸啊？

“姐姐，能给我一张名片吗？”

云知婴儿肥的脸蛋很有亲和力，杏眼湿润，说话时的模样一本正经，神态间无端透出几分娇憨。只要年纪稍微长几岁的，不管男女，都会喜欢她这种类型的小姑娘。

颜瑟也不例外，尽管她知道云知是替别人要的。

“我可以给你。”

云知眼睛一亮，又听她说：“不过，你要先告诉我你的名字和微信号。”

云知犹豫着回头看。

韩厉点头，路星鸣摇头，眼里写满不赞同。

想了想，云知把韩厉的微信号写在字条上递给了她：“这是我的。”

这次颜瑟没有多虑，从包里抽出一张薄薄的名片递了过来。

白色的小卡片上排版简单，印着几个字：“上京城飞机设计研究所设计师助理，颜瑟。”

云知突然觉得……手上这张名片沉甸甸的。

之后几天韩厉沉浸在单方面的喜悦之中不可自拔，哪怕医生说了出院，他也硬是赖在医院里不肯走，势必要和美女姐姐提前过上“同居”生活，直到医生看不下去，过来赶人，他才心痛地和漂亮姐姐挥手道别。

眨眼到十一月，距离路星鸣和韩厉的生日还剩下十天。

云知贫穷，那两人也不缺金少银，思来想去，她决定送手工礼物，显得心诚。

周六一到，她独自赶往商城购买毛线。她要给韩厉打一条围巾，再给路星鸣织一条毛裤。挑选颜色时，她选了亮眼的红色，毕竟是生日，穿得喜庆点好。

买好东西，云知回家开始织围巾，织围巾比织毛裤省事点，赶赶工，两天就能打出来，说起来，她好像还不知道路学长的腰围。

云知暂时放下东西，给路星鸣发送信息。

云知：“学长、学长，你三围是多少呀？”

路星鸣：“好端端问我三围做什么？”

云知：“你告诉我啦。”

小假发又在撒娇。

路星鸣发了三围，正问她要不要出来玩时，便没了回应。

光织围巾有点无聊，云知把电脑调向正面，上床盘腿，一边听英语课，一边织，头皮痒时，稍微用针头挠一挠。

门口刚巧路过的韩祝祝沉默了半晌。

她轻敲了一下未关紧的房门，眼神狐疑。

云知回头，手上的动作却没见慢下来。

“你在干吗？”韩祝祝的表情很诡异。

云知盘腿坐着打毛线的样子就像是电视剧里的老太太，神态姿势真是一点都不差。

云知探头见韩厉没跟在后边，于是小声地说："织围巾。"

"啥？"

"韩厉不是要过生日吗，我决定送他一条围巾。"

韩祝祝不由得提醒："我哥围巾很多，用不着你用手打。再说了，外面那劣质的毛线不舒坦。"

韩厉虽说是男生，但皮肤很娇贵，平常用的沐浴乳都是大牌，贴身衣物更是一件比一件贵，哪会瞧得上手打的东西。

云知并未因她这话而涌上失落："放心吧，我买的毛线不差。韩厉要是想围就围着，不想也不逼他，毕竟这是一份心意。"

心意比得上一切，何况这些毛线真的不便宜，花了她几百块的存款呢。

韩祝祝撇撇嘴，也不再说什么，余光一瞥，看到电脑屏幕上的画面，忍不住道："这个教程不实用。"

"啊？"

"你高二用不着看这种教程。"韩祝祝不耐烦地说，然后回屋，把她学完的英语资料全部抱出来丢在云知的桌上，"你学这些吧，看那种东西就是浪费时间。"

"可是我都高二了，学你的……"

话音未落，她就被韩祝祝打断："我英语比你强多了，瞧不起谁呢。"韩祝祝翻了个白眼，"我准备明年出国，这些英语资料都是一年前整理的，你高二也用得着，爱看看，不看拉倒。"

说着，韩祝祝就要抱走。

云知眼疾手快一把按住，脸上讪讪地笑："谢谢你呀，祝祝，我留着慢慢看。"

韩祝祝冷哼一声，双臂环抱高傲地离开。

看着小姑娘的背影，云知想了想，问："祝祝，学校没人欺负你吧？"

想到孤立自己的那几个女生，韩祝祝皱皱眉，但还是说:“谁敢。”

“没人欺负就好。”云知垂眼打着毛线，“要是上次那几个女生在学校欺负你，你要告诉老师、家长，可不能平白受冤枉气。”

韩祝祝侧眸，静静地看着她。

云知的头发长了薄薄一层，说这话时的表情很温柔，眼神娴静，似长辈那样细心叮咛。

韩祝祝扯了一下唇，心中百味杂陈，最后低低地应下：“知道啦。”说完，她退出房间，并且小心地关上门。

过了一会儿，云知看到韩祝祝用微信分享给她几条视频链接，都是英语教程，的确是比原来的实用。

云知在生日前一天将围巾和毛裤织了出来，分别装在两个盒子里，为确保精致，盒子上头还打了一个蝴蝶结。由于晚上她要陪着韩厉在家里过生日，路星鸣的礼物只能在第二天上学时交给他，但她没有忘记和他说生日快乐。

云知小心地把盒子放在柜子里，抱着韩厉的那一份缓缓地下楼。

十一月的天暗得很快，窗外已是全黑。

韩厉跷腿坐在沙发上，身旁堆着大大小小的礼物盒子，都是同学朋友，还有韩父生意上的伙伴送过来的。

他兴致缺缺，一个都没有拆开。

“小厉，先吃长寿面，这是奶奶亲手给你下的。”韩奶奶很开心，手捧着一碗热气腾腾的面坐到韩厉的身边。

他不喜欢吃太清淡的东西，但毕竟是老人的一片好心，不忍拒绝，端过后三两口消灭干净。

“乖孙。”韩奶奶疼惜地摸了摸韩厉的头，又从怀里取出一个厚重的红包递过去，“给，回去拆。”

韩厉眼睛一亮，快速收下：“谢谢奶奶。”

韩奶奶的红包发完，韩父韩母又各给一个。

云知站在后头看了看手上的盒子，抿抿唇，迈步过去，手指头轻轻在韩厉的肩膀上点了一下。

他仰起头，视线直勾勾的。

“给……给。”云知把手上的盒子递到他的面前。

盒子有点大，缠在上面的红色蝴蝶结土不拉几的，看着就不是什么太贵重的东西。要是以前，韩厉都不屑打开，但这毕竟是小姑娘的一片心意。

韩厉收下，好奇地晃了晃：“什么东西啊？”

“你拆开看。”她双手背在身后，咬唇浅笑。

韩祝祝朝这边看了一眼，没说破。

韩厉打开盒子，一条红色围巾整整齐齐地躺在里面。他挑眉取出，上面没有挂标签，也不知是哪个野生的牌子，但从云知的贫穷与抠门程度来看，估计花不了太多钱。

毕竟是她特意送的，韩厉就算不喜欢，也没说什么，静静地收下放在了一边。

看着那条被冷落的围巾，云知眼睛里的光顿时暗淡，指甲在手掌心抠了抠，小声地低语：“你不围一下吗？”

韩厉目不转睛地看电视：“太热了。”

家里暖气足，光是一件单薄的打底衫都让他热得不行，再围一下，他不得热死过去。

“你就……试一下嘛。”云知不死心地继续劝说，正当她想说这是自己亲手织的时，一旁的韩奶奶扫了眼沙发上的围巾，拿起来左右翻了翻，脸色当下阴沉，冷哼一声，甩在一边。

“我知道你是好意，但这围巾的料子太粗糙了，小厉围不惯，上面也没个标签，别是三无产品，再让我乖孙过敏喽。”

云知眼梢耷拉，不敢再说话了。

气氛骤然变得诡异，韩祝祝左看看、右看看，嘴唇动了动：“奶奶，这不是三无产品。”看了眼云知，她继续说，“这是韩云知自己织的。”

韩祝祝不说还好，一说出来，韩奶奶的表情变得更加刻薄。她把围巾捡起，里里外外翻了个遍，啧了两声："这针线这么粗，线头都没剪干净。再说了，外面买的毛线能好吗？"

韩祝祝偷偷瞄向云知，默默缩起脖子不再说话。

此时，韩厉单手扯过围巾。

云知绣工很好，从上次在他裤子上打补丁就能看出来。

针脚并不像韩奶奶说的那样粗糙，反而很密集，韩厉捏捏料子，虽然没有他那些羊绒的好，但软软的，也很暖和。

他起身，直接把围巾裹在了脖子上。

韩厉个子高高的，五官硬朗英俊，像他这样的体型、相貌，可以驾驭一切服装配饰和各种颜色，自然也包括红色。红色放在他身上并不显得土气、艳俗，反而衬得他肤色白亮，少年气十足。

手织的围巾很厚实，韩厉刚裹上就觉得热了。他慌忙摘下："挺暖和的，料子很软。"他对着韩奶奶说，"现在管得严，外面很少有人卖假货啦，您以后少看朋友圈里那些东西，百分之百都是假新闻。"

今天韩厉是主人公，韩奶奶也不想在孙子生日这天闹得不愉快，冷冷地瞟了一眼云知后，转过身继续看电视。

那条围巾也在韩父韩母手上过了一遍，两人都夸云知细致，随后找了个开心的话题聊，这点小小的不愉快就过去了。

只有云知清楚，韩老夫人会和她过不去的。

晚饭过后，她独自回屋翻着日历。

距离寒假还有两个月时间，只要她期末考试考五百五十分以上，就能转去特招班。等她成功进去，那个时候，她就可以和大哥提出离开的要求。她翻了翻这几个月的成绩单，她进步得很慢，但可以看出在一步一步向前走，考试分数在五百分左右徘徊，只要她在接下来的两个月里努努力，多找李爷爷补习，相信期末考试应该不会出太大的问题。

想到这儿，云知的心安定了下来。

“喂。”

后头传来韩厉的声音，她转过头。

少年穿了一身黑，点缀在胸前的红色围巾成了唯一的亮色。

云知没想到韩厉会这么穿戴出去，短暂的错愕后，内心生出一抹小小的喜悦：“你要出去？”

“嗯，和方明。”韩厉眼睛一瞟，看见桌上还放着一个相同的盒子，便想到那可能是路星鸣的。

他心里不是滋味，却也没有表露。

“我奶奶就那样。她从小没过过苦日子，觉得不是大牌就不能用，今天不是特意针对你，你别多想。”

云知一下子笑了：“我知道。”

看见她眼底的明媚，一直计较这事儿的韩厉总算松了一口气：“那我走了，你要一起来吗？”

云知摇摇头：“不了，你好好和朋友玩，不能打架哦。”

“我不打架。”

他晚上还要回来，要是被爸妈抓住他打架，今晚就别好过了。

待韩厉离开，云知无所事事地趴在桌上出神。

韩厉去和朋友庆生，路星鸣会不会也和同学们在一起？

她蠢蠢欲动，不禁点开手机看朋友圈，刚一刷新，就见到武晓松发布的动态。

武晓松：“祝路哥生日快乐。”

后面贴了两张图片，他们在一家很豪华的包间里，路星鸣被围在正中间，面无表情，看起来一点都不开心。

云知在下面留下评论：“这是哪里呀？”

武晓松很快回复：“云姐要来吗？不过已经结束了，路哥好像不是很开心。”

云知：“为什么？”

武晓松故意回答：“唉，小女佣不在身边，换谁都不会开心。”

“小女佣”云知悄悄地害羞了，她的后背紧贴着椅背，双手捧着脸，一双眼痴痴地盯着盒子。

呆滞片刻后，云知表情逐渐坚定。

——她要去找学长。

——她要去给学长过生日！

打定主意，云知麻利地换下身上的睡衣。外面冷，她戴了顶红通通的小帽子，帽子上面还顶了个圆球球，之后穿着白色大衣和运动鞋，把所需要的东西一股脑塞在包包里后，小心翼翼地走出门，扒拉着楼梯扶手向下面张望。

韩老夫人正和韩父韩母在客厅看电视。

现在刚好九点，这个时间，大哥肯定不会答应让她出去，问起原因，她也不好多说。

思来想去，云知决定偷偷跑出去，等给路星鸣送完礼物再回来，那时候他们肯定发现不了。

云知抱紧盒子，蹑手蹑脚地走下楼梯。

长辈们都没发现，倒是韩祝祝听到动静回过了头，看着穿戴整齐像是要逃跑的云知，韩祝祝一双眼倏地瞪大。

云知脊梁僵硬，连忙竖起食指放在嘴边：“嘘。”

韩祝祝眼神茫然，偷瞄一眼身旁的奶奶，冲云知摊手摇头。

云知没有理会，抱紧盒子撒丫子向后门跑去。

“祝祝，你看什么呢？”韩奶奶忽然问。

韩祝祝收敛眸子，挽住韩奶奶的胳膊，摇头：“没看啥。”

云知已经通过客厅的后门到了花园，从正门出去肯定会被发现，她准备翻墙跑。

云知先将盒子抛出栏杆外，然后双脚并用踩着栏杆，灵巧地从上面跳了下去。落地后，她捡起地上的盒子拍了拍，一路小跑离开小区。

路灯光明晃，她脚下的影子一路追随。

这条路僻静无人，蜿蜒至夜色深处。

云知紧紧抱着盒子，一想到马上就可以见到路星鸣，也不觉得路上孤寂。

她跑到小区外的公交车站，成功搭上一辆末班车，辗转到城中，又换车抵达诚南附近的商厦。街边刚好有一家蛋糕店，她进去买了一个小蛋糕，徒步向公寓走去。

夜风突然停了，纯白色的雪花洋洋洒洒地从空中飘落，路人纷纷止步，仰头看着这第一场冬雪。

第四章

生日快乐

“送你的新毛裤，喜欢吗？”

“喜欢。”

冬雪微凉，一片接连一片地亲吻云知的睫毛和皮肤。

她走得很快，呼出的气在围巾上凝结出白霜。

跟公寓还相距一条街的时候，云知突然瞥见前面一抹熟悉的修长身影，就在不远处。

他很高，身姿挺拔似竹，脚下步伐缓慢，雪落在他的肩头，背影显得格外温柔。

云知一双眼瞬间亮了，对他的呼声突然卡在了嗓子眼。眼看少年愈行愈远，她张张嘴，终于发出声音："学长！"

前面的人身形一顿，很快回头。

灯火阑珊的尽头，站在雪景中的小姑娘戴着红帽子，围巾下包裹的小脸像杏儿一样清甜，她笑时有酒窝，一双眼亮闪闪的，整个人漂亮可爱得就像是圣诞老人赐予人间的礼物。

"学长！"

云知又叫了一声，像兔子一样蹿过来。

路星鸣总算回过神，看她健步如飞，不禁提醒："小心滑……"

话音未落，云知啪嗒一声踩着冰雪滑倒在地，手上的两个盒子一齐掉在身旁。

果然滑倒了。

路星鸣大步上前拉着她的胳膊搀扶起来："你跑这么快做什么。"

他拧着眉，眼睛上下打量。

云知手掌被刮破了皮，她呼了呼伤口，委屈巴巴："我想给你过生日。"

地上的蛋糕盒子被摔得变形，云知眼底带着失落，她本来想着和路星鸣一起吹蜡烛呢。

路星鸣弯腰把盒子捡起，里面的蛋糕被摔得分散开来，透过透明的包装盒，依稀可以看见上面写着"学长，生日快乐"。他抱着盒子的手微微收紧，眸子骤然温柔。

路星鸣抬眼，柔声安抚："没关系，还可以吃。"

她抽了抽莫名发酸的鼻子，点了点头，可是心情止不住地难过。

路星鸣俯身看着那发红的眼眶，冰冷的指尖轻轻捏上她软软的脸蛋，声音清透："不哭哦。"

"我不哭！"云知忍住眼泪，扬起的小脸写满坚强，视线里，他眉眼清俊，瞳孔被白雪映衬得分外缱绻。

云知定定地看着他，嘴唇抿了抿后，说："学长，生日快乐。"

她过来，就是想和他说这几个字。

路星鸣一笑，饱满的额头轻轻在她的脑门上一碰，惹得小女孩立马面红耳赤。

他俯身拍去沾在她衣裤上的雪花尘土，又稍稍整理了一下那变得皱巴巴的衣服，最后拉起她小小的手腕径直向前走："走吧。"

"还……还有个盒子。"云知慌忙将地上那被冷落许久的礼物盒捡起来，宝贝似的抱在了怀里。

"那是什么？"

盒子的配色有些堪忧，系在上面的蝴蝶结很有年代感。

"生日礼物。"

"我的？"路星鸣挑眉，饶有兴趣，"能提前告诉我是什么吗？"

小姑娘一脸正色："不行，吃完蛋糕才可以告诉你。"

路星鸣又扬了一下眉毛，没再多问，直接回了公寓。

云知摔的那一跤让白大衣变成了黑大衣，落在上面的污渍让她心疼坏了，也不知道能不能洗掉。

"过来。"刚换上拖鞋，一边的路星鸣拿着药箱对她招呼。

"我们拆蛋糕吗？"

"一会儿拆。"路星鸣拉过云知，用医用棉把伤口周边的污渍处理干净，动作轻柔地涂着药水。

药水刺激得伤口作痛，云知两条眉毛皱在一起，想抽手，但还是咬咬牙忍了下去。

"可以了。"

云知松了一口气，立马兴冲冲地把蛋糕取出来放在桌上。

蛋糕已经摔坏了，奶油乱糟糟地粘在盒子上，上面的精致花纹全被破坏，在灯光下毫无美感。云知忽觉失落，但还是强打起精神，点燃蜡烛，关闭室内的所有灯光。她一把拉过路星鸣，嘴里不住地催促着他许愿。

望着那摇曳的烛火，路星鸣缓缓地闭上眼。

“好了吗？”云知屏息凝神，小心翼翼地问。

“没有。”

过了一会儿，云知眼巴巴地问：“好了吗？”

路星鸣：“没有。”

“哦。”云知把下巴搁在桌上，眼睛看了看路星鸣的脸，又看了看飘出奶香的蛋糕，舔舔嘴角。

她正想着偷偷弄一点尝尝味道时，耳边飘来少年的警告：“不可以偷吃。”

她鼓起腮帮子，老老实实地坐好。

终于，路星鸣吹灭了蜡烛。

“你许了什么愿？”云知的语气中满是好奇。

“说出来就不灵了。”路星鸣眼睫毛低垂，切下一大块蛋糕送到云知的手上。

她早就饿了，没用刀叉，迫不及待地咬下一大口，奶油沾在嘴角四周像是一圈白胡子。她心满意足地发出感叹，顿时觉得这是有生以来最幸福的时刻。

云知不过生日，也没吃过蛋糕，韩老夫人送韩厉的那个蛋糕又大又可口，但她没敢多吃，尝了小小两口就不敢动了。

路星鸣单手托腮，满脸笑意地看着她。

蛋糕吃完，云知才想起送路星鸣的礼物还没有拆。她把盒子推过去，紧张地搓了几下小手：“送你的。”

在云知的注目礼下，路星鸣慢腾腾地解开蝴蝶结，打开盖子，然而，在看到里面的东西时，他的表情一下子僵硬了。

那是一条毛裤，大红色，很鲜艳亮眼。

路星鸣慢慢抬头看向云知，她毫无觉察，腼腆地低下头："我亲手织的。"

"亲手？"

"嗯。"云知说，"我很穷，没钱买太贵的东西，所以就亲手打了条毛裤。现在天冷了嘛，你刚好穿。"

沉吟片刻后，路星鸣开口："谢谢。"

"不客气。"云知莫名地害羞。

两人坐着沉默几秒，云知突然起身跑入洗手间，在关门前冲路星鸣正气凛然地喊："学长，你试试看大小，我躲起来，不偷看！"

咔嚓，她干脆利落地锁了厕所门。

客厅中，路星鸣和那条红毛裤僵持许久，最后捂额，沉重地长舒一口气，认命地拿起毛裤，走到床边换上。

路星鸣发现小姑娘真是细心极了，毛裤打得细密不说，裤裆中间还给开了个口子，裤腰和脚腕处都束了松紧带，真是处处彰显着周到。

换好毛裤的路星鸣面无表情地站在镜子前打量，穿上毛裤的他看起来就像是从村里走出来的山娃子，浑身上下透露着朴素。

老实说，毛裤很暖和，比他的保暖内衣还要暖和，就是毛毛的，会刺皮肤，他不太习惯，手钻进去来回挠动。

"学长，你好了吗？"

身后，云知的声音小小的。

路星鸣一个激灵，唰的一下把手抽回，轻咳一声："好了。"

云知从里面走了出来，她上下端详着路星鸣，表情中分明是对自己手艺的满意，随即在他的脚边蹲下，动手将裤腿束在袜子里。

做完这一切，云知才称心地点头："新毛裤会扎人，回头套一条秋裤就舒服了，你看看，大小合适吗？"

看着那紧紧地束在外的袜子，路星鸣的唇抿起，眉微挑，鼻子向上皱了皱，表情说不出地复杂。他喉结动了动，艰难地从齿缝挤出两个字：

“合适。”

“那你喜欢吗？”

路星鸣沉默了，沉默了整整两秒钟。

“喜欢。”两个字轻飘飘的，带着无奈的妥协。

云知顿了顿：“你要是不喜欢，我就拆了，给你做别的，你想要什么呀？”

听她说要拆了重做，路星鸣立马说：“不用，我就喜欢穿毛裤。”

“真的？”云知的眼神透着怀疑。

“真的。”他语气笃定，不似假话。

云知垂下的双手紧了紧，眼神四处游离几圈后，双唇张合，发出几个好似蚊鸣般的语句：“那最后……能、能抱抱吗？”

说完，云知紧张地屏住呼吸，等待回应。她看电视上给朋友过生日后都会有带着祝福的拥抱。

路星鸣低低地一笑，揽住她的肩，把她牢牢抱在怀中。

他双臂结实，胸膛温暖，可以把她完全笼罩，隔着衣服，她听见他沉稳有力的心跳声。

她指尖动了动，缓慢地抬手回抱住路星鸣。

气氛很温馨，对于生日当天能收到云知的礼物和祝福，他也觉得甜蜜。

只不过……真痒！

云知在他的怀里紧闭双眼，他欲言又止，想推又不舍得，最后小心地松开一只手，背到后面挠了挠，一旦她有了细微的动静，他立马把手放回去。

他很忧愁，小假发的审美好像出现了一些小小的偏差，按照这个趋势下去，他很可能会收到手织毛衣、手织背心，说不准还有手织裤衩子。她手艺好，要是哪天心血来潮再给他做一双布鞋，那他穿，还是不穿？

路星鸣深深忧虑，最终暗下决心。

——以后一定不要让云知管穿搭！

天色太晚，路星鸣不放心云知独自回去，于是直接驱车送她到了韩家门口。

下了车，云知抬眸看向身后的宅院，一片漆黑，想必都早早地睡了。

雪早已停下，晶莹的白雪映着深夜的黑，两者结合，令这个夜晚如梦如幻。

路星鸣双手插兜，静静地倚着车身，目光跟随着她娇小的身影。

“我回去啦。”

两人之前说过道别，此刻云知又和他说了一句。

见少年颔首，云知恋恋不舍地转过头，踩着栏杆便要上去，快要爬上去的时候，她又停下，跳到路星鸣的面前。

“生日快乐！”云知仰起脸蛋，水盈盈的眼睛映着他英俊的眉眼。

“你说过了。”

“再说一次也没关系……”云知蹭了蹭脚尖，垂着头沉默许久，终于找不到任何措辞，“那、那我走啦，晚安。”

“晚安。”他低哑至缱绻的声音在耳边过了一遍。

云知朝他看了一眼，最后翻身爬上墙。通过后花园的这段路，她都处于梦游状态，直到感受到一道冰冷的目光飘过，才猛然惊醒。

二楼的一扇窗户里亮着一盏灯，窗帘半拉开，一张脸阴恻恻地从上面露出，是韩老夫人。

云知心头一紧，当下失去反应。

韩奶奶面无表情地看了她三秒钟，转身消失在窗帘后面。

云知长松一口气，悄悄地打开后门，脱了鞋，赤脚回到房间。

路星鸣一直在楼下，直到云知屋里的灯光亮起，他才驱车离开，同时收到她的一条语音信息：“路上注意，还有生日快乐。”这是第三遍。

路星鸣打开车载音乐，脸上浮现出浅浅的笑意，可是想到早上路星泽打来的电话时，神情逐渐冷淡。

“爸今天让你回来一趟，他想让你和孟家的小女儿订婚，约定时间在下周。”

那些话在脑中盘旋不散，路星鸣心烦气躁，用力一打反向盘，朝家里的方向开去。

这个点，路家所有人都睡下了，路星鸣进门时弄出不小动静，很快就把路父和苏婕吵醒。

刚下楼的路父没什么好脸色："这么晚回来做什么？"

"您不是想见我。"路星鸣坐在沙发上，斜扫他一眼，"我回来了，又问我想做什么。"

路父冷哼："有事明天再说，现在太晚了。"说着，他准备回房间。

路星鸣不给他机会，冷冷地开口："拖到明天未免太晚，现在说最好不过。"

路父皱眉，身子未动。

"按照我外祖父留下的遗嘱，只要您将我抚养到十八岁，你会拿到柳氏地产的五成股份，剩余财产与股份都由他的孙子，也就是我继承。如今我已经十九岁，您是时候执行那份遗嘱了。"

在路星鸣的母亲离世后不久，他的外祖父被诊断出癌症晚期，外祖父自知时日无多，又明白一群人对柳家虎视眈眈，担心他孤苦无依无人照顾，更怕自己一手创办的企业毁于一旦，于是只能把一切托付给路父，尽管外祖父知道路父是逼死自己亲生女儿的罪魁祸首。

外祖父很快去世，路父顺理成章地接管柳氏集团，一年后娶了现在的妻子苏婕入门。又过了不久，路星鸣多了个弟弟，他彻底成为家里多余的人，如果不是那份遗嘱，他的日子可能会过得更加艰难。

路父的脸色瞬息万变，半天才咬牙切齿着说："路星鸣，你的意思是想单飞？"

路星鸣神色平静："您的想法可以再大胆些。"他笑了一下，"我想和你断绝父子关系。"

"你还真敢说。"

"这不正是您期望的吗？"路星鸣挑眉，"你已经拿到了我妈的所有财产，如今我只要我外祖父留给我的那一份。如果您还挂念我们的父子之情，我希望您可以把我妈留在梨园的小洋楼给我，您要是不愿意，我可以买回来。”

“路星鸣！”路父捂着胸口震怒，“你为了逃避联姻就要和我断绝关系？你真是翅膀硬了要自己飞对不对！”

“对。”路星鸣回答得毫不犹豫，他双眸赤红，神色间满含着戾气，“所以，您痛快点，不要耽误我们的时间。”

路父扣紧五指，愤怒地盯着路星鸣。

他年轻时有个相恋的女生，后来因家族插手，被迫分离，与路星鸣的母亲结了婚。当初他们说得非常清楚，三年之后就和平离婚，结果对方欺骗了他，偷偷怀了孕，还将孩子生了下来。

路父不喜欢这个儿子，自妻子去世，他对路星鸣更加厌恶、恐惧。每当路星鸣用那双眼睛看着他时，他总想到他妻子从冰水之中被捞出来的模样——瞪大着眼，诉说着对他的怨恨与不甘。

断绝关系也好，路星鸣玩世不恭、一无是处，根本无法为家族创造一丁点利益，本来还想着让他与孟家联姻，再为集团做些贡献，现在看来也没有什么必要了。

“好，但你要放弃对我所有财产的继承权，此后，你是生还是死，是好还是坏都和我没任何关系。”

路星鸣点头。

“你外祖父留下的财产，我会在一周内分配好，合约也会在这周拟定好，你可以慢慢等。”

路星鸣又点点头。

“至于你母亲的房子，我会一并给你，前提是你要用你外祖父的老宅和我换。”

哪怕是这会儿，路父也不想做亏本买卖，路星鸣点头，再次答应。

“那好了，你可以离开了。”路父摆手，神色看起来很倦惫。

路星鸣看着他斑白的两鬓和不再年轻的面容，心底触动，忍不住问：“爸，您知道今天是我生日吗？”

路父皱皱眉，像是在思索。

路星鸣突然释然，再也不等待回答，拎起包扭头离开。

屋外很冷，他坐在车里看着身后那豪华的宅院，从搬过来的开始到现在，他每时每刻都感受着严寒刺骨。

家和他无关，父亲和他无关，屋子里的一草一木都和他无关，不管是炎夏，还是深秋，他只有一个人，从此开始，他就真的只是一个人了。

路星鸣踩下油门，车影慢慢驶入黑夜。

“小鸣，你爸爸不是故意填错你户口上的生日的，他只是暂时忘记了。”

不，妈妈，他只是不在意。

他从未在意过。

眼前的景色略显模糊，路星鸣紧咬牙关，最后胡乱摸了一把脸，眼神归于平静。

这几天路星鸣都没有来学校，电话打不通，公寓里也是长久无人。

刘彪虎他们好像对这种状态见怪不怪，都没有表现得太过着急。只有云知，每天上学都会看着他空空如也的座位发呆，放学后会用他留下的备用房卡打开他公寓的门，进去把里里外外打扫个遍，之后坐在柔软的沙发上独自难过。

学长不回来，肯定是遇到麻烦了。

云知想帮忙，但是无能为力，除了每天给他发语音，根本什么都做不了。

她打不起精神，就连遛狗时都蔫不唧儿的，不乐意和塞翁、失马聊天，耳机里放的歌都是《悲伤太平洋》。

两条狗崽感受到她心情不好，一改以往的风格，不再拉着她在街头跑酷，而是乖顺地走在身边，特别听话。

现在是晚上九点，前些天才下过雪，如今地面凝结成冰，因为气温下降得过于厉害，街上也没多少人。

云知正慢悠悠地走着时，失马脚步突然停下，下一秒拉着云知往前冲，塞翁也失去往日的沉稳，跟在失马身边跑，一边跑，一边不住地汪汪叫。

云知的小身板毫无抵抗之力，她拉紧牵引绳，感觉寒风在耳畔咆哮，风刃割脸，刮得皮肤生疼。

“停下！停下！不能跑！”云知吐出飞舞进嘴巴里的假发，不住地嘶吼着。

“汪！”

塞翁、失马停了，大尾巴在屁股后面甩着。

“不能这样跑，地上那么滑，会摔倒的。”云知呼哧呼哧喘着粗气，耐心教育着狗子。

“汪！”失马压根儿没听，眼睛发亮地看着前面，见云知半天没动弹，失马直接咬住她手上的绳子，拉着她往前走。

云知困惑地抬头，熟悉的身影落入眼底。

她还没来得及惊喜，就见三个人团团将路星鸣围在中间。

“听说路少被驱出了家族？以后可没人罩着你了，看你还有什么傲气的资本。”

这话一字不落地传到云知的耳朵里。

三人哄笑，路星鸣始终不为所动。

她攥紧牵引绳，眼底愠怒，忍无可忍地带着狗子上前，挤开他们，挡在路星鸣的身前，在几人惊愕的注目下扬起下巴：“我罩着！”三个字铿锵有力。

他们面面相觑，顿时愣住。

看着不知从哪里钻出来的云知，路星鸣先是微微愕然，随后抿唇低笑，双手自然而然地搭在她单薄的肩上，轻声附和：“对，她罩着。”

得到应和，云知身板挺得更直：“我告诉你们，你们要是为难他，我就放狗咬你们了！”

脚下的塞翁、失马配合地弓身龇牙，眼露凶光。

两只狗体型庞大，威风凛凛，更别提被养得油光水滑，就算五个人在这儿，可能都不是它们的对手。面前几个人瞬间都怕了，狠话都没放就仓皇逃离。

他们狼狈逃离的背影让云知发笑。她对着三人离开的方向做了个鬼脸后，慢慢转身，面向路星鸣。

他们差不多一周没有见面了，云知明明是想念他的，也有一堆话想和他说，可真正见到时，脑海中只剩空白。

她不自觉地握紧牵引绳，脸上满是不加掩饰的局促。

路星鸣垂眸看她，片刻后蹲下身捏了捏失马那肉乎乎的脸蛋："抱歉，我最近在忙一些其他事，所以没来看你们。"

他的话是对着塞翁、失马说的，却是给云知听的。

"以后我都不会再离开了，希望我的小可爱不要生气，好不好？"他捏着失马的大耳朵，狗狗舒服地打了声呼噜。

他们玩得很开心，路星鸣脸上的神情也是从未有过的放松、愉悦。

云知看看狗子，又看看路星鸣，不知怎的，有些吃醋。她鼓起腮帮子，强行蹲在两条狗中间，不觉间放软语调："你也摸摸我嘛……"

她撒娇，并自觉地把脑袋瓜凑了过去。

路星鸣忍俊不禁，隔着毛茸茸的帽子在她的脑袋上拍了拍，最后指尖下滑，用摸过狗脸的手在她婴儿肥的脸蛋上掐了一把，顺便还把狗毛蹭在了云知的鼻尖。

她难掩欣喜，冲路星鸣露出两个小酒窝。

"你吃饭了吗？"

"吃了。"

"那你明天就能去学校了？"

"嗯。"

简单的日常对话后，云知把塞翁的绳子松开，送到他的手上，两人慢悠悠地向李爷爷家走去。

路上静寂，路星鸣忽然出声："你怎么不问我之前去哪儿了？"

云知说："你有你的个人空间，我没必要叨扰你。"她的睫毛轻快地颤了颤，"不过，你要是想说，我也可以……"

路星鸣开口打断："我和父亲断绝关系了。"

云知一怔。

"外公给我留下一些遗产，这些天都在忙财产方面的事，还有迁户口。因为一直在外面跑，经常忘记给手机充电，并不是故意不回复你的信息。"

他语气平静，像在说家常便饭的事那样平凡简单。

云知在少年眼底看不到任何情绪，像夜里的湖泊一样，无波无澜，没有喜怒哀乐。

云知总感觉路星鸣是难过的，只不过被他很好地掩藏起来。她嘴巴笨，不会安慰人，着急上火，半天也说不出一句好听的。

云知抓耳挠腮，半天深呼一口气打定主意："学长。"

"嗯？"

云知挺起胸膛，慷慨就义般道："我这还存了几千块钱，管够！"

路星鸣一愣，扑哧一声笑了。

路星鸣脱离路家的消息很快便传遍，圈子里不乏一些流言蜚语，往日忌惮他的人在此刻全部露出本性。西校区的一些学生不敢明着表现，毕竟十班的人还都跟路星鸣混着；东校区就不同了，背地里满是对路星鸣的不屑与贬低。

韩厉去厕所时，刚巧撞见几个高年级的在门后头议论。

"那个路星鸣仗着家里作威作福，现在没了路家撑腰，他什么都不是！"

"嘿，今晚上我们堵他一次呗，叫上校外那几个，上次他可把我们收拾惨了。"

韩厉眯了一下眼睛，直接把厕所门踹开。

脆弱的厕所门虚虚晃了两下，韩厉迈着六亲不认的步伐向那两人走近。

韩厉的突然出现让二人蒙了一下，随后谄笑："厉少，你来得刚好，我想路星鸣那事儿你也听说了，我们要是现在……"

"我和你们熟吗？"韩厉按着那人的脑袋押向洗手台，语气满是狠厉，“今儿心情不好，你说我该怎么样才好？”

两人的脸色瞬间变了：“厉哥，别……别啊，我们这也是为你好。”

“滚！”韩厉一脚踹过去，指着两人冷冷地警告，“再让我听见你们背地里说三道四，小心我让人割了你们那两张臭嘴。”

他脸色不善，吊儿郎当地晃出洗手间，徒留两人在原地呆若木鸡。

韩厉一路摆着一张臭脸，过路人不敢惹，好哥们也不敢问。直到放学，韩厉独自去西校区闲逛，害怕被人看见，偷偷摸摸极力躲避着人群。

眼看全校的人走光，韩厉硬是没见到他那个姑姑和路星鸣从里头出来。

烦。

不会是被人揍了吧？

蹲在这儿的时间略长，韩厉耐不住肚子饿，最后朝校门口看了一眼，起身去后街觅食。

天冷下来后，往日热闹的步行街上也没几个人。他正准备买一盒小丸子时，瞥见一行人从身旁走过。

韩厉看那为首的人有些眼熟，于是努力搜寻着脑海中的记忆，最后想起那人好像是隔壁体校的，叫什么刘莽，半年前找路星鸣麻烦，结果被路星鸣揍了一顿不说，还被扭送到了警察局，此后学业彻底荒废。

韩厉预感不妙，悄悄跟了上去。

“打听好了，路星鸣这几天都在西街活动，这个时间点我们刚好能堵住他。”

果然，这几个人想找路星鸣麻烦。

韩厉磨了磨后槽牙，大步上前，讪笑着打招呼：“哟，莽哥出来了？恭喜啊。”

一伙人盯着韩厉看了好一会儿，其中一个男生凑到刘莽的耳边：“你认识？”

没等他回话，后面的人就说：“这不是诚南东校区的韩厉吗？上次揍你那事儿，他也一起掺和了！”

顿时，众人的视线变得危险起来。

韩厉嘴角的讪笑变成尬笑，最后归为紧张。他小步后退，正要撒丫子跑时，三个人按倒他，开始一阵猛踹。

韩厉抱着头，心底不住地暗骂。

他隐约想起上次是和路星鸣约架，结果这个刘莽横插一脚，当时他真的就是凑热闹，主犯完全是路星鸣，哪承想这么久了这人还记得。

韩厉被踹得连咳几声，最后找准机会抓住其中一人的大腿，把他拽倒在地上，骑在他身上重拳出击。

对方被震慑得静止了五秒钟，很快全部涌上来，韩厉不敌，被推搡退至墙角。

他除防备外，毫无招架之力，那条原本受伤还没好利索的腿又挨了几脚，他疼得闷哼，咬牙没叫出来。

“你不是和那个姓路的不和？怎么现在逞起英雄了？”对面的人嘲讽。

“你要不考虑入我的伙？新仇旧恨，找那个姓路的一起算了。”

“我都听说了，路星鸣被赶出路家，就算真出了点事，他家人也不会管，你也不用担心摊上什么责任。”

他们越说越过火，甚至想教唆着韩厉一起对付路星鸣。

韩厉唾骂一句：“呸！路星鸣比你们几个强多了，我才不和你们一道呢！”

他是和路星鸣不和，但不代表他会联合别人给路星鸣下绊子，这不道德，也不符合他光明正大的作风。

说完这话，韩厉便闭紧眼睛，准备挨这一顿揍。可是，意想之中的拳打脚踢并未落下来，耳边一阵哐当的响动，同时还有痛呼声和倒地声，偶尔伴随几句狗叫，一片混乱之后，时间静止下来。

同时，少年清冷的嗓音传至耳边：“谁准你们欺负我侄儿的？”

韩厉正茫然着，感觉到脸上有湿意，有东西舔过来了。

啊！他不会失身吧？

求生欲让韩厉快速睁开眼，然后与一双黑汪汪的眼睛对了个正着。

他盯着狗子，狗子盯着他。

三秒后，失马在他的身上一阵狂舔。

“啊，你别过来啊！啥玩意啊！把它弄走！”

路星鸣好整以暇地站在一旁：“你叫，你越叫，它越兴奋。”

这话听着不太对味，韩厉皱皱眉，艰难地推开失马坐起来。

路星鸣逆光而立，袖口卷起，大衣敞开，除了一头的汗，全身上下完好无损。

“你把那伙人弄走的？”

路星鸣淡淡地“嗯”了一声，见韩厉狼狈地倒在地上，顿时冷嘲热讽：“出息，五个人就把你整得趴下了。”

韩厉不服气：“要不是我腿上有伤，能给你表现的机会吗？”还嘲讽他，无耻。

路星鸣放下袖子，拉好拉链，抬手招呼失马过来，上前用脚尖轻轻踹了踹韩厉的小腿肚子：“能走吗？”

“你说呢？”韩厉不耐烦，狠狠地揉了把乱糟糟的头发，“你滚吧，回头我找方明过来。”

路星鸣冷冷地说：“找他来给你收尸？”

韩厉不说话，刘莽很可能会回去搬救兵，等方明来了，说不准真要给他收尸。

路星鸣喉间溢出一声无奈的感叹，上前用力扯起韩厉的胳膊，轻轻松松地把人扛在了肩上。

韩厉表情一凝：“喂，你干吗？”

路星鸣哼笑：“紧张什么，长辈能害你不成。”

路星鸣暂时松开手上的绳子，让塞翁、失马紧贴在他的脚边走，自己一路扛着韩厉。

看着脚下那悠闲的两条狗，韩厉不禁问：“怎么是你出来的？”

路星鸣说：“你姑姑在准备期末考试，我让她听李爷爷讲课，我出来遛狗。”

韩厉嗤笑：“她赚钱，你工作，这事儿倒挺美。”

路星鸣叹息一声：“没办法，身为有担当的男人总要辛苦一些。”

韩厉静默，这小子觉悟倒是高。

休息一段时间后，韩厉的腿已经不是那么疼了，于是想着下来，再说，一个大男人扛着另一个大男人的画面太过诡异惊悚——路星鸣没强求。

从路星鸣身上跳下来后，韩厉拖着受伤的腿一瘸一拐地走着。

“说起来，上次住院的钱都是你出的吧。”

“不记得了。”

“回头我转到你账上吧。”

“不用。”路星鸣轻声拒绝，区区一点医药费，没那个必要，何况花钱的还是云知的亲侄子。

韩厉可不是这么想的，他看着路星鸣的目光中透着一丝怜悯，嘴里啧啧两声，单手拍打上路星鸣的肩膀：“从现在起，你就是没爸的孩子了。”

路星鸣沉默。

韩厉：“我不介意你认我做长辈，以后叔叔每个月都给你钱花。”

他真是个好人，他如此宽宏大量，为敌人敞开胸怀，甚至愿意无私奉献。

这是太让人感动了，韩厉忍不住湿了眼眶。

路星鸣面无表情地对失马打了个手势：“干他。”两个字坚韧又铁血无情。

韩厉被失马狂追两条街，眼看马上就要到家，路星鸣才发号施令让狗子停下。

看着那头跑得喘不上气的韩厉，路星鸣很是满意地奖赏了失马一颗零食。

路星鸣被生父扫地出门已是尽人皆知，十班的同学并没有因此对他抱有偏见，依旧“哥哥”长“哥哥”短地每天叫唤，就连东校区那群不对盘的都一改以往，见到他和见到亲人似的摆出一张笑脸，估计是韩厉在背地里对他们下过警告，所以才不敢当面造次。除此之外，隔壁体校的刘莽也没继续找他的麻烦，很可能是那天被打惨了。

转眼到期末，云知的考试成绩总分五百五十分，可以说是超常发挥，最让人意外的是路星鸣，他以七百分的高分占据榜首，排在年级第一。

“路星鸣”那三个字显眼地占据在百名榜首位，云知去看成绩时，只以为是自己看错了，或者是遇到同名的，但她确认再三，没找到和他有着相同名字的人，最后接受了这玄幻的现实——他是隐藏的学霸！

她就知道路星鸣很聪明，就知道路星鸣不可能只考两百分，路学长是世界上最棒的天才！

云知激动难掩，站到榜单面前，用手机对着自己的脸和榜单上的“路星鸣”三个字来了张自拍。

快门按下之时，一张脸贴上镜头，剑眉星目，高鼻薄唇，是路星鸣。

她像是干坏事被抓包的小女生一样，红着脸偷偷地把手机藏在身后：“学长，你怎么来了……”

“看成绩。”路星鸣轻轻瞥一眼榜单上自己的名字，意料之中的结果。

他很快收回视线，走到云知的身侧：“快放寒假了，你是要回家吗？”

云知拧巴着一张小脸没说话，她当然是想回山里的，但师父说大雪封山，路不好走，加上春节高峰期很难买到票，让她安心留在城里学习功课，等开春化雪，他再过来看望她。

师父说的话不无道理，可是，她从小到大都没离开过大山，如今剩下师父孤零零地过年，未免太过可怜。

云知拿不定主意，惆怅地叹气多次。

路星鸣沉吟浅笑，指尖肆无忌惮地刮着她柔嫩的脸颊：“不如留下来。”

云知仰头看着他。

“和我一起过年。”

他的眼眸幽幽沉沉的，云知揉揉耳根，点了点头。

路星鸣嘴角瞬间弯起，眼角眉梢写满舒畅。

第五章

迷妹们都是不可理喻的

夜空中烟火一朵接一朵亮起，
其实这个冬天并不是很冷。

寒假很快到来，宿舍因为要重新整改，校方让住校生提前搬离。

云知一共也没多少东西，收拾起来也痛快，临走时还不忘重新将屋子打扫一遍。看着骤然空荡荡的公寓，她满心失意，等到下个学期，女生宿舍就会修整好，到时候会重新分配宿舍，她就要和路星鸣彻底分开了。

那样子算不算两地分居？

突然冒出的少儿不宜的想法让云知霍地全身发热。

不、不对，她和学长又没住在一起过！

云知紧张地长呼两口气，手做扇子状在脸边狠狠地扇风。

冷静下来后，云知左手抱着小兔子，右手拎着包，深深地看了居住半年的寝室一眼后，关门离开。

这一刻的云知不知道，这天之后她不会再回来，她也不会知道，再过不久真的要和路星鸣“两地分居”。

1 月 24 日，距离新年还剩下一个小时。

云知觉得和韩老夫人在一个客厅里太尴尬，于是找了个借口回房间网上冲浪。

班级微信群里正是热闹的时候，红包一个接一个在眼前滑过，云知抢红包的速度很快，没过一会儿就几百块入账。她也不吝啬，又包了个小红包发了出去。

刘彪虎：天哪！整整一毛钱巨款！四舍五入一个亿！感谢云姐慷慨解囊！

武晓松：我收到五毛！五毛！感谢云姐慷慨解囊！

方正：一分钱不配和你们说话。

方圆：我只比我哥多三分钱。

他们没有恶意的打趣让云知很是不好意思。

韩云知：等我有钱了，再给你们包大的！

钱：发送红包。

武晓松：@钱，路哥？

钱：从云知的工资里扣的，很大，不要客气。

闲聊起来，时间过得非常快。

透过半敞开的房门，云知听到楼下电视机里传来主持人慷慨激昂的倒计时的声音，距离新的一年还剩下十秒。

五秒。

三秒。

云知拨了路星鸣的电话号码，他很快接通。

“学长，新年快乐。”

一秒。

轰！

窗外烟花乍响，五光十色遍布漆黑无边的夜空，将夜色笼罩得宛如白昼。

凌城某些县区还没有禁炮，这一刻噼里啪啦，全是鞭炮声，她听不见路星鸣在说什么，但她知道，那一定是最动听、最温柔的缱绻之语。

待爆竹声停下时，云知听到耳边传来少年绵长的呼吸：“云知。”

在她的印象中，路星鸣很少叫她的名字，但每次叫起，都惹得她心动，泛起涟漪。

路星鸣声音缓缓：“我准备参加今年六月份的高考。”跳级参加高考。

云知思绪一晃。

“当初因为我母亲去世，我入学的时间比同龄小孩晚。父亲……”他顿了一下，“他的鄙夷让我陷入十几年的自我否定中，等再回头，我发现我已经落后别人太多太多了。”

云知不禁握紧手机，静静地听路星鸣继续说下去。

“我准备上京，报考 A 大的航空工程系。”

隔着手机，路星鸣独自坐在空寂的房屋之中，仰头看向五彩斑斓的天空，身后却是一片荒凉寂静。

他的这个决定很突然，云知眼睛倏地瞪大，手腕不稳，手机啪嗒一声从手上滑落到桌面。

她定了定神，急忙将手机重新捡起，小心翼翼地将话筒放至耳边：

“那、那你要是考上了，是不是就要上京了？”

“嗯。”

云知的心重重地一沉，小心翼翼地问：“我是不是就很难见到你了？”

“不会。”路星鸣安抚，“想开点，万一我考不上呢。”

“你那么聪明，肯定能考上。”云知低头，眼泪突然掉了下来。

她害怕路星鸣听到哭声，急忙忍住眼泪，胡乱地抹干净脸上的泪痕：“你可以做你想做的事，不管你做什么，我都会支持你。”

云知因哭泣的嗓音显得沙哑，也更加奶声奶气。

路星鸣不自觉地勾起嘴角，很是温柔：“谢谢。”

“学长……”云知拖长尾音，软绵绵地叫着他。

云知趴在桌子上：“我从小也没有家人，是师父把我捡回来养大的，师父是我最亲最亲的人，你……”她咬了咬唇，声音轻柔，“你也是我的亲人，以后我带你去见师父，他一定一定会喜欢你的，到时候我们每个新年都在一起过。所以，你不要觉得孤单。”

她嘴上不说，这些天却还是担心的。

今天是新年，是家家户户团圆的日子。但云知知道，路星鸣一定是一个人孤孤单单地坐在窗户前面，看着别人的热闹，来重温自己那灰白的过去。

云知无法立马赶到他的身边，但她想告诉他，她在的，不管何时，不管何地，她都会陪在他的身边，就像他总是在自己需要时突然出现那样。

这些话让路星鸣冰冷的胸膛突然伸进一根春藤，慢慢成长为参天大树，将他温柔地包裹。

他闭了闭眼，看向窗外的万家灯火，说：“谢谢。”

夜空中烟火一朵接一朵亮起，其实这个冬天并不是很冷。

云知准备去给路星鸣拜年，所以早上醒来得很早，等她锻炼完，韩祝祝也起来了。

见韩祝祝下楼，客厅里又没其他人，于是云知直接上前拦住，叫她的名字："祝祝。"

韩祝祝刚刚醒来，脾气不甚好，懒洋洋地打了个哈欠后，没好声地回："干吗？"

云知双手背在身后，一脸正经："给我拜年。"

"哦。"韩祝祝随意地一应，"新年好。"说完，韩祝祝绕过她去餐厅吃饭。

云知不依不饶地伸手拽住她的胳膊："不行，不行，你好好拜。"

哎哟喂，真是烦死人了。

韩祝祝皱着一张小脸，正面对着云知，不情不愿地说："新年好，祝你在新的一年身体健康，长出头发。"

云知杏眼一弯："欸！欸？韩祝祝！不要嘲笑人家的头发啦！"

云知摸着自己像杂草一样乱长的头发，不开心地跺跺脚后，把事先准备好的红包送到了韩祝祝的手上："给。"

正因为她的头发而发笑的韩祝祝蒙了一会儿，诧异地指着自己，问云知："给我的？"

云知轻咳两声清清嗓子，立马端起长辈的架势："新的一年要好好学习，不准早恋，听到没有？"

韩祝祝一脸迷惑，她这长辈架势是不是有点大？

除了韩祝祝，还有一个韩厉，云知揣着另外一个红包敲响韩厉的房门。

"进，门没锁。"

闻声，云知径直而入。

卧室内窗帘还拉着，床上被子凌乱，衣服、袜子被胡乱地丢了满地。

韩厉正在洗手间洗漱，装模作样地用刮胡刀剃着脸上并不存在的胡子，最后摸了摸光滑的下颌，对着云知问："喂，你有没有觉得我成熟了？"紧接着，他又问，"你说我有没有男子的气概？"

看着地上飘出阵阵酸臭味的袜子，云知点点头，老实地回答："有。"味儿还挺重的。

得到满意的答案，韩厉嘚瑟地挑起眉头，冲镜子里的自己抛了个媚眼，自信地想：他都这么有男子气概了，过两天约颜瑟出来肯定没问题！

结果，下一秒——

“韩厉，我们今天去学长那里吧。”

安静了好一会儿，韩厉朝天翻了个白眼：“去他那里做什么？”

“拜年呀。”说起拜年，云知想起红包还没有给侄儿。

她晃了晃韩厉的臂膀，兴冲冲地催促：“韩厉，你快给我拜年，快点。”

“嗯，新年好。”韩厉的态度比韩祝祝还要敷衍。

云知不开心地鼓起腮帮子，小眼神幽怨至极。

韩厉长长地叹了一口气，拱手弯腰，语调拉得又长又慢：“侄儿在此祝姑姑新的一年和和美美，平平安安，还要快点长出头发。”

这些人现在怎么都这个样子呀！

云知表面上不爽，其实心里美滋滋得很。

她把薄薄的红包塞到韩厉的手上：“那你快点收拾，我们去学长那里。”

韩厉没想到云知的长辈架子这么重，红包竟然都早早地准备好了，他浓眉上扬，当着云知的面拆开。

里面放着三百块红色钞票，还有一张小小的新年卡片，贺卡上画着一个丑丑的火柴人，笑得傻不拉几，要是没猜错，那个火柴人应该是他，最下面还写了一行娟秀的字迹。

“祝韩厉长高高。”

韩厉扑哧一声笑了，看向云知：“喂，我现在很矮吗？”

云知认真思索一番，颔首：“比路学长是矮了那么一点点。”

韩厉撇撇嘴，把红包收好，嘴里嘟囔：“路学长、路学长，我看你这是着了他的道儿。也不知道那个路星鸣有什么好，能让你迷成这样，简直是中邪。”

云知瞬间奓毛：“韩厉，你不可以说学长的坏话！”

韩厉翻了个白眼，转身去衣帽间换衣服，懒得和云知计较。他只是在陈述事实，哪里是什么坏话。

果然，迷妹们都是不可理喻的。

韩厉穿戴整齐，和云知一起去给父母和奶奶拜了年，收了三个大红包后，硬是被她拉着去找路星鸣。他不情不愿，死气沉沉地跟在她的身后。

屋外年味很重，爆竹的烟火味在鼻尖萦绕。

云知先去了一趟超市，超市里熙熙攘攘，人满为患，卖的东西也比往日贵了一倍，那些价格让她肉疼，最后还是忍痛买了两大包吃的、喝的。

从超市出来，她看见街边有人卖对联和灯笼，于是上前，指着那些红通通的对联问："大叔，这个多少钱一对？"

"十五元钱一对。"

"那个福字呢？"

"十块钱，带金边的十五块钱。"

云知摸着自己瘪下去的钱包犹豫半晌："大叔，你一共算我二十块钱好不好？给我留五块钱坐公交车。"

她穿着厚厚的红色棉服，小脸裹在围巾下，一双眼睛晶莹透明，很是讨人喜欢。

摆摊的大叔一下子笑了："行，小姑娘这么可爱，就算你二十元钱。"

说着，大叔麻利地把对联和"福"字一起装在了袋子里，最后还送了她一个平安福挂饰。

云知道了谢，喜滋滋地接过袋子。

她笑容满面，不知道的还以为她捡了多大便宜。

韩厉不以为然："五块钱的事儿，你也想浪费口舌。"

他从小花钱大手大脚，对财物没意识，自然不理解云知这种捡了小便宜的开心。

"就在这儿打车吧。"韩厉在马路边停下。

"现在高峰期，打车太贵，还容易堵车，我们就坐地铁去嘛，前面就是地铁站了。"

韩厉皱眉，懒懒散散地跟在她的后边走："你知道路星鸣现在住哪儿？"

云知点头："昨晚路学长把地址给我了，叫什么锦都花苑，早上我查了地铁，坐十号线直达。"

韩厉打了个哈欠，不再说话。

地铁里很挤，人挨着人，没一处下脚的地儿，时不时还有人撞韩厉一下，踩他一脚。他哪受过这种对待，当下暴躁得想要骂人。

还好锦都花苑到了，云知拎着大包小包，健步如飞地向小区跑去。

知道她要过来，路星鸣早早便在小区门口等候。

他一眼就发现了云知，小姑娘左手一个袋子，右手一大包，帽子上的毛球球一跳一跳。她跑得飞快，丝毫没有被手上的东西和厚重的羽绒服所影响——远远看去就像一只红色的兔子。

"学长！"云知挥手和他打招呼。

路星鸣主动接过她手上的大包小包，瞥了一眼眼神幽怨的韩厉，轻笑一声："好久不见啊，小厉。"

韩厉狠狠地磨牙："好好叫我的名字，恶心死了。"

路星鸣一点都不生气，自然地接过云知手上的东西，拉着她向里面走。

锦都花苑属于花园别墅区，分联排和独栋。

路星鸣住的是独栋区，穿过木板铺成的蜿蜒小路，到了尽头的一栋两层小洋楼，他没锁门，直接推开大门，让两人进入院子。

院中杂草丛生，显然长久无人打扫。屋里很宽阔，只摆了一些必要的家具。

"你这房子哪儿来的？"韩厉四处打量，房屋里的沙发、桌子都是老款，挂在墙壁上的大钟很有时代感。

路星鸣的语调淡淡的："我母亲的房子。"

云知一怔，不禁看了过去。

路星鸣早已避开视线，毛衫的袖子卷到手肘处，井然有序地将袋子里的食材拿出来放在冰箱里。

过年少不了吃饺子，考虑到路星鸣和韩厉不怎么吃素，云知特意买了肉馅。拌馅料时，她戴上事先准备好的口罩，才开始动手干活。

常吃肉的人可能不觉得肉的味道难闻，可是，云知从小习惯素食，生肉的腥味会让她胃部不适。

分别拌好荤素两种馅料后，她开始擀饺子皮。

“我来帮你。”路星鸣走进厨房。

云知狐疑地看着他：“你会吗？”

她大半张脸都裹在了口罩的下面，隔着口罩，声音含混不清。

“应该会吧。”路星鸣不太确定。

云知沉默，毫不犹豫地把他赶了出去：“算啦，算啦，你给我准备点硬币就好。”

别到时候忙没帮成，反而添了一堆麻烦。

被莫名嫌弃的路星鸣很是不爽，转身去外面找了几枚硬币洗干净给她，然后站在一边静静地观摩她包饺子。

她擀皮的速度很快，没几秒便擀好一个。接下来是包馅儿，云知三两下灵巧地捏出一个饺子。

路星鸣的视线缓缓地从她的手上移到脸上，微微扬眉。

他没想到脸蛋动不动就红通通的小假发会这么心灵手巧，既会补衣服，又会做好吃的，吃苦耐劳，几乎什么都会，想来小时候的日子过得应该也不好。

“我来。”路星鸣撩起袖子，上前挤开云知，接过她手上的擀面杖。

云知刚想说“你不会”，就见路星鸣有模有样地擀出一个，虽然没她做得好，但也差不到哪里去。她抿唇笑了笑，没再阻拦，站在他的身边包饺子。

两人干活的速度很快，饺子很快包好，她分批下锅煮，在等饺子熟的这段时间又让他和韩厉去外面贴春联，这么一来，年味瞬间有了。

转眼到晌午，云知和路星鸣做了满满一桌子菜。

韩厉早就饿傻了，迫不及待地想要动筷，然而，就在此时，路星鸣掏出一个红包放到他的面前，他一头问号。

“长辈的小小心意，好好学习。”路星鸣慈爱地拍拍韩厉的肩膀，夹起一大块香辣排骨放在他的碗里，“来，尝尝我的手艺。”

他现学现卖，菜的品相看着不咋样，但味道应该过得去，要是难吃就全给韩厉，反正这小子不挑。

韩厉被路星鸣雷得全身的汗毛倒立，不自觉地打了个激灵，诡异地瞅了他好几眼，咕噜一声咽了一口唾沫，眼神警惕：“你、你是不是在菜里下毒了啊？”

“学长没下毒，我一直盯着他呢。”

韩厉依旧死盯着他，可是半天也没从他的表情上瞅出不对劲，最后轻轻一撇嘴，把红包丢过去：“不稀罕。”

路星鸣似笑非笑：“真不要？”

韩厉特别高傲：“不要。”

路星鸣晃着红包，佯装可惜：“这是下个星期上京飞机模型展的门票，听说那位颜小姐也会出席，既然你不要……”

话音未落，韩厉唰的一下将红包夺过，当宝贝似的藏在怀里，一改刚才的态度，一本正经地对路星鸣说：“谢谢路同学，路同学真好。”

云知：侄儿的原则呢？

韩厉偷偷在桌下打开红包看着里面轻薄的门票，心中期待又雀跃。

原则有什么用！女神才是最重要的！

想到颜瑟那高冷出尘的容颜，他控制不住地傻笑出声。

云知无奈地摇摇头，默不作声地夹菜吃。

她这侄儿八成是没救了。

饭后的碗筷是韩厉洗的，三人正琢磨下午要去哪里打发时间，从院子外传来刘彪虎粗犷的大喊：“路星鸣，开门！”

“叫什么，门没锁。”武晓松毫不见外，直接推门进来。

两人本来觉得路星鸣一个人过年可怜，加上不想在家被七大姑八大姨问候，于是专程来陪他过春节，结果进门就傻眼了。

只见他们十班的小宝贝坐在沙发前悠闲地看着重播的春节联欢晚

会，而向来和西校区不对盘的韩厉正屈尊扫地，至于他们路哥——在监工。

“我是不是进错门了，还是在做梦？”刘彪虎茫然地发问。

武晓松目瞪口呆，狠掐了一把刘彪虎胳膊上的肥肉，听他痛叫出声后，才说：“真的。”

见鬼了不是？韩厉竟和他们路哥在一起过年，还勤勤恳恳地做家务！

“杵在门口干吗呢，还不进来。”风吹进来很冷，路星鸣皱眉催促。

两人手忙脚乱地换好拖鞋，走进屋依旧一脸茫然、错愕。

韩厉被那两个人的眼神盯得不耐烦，没好气道：“你们瞅啥？没见过靓仔扫地？”

刘彪虎和武晓松齐齐摇头，最后武晓松呆呆地说：“路哥，这就是你的不对了，你怎么能让厉哥扫地呢？不合适，来、来、来，我来。”说着，他要上去抢扫把。

韩厉面子上挂不住，红着耳根赶人：“去、去、去，没你们的事儿，别给我在这儿添乱。”

两人隐隐约约觉得不对，但也没好意思多问。

过了一会儿，刘彪虎转了转眼珠，挤着坐到沙发上，脸上带笑：“云姐，你们一会儿有安排吗？”

云知诚实地摇摇头，他们还没决定好要去哪里，这俩人就来了。

刘彪虎一拍大腿：“那赶巧了，我们也没安排。一会儿要不一起去鬼屋吧？听说那座鬼屋特别大，春节去还有优惠呢。”

这个提议让武晓松的眼皮子狠狠地一跳。他拉过刘彪虎，压低嗓音说：“你什么毛病？大过年去鬼屋？”

刘彪虎挤眉弄眼，不住地向云知和路星鸣示意。

武晓松秒懂，为了路哥的晚年生活，过年去个鬼屋怎么了！

“没错，虎子说得对，我们就去鬼屋！”

“路哥，你不是有辆车吗，我们现在抓紧时间快点去！”

“就是，就是，这么好的机会可不能浪费了。”

两人你一句、我一句，根本不给人反应的机会。

云知听得晕晕乎乎的，好半天才插进话：“鬼屋？”

“对！鬼屋特别好玩，特别有趣，云姐，快点穿衣服。”刘彪虎扯下大衣丢了过来。

云知拿着衣服不知所措地看向路星鸣，他已经穿好了大衣：“走吧，去看看。”

话已至此，云知只好戴好帽子，穿上衣服，跟着三人出去。

被落在后面的韩厉弱小又无助，能不能有人尊重一下他的意见！谁乐意大过年去鬼屋哦，有病吗，这不是？！

“喂，等等我啊。”听到车子发动，韩厉急忙追了出去。

一行人没多久就抵达目的地。

这座名叫“惊魂大厦”的鬼屋由废弃的精神病院改装而成，前身的种种恐怖传闻更为这座鬼屋添加了一抹神秘的色彩。

路星鸣将车子停好，推开大门，和他们结伴进入。

偌大的院子里空无一人，很是荒凉，矗立在正中的大楼一共六层，外墙破旧，显得格外阴森可怖。一楼是售票处，路星鸣买好票，工作人员一人给了他们一个小本本，上面是地图与注意事项。

云知看到注意事项的第一条就是不准殴打工作人员，第二条大写加粗着“心脏病人不得参与游戏”。

她翻了一页，第二页简单地写着鬼屋的介绍。

“惊魂大厦建立在时空断层之中，要小心鬼魂出没，更要注意别被丧尸抓到，只有胜利者，才可以统治大厦，祝你好运。”

写得倒是玄乎，云知撇了一下嘴，丝毫没有被上面的东西吓到。

“这里有两扇门，挑战者可以自主选择路线。”穿着制服的工作人员笑眯眯地站在门前和他们说。

两扇门分别是“求生之路”和“尖叫之屋”，看起来似乎没什么区别。

刘彪虎和武晓松相互给了个眼神，一把拉过韩厉：“我们走求生之路，路哥，你和云姐去尖叫之屋。”

“我不。”韩厉嫌弃地挣开刘彪虎，“我不和你们在一块，我也要去尖叫之屋。”

求生之路听着就恐怖，加上这俩人又不靠谱，他才不会和他们走在一块呢。

再说了，路星鸣那小子明显是想借此机会在云知面前逞英雄，云知怎么着也是他们家的人，他才不放心让她和一匹狼单独走在一起。

打定主意，韩厉径直而入："我们三个去尖叫之屋，就这样决定了。"

刘彪虎和武晓松耸耸肩，进了另外一扇门。

云知跟着路星鸣一起进入，身后的房门吱呀一声瞬间关闭。

走廊冗长，头顶的电灯忽明忽暗，噔噔的脚步声回荡在耳边，清脆又诡异。两边的门都关着，偶尔会有尖叫声传来。

云知注意到墙壁上贴着的警示标记：请小心外科医生，见之务必躲藏，不要发出声音，不要被他找到。

“害怕吗？”路星鸣突然问，云知摇了摇头。

“怕的话，可以拉住我的手。”路星鸣顿了一下，“其实都是人扮的。”

云知正好奇着不住地张望，对他那安慰的话并未放在心上。

就在此时，云知听到走廊深处传来脚步的声音，她定定地朝着声音所在的方向看去。

那是个医生，穿着带血的白大褂，一只手握着手术刀，一只手拖拽着一个“死人”，一瘸一拐，慢悠悠的，所到之处会在地上带出一道深深的血痕。

云知并不害怕，只是觉得稀奇，倒是那边的韩厉吓惨了，明明知道这是工作人员假扮的，但还是被那逼真的特效化妆惊出一身的冷汗。

“韩厉，躲在柜子里。”云知指了指旁边的柜子提醒，然后拉过路星鸣，二人一同躲入另一个柜子狭窄漆黑的空间里。

柜子的空间很小，勉强能容纳下两个人。可是路星鸣个子高，原本刚好的空间在此时变得逼仄、拥挤。

嗅着从少年身上飘来的气息，云知不自觉地靠后，路星鸣似乎也觉察到两人太过亲近，便默默地向后退了一步。

如此难熬又尴尬的局面很快被韩厉打破：“憋死我了。”韩厉上前敲柜门，“他走了，可以出来了。”

两人同时松了一口气，推开柜门离开。

接下来，他们跟着指引上了三楼，三楼的气氛更加诡异。

整条走廊的灯光全部处于关闭状态，两边的屋子偶尔会冒出几秒钟的红光，韩厉控制不住人类那该死的好奇心，爬上门窗向里面看。

他不看不要紧，一看胆差点被吓破。

屋里是个穿着白衣服的女人，手里拿着一盏骷髅灯，红光就是从那玩意里面散发出来的，当他趴在窗户上向里看时，那个女人也站在里面看着他。

韩厉汗毛倒立，抖光了一身的鸡皮疙瘩。他不敢逗留，匆匆跟在云知和路星鸣的身旁。

走廊很快又陷入黑暗，想到刚才所看见的惊悚画面，韩厉根本不敢迈开腿，这时他才意识到小姑姑的好，于是伸手摸索，想拉住云知，寻求庇护。

很快，韩厉握住一只手，安全感一下就上来了，让他长长地松了一口气。

环境静谧，只有三人的脚步声在回荡。

路星鸣走得不紧不慢，当那只手握上来的时候，他先蒙了一秒，随即抿唇浅笑。到底是女孩子，遇到这种情况，她还是会害怕的。

不过，她的手好像比原来更加粗糙了，想来是最近几天操劳的。

路星鸣不嫌弃女孩儿手骨大、手指硬，只是心疼她做那么多活儿会辛苦、会累。

他收紧手指，牢牢地握住，对方也握得更紧。

然而，就在此时，红灯亮起。

云知大摇大摆地走在他们前面，路星鸣和韩厉顿时愣住。

两人唰地扭头，又唰地低头，看着彼此握在一起的手，脸上露出相同的嫌弃和厌恶，之后同时抽离，背过身掏出纸巾疯狂地搓揉。

啊！

恶心！

路星鸣狠狠地瞪向韩厉："离我远点。"

韩厉不甘示弱地瞪回去："你才离我远点。"

他们彼此厌恶，拉开距离，再也没说话。

云知并没有注意到他们两个的状态，正专注地找着厕所。她揉着肚子，心想：早知道出来时就不喝那么多水了。

她取下包包塞到韩厉的手上："我去一下厕所，你先帮我拿着啊。"

韩厉愣了愣："你一个人去？"这个问题问得很是莫名其妙。

韩厉抓着板寸头："你不怕吗？要不要……"

话音未落，就见一个穿着红衣、妆容狰狞的女鬼从转角飘了出来，韩厉倒吸一口凉气，吓得神情僵硬。

"嘻嘻嘻……找到了，被我找到了……女孩子可以做成人皮大衣，男孩子就熬成汤，剩下的骨头做耳环……"

她说话断断续续，笑容阴森。

韩厉反应无能，路星鸣面无表情。

只有云知宛如看到救世主般跑了过去，神色匆忙："姐姐，你能告诉我厕所在哪儿吗？我找半天没找着。"

"女鬼"显然怔住了，好半天，朝旁边一指："左走，再在尽头右拐。"

"谢谢姐姐。"得到路线后，云知马不停蹄地向厕所跑去，一眨眼便没了影踪。

女鬼：疑惑。

"我也去上厕所。"路星鸣不紧不慢地绕过女鬼，向云知离开的方向走去。

两人一走，就剩下韩厉杵在原地和女鬼大眼瞪小眼。

第六章

头，头，我的头掉啦

我还是个孩子，你别迫害我！
韩云知，我要回家！

解决完生理需求后，云知洗干净手，走出洗手间。

路经一个房间时，那扇房门毫无预兆地打开，云知好奇地歪了歪头，转身进入。

屋子里面不同于其他房间，灯光很明亮，暖气开得也足，几张桌子并排立在墙边，见有人进来，懒散地坐在沙发上的工作人员立马起身，笑脸相迎："恭喜您找到神秘屋，成为我们第一位幸运顾客。"

云知一脸茫然。

"只要你参与我们的春节尖叫活动，并且成功地吓到与你随行的伙伴，便可以获得我们特别准备的奖品。除此之外，此次的费用全部减免，客人，您要参加吗？"

春节期间鲜少有人来鬼屋玩儿，为了刺激消费，策划特意推出这么一个点子，要是效果好，以后会用在各种假日里，只是很多人胆子小，不敢参加。

云知环视着墙壁上的各种道具，不禁来了兴致："我可以参加。"

她刚才还觉得这里无聊，可要是扮鬼就不同了，能参与工作人员的工作不说，还能拿到奖品。

"你可以在这里选择造型，我们很快会为你完成。"

工作人员将一个造型册递给云知，由她挑选。

云知仔细地翻了翻，里面有僵尸，有断头鬼、学生鬼，还有西方的吸血鬼与丧尸，品种很齐全。

云知挑来选去，最后选了抱着头颅的僵尸："这个。"

"好的，那你先去里面换衣服，我们的化妆师会为你上妆。"

云知跟着造型师去了换衣间，将僵尸衣服穿好。两三个人围在她的身边开始化装，他们轻车熟路，没一会儿就让她大变了样子。

镜子里的女孩穿着清朝的官服，脸上、脖子上都弄了伤口妆，配合着苍白的瞳孔和涂抹得惨白的肌肤，格外惊悚。

之后化妆师把一颗血淋淋的道具头颅挂在她的脖子上，调整好位置后，点头说："可以了，你可以通过监控找到你的伙伴，只要你能成功吓到一个人，就可以得到奖励。”

对方给云知看了监控，路星鸣刚从厕所出来，韩厉正躲在某个犄角旮旯里，时不时战战兢兢地回头，看样子吓得不轻。除此之外，她还看见几个扮鬼的工作人员在房间里斗地主，剩余两个在地上边抠脚丫子，边吃薯片。

身旁的动作人员见此状，急忙关闭监控，尴尬地一笑：“这是个意外情况，你现在可以开始了。”

云知收回目光，双臂伸直，一蹦一跳地离开房间。

后面的工作人员：“你可以一会儿再演！”

云知不为所动，蹦跶着走远。

工作人员无奈地摇头，这小姑娘入戏还挺快。

演僵尸是个技术活，胳膊一会儿就酸了，云知停下歇了一下，开始思考要去吓唬谁。

从监控来看，刘彪虎和武晓松正在六楼砍丧尸，去找他们实在太远了，这么一来，只有路星鸣和韩厉可以吓唬。

思来想去，云知决定去找韩厉。

她重整旗鼓，伸直手臂继续向前蹦蹦跳跳。

转角时，云知陡然与过来找她的路星鸣撞了个正着，二人面对面均是一愣。

云知看着他，还维持着先前的动作。

面对着少年幽邃的目光，她慌乱了两秒钟就定下了心神：化妆师的技术高超，脸上的粉涂了没三层，也有两层，就连自己都不认识，路星鸣也肯定不认识！

这么一想，云知有自信了。

她挺直胸膛，突然坏心地想看看路星鸣被吓到是什么样的。

“我……是……僵……尸……”

云知刻意转变声音，一边蹦跶，一边死气沉沉地说着令人恐怖的话：“我要吃你的脑子。”

路星鸣的脸上露出了小小的疑惑，云知不依不饶：“我……”

“你干吗弄成这样？”路星鸣倏地打断，指腹在她的脸上一蹭，摸了一手白粉。

云知眨了眨眼睛，路星鸣上下打量她：“你一直这样蹦跶过来的？”

云知缓缓点了点头。

“累吗？”他的语气中已带上笑意。

云知撇撇嘴，给了他一个哀怨的小眼神后，委屈巴巴地抱怨：“你都不害怕……”

她经历了很长时间的化装，自己看自己都害怕，本来以为路星鸣也会意思意思地害怕一下的。

路星鸣挑挑眉，忍住笑意：“好像真的有鬼来了。”他听到了脚步声，一把抓住云知，“走吧，去那边躲一下。”

她还没反应过来，就被拽得踉跄一步，挂在脖子上的道具头颅跟着晃了两下，最后彻底从绳子上脱离，掉在地面上接连翻滚几圈。

见脑袋掉了，云知忙拉住路星鸣，急急地说：“头，头，我的头掉啦！”

她挣开路星鸣的手，蹦跶过去把头颅从地上捡起，宝贝似的理了理脑壳上的头发，重新挂在了脖子上。

正当云知要继续跟着路星鸣走时，她的余光瞥见一抹熟悉的影子。

她止步，定睛一看，韩厉站在几步远的距离，眼神空洞，目光苍白。

云知眼睛一亮，乐呵呵地冲他挥挥，蹦跶着追了过去：“韩……”

“啊！”尖叫声划破走廊。

“你离我远点！我不玩了！啊！你个大西瓜！我还是个孩子，你别迫害我！韩云知、韩云知！你快出来，我不玩了！我要回家！我要回家！”

韩厉捂着眼睛，害怕到胡言乱语。

几个人在鬼屋玩得非常开心，其中云知收获颇丰，除获得减免费用的奖励外，她还拿到了工作人员赠送的道具头颅，包括那套衣服。

出来时，刘彪虎还不尽兴，和武晓松商量着下次再来。

只有韩厉，双腿发软，脸色苍白，萎靡不振，一副历尽摧残的肾虚模样。

“那我们就在这儿散了吧，刚我妈打电话叫我回家了。”刘彪虎说。

路星鸣晃动着车钥匙：“要送吗？”

刘彪虎挤眉弄眼：“哪敢劳您大驾，送我们云姐回去就好。”说罢，两人随手招了一辆出租车离开。

他们走后，路星鸣主动充当起司机的角色送韩厉他们回家。

韩厉到现在都还没什么精神，靠着椅背坐着沉默不语。云知在副驾驶座上，低着头饶有兴趣地摆弄着那颗道具脑袋，脸上挂着笑，看起来玩得很开心。

很快到家，韩厉率先下车回屋找妈。

云知刚要进去时，大衣的帽子被路星鸣揪住，她迫不得已停下脚步，回头困惑地和他对视。

路星鸣沉吟两个字：“拜年。”

云知纤长的睫毛轻轻地颤了颤，微微地张口：“新年快乐。”

只是简单的四个字便让他心情甚好，舒展眉心，他从口袋里取出一个红包递到她的面前。

云知很是诧异：“给我的？”

“嗯。”他散漫地应道，“新年总不能忘记犒劳员工。”

云知腼腆地咬咬下唇，不好意思地接过红包：“谢谢学长。”

她道谢的样子很乖，尽管手上抱了一个令人惊悚的、血淋淋的头颅，还是一点也不影响她的可爱。

路星鸣情不自禁地伸出手掐了掐她圆乎乎的脸蛋：“乖。好好学习，开学后还是要去给我打工的。”

“知道啦。”云知冲他摆摆手，抱着一颗道具脑袋一路小跑回院子里。

见女孩的身影完全消失在大门后，路星鸣才上车离开。

云知已经进了门，屋内的暖气顿时驱散从屋外带来的冰霜，她换好拖鞋走到客厅，害怕道具吓到家人，特意用羽绒服挡住。

见她一路偷偷摸摸地进来，韩奶奶冷冷地瞥她一眼，突然叫住她，问："你怀里揣的什么？别是把什么不干不净的东西带到我家里来，大过年的，惹晦气。"

云知护紧道具，后退了两三步："是外面买的玩具。"说完，她一溜烟跑上楼梯。

韩奶奶冷哼一声，没好气地将手上的瓜子丢回瓜子盘："还玩具，多大的人了，还玩玩具，我看就是白花你的钱不心疼。"

韩父的目光暂时从电视机上转移到她的身上，叹气道："云知过完年也才算十八岁，还是个小孩儿。再说，她小时候过得苦，买点玩具也没什么，我们家也不缺那点钱。倒是妈，你别和一个小孩置气。"

"你以为我大过年乐意置气？"韩奶奶骤然提高音量，像是故意要让楼上的人听到，"前不久我可都看见了，她从一辆车上下来，那车不是什么奢华的品牌，但一辆下来也要三四十万，你琢磨琢磨，她大半夜能去哪儿混！"

她的话越说越难听，韩父不想和母亲争吵，默然起身去书房躲清净。

看着韩父郁闷离去的背影，韩奶奶沉着脸，自己和自己生着闷气，直到韩母走过来安抚："妈，你消消气，我知道你对云知有偏见，这是正常的，我可以理解。但那个孩子很乖，不会做出格的事。"

"她要是做出格的事能给你们看见？"韩奶奶嘲讽一句后，转过身，再也没搭理韩母。

韩母犹豫几分，柔声道："我向学校打听过了，校方说女生宿舍很快修整好，最快开春。算算日子，云知也快要高考，到时候我就让她住在学校安心备考。这段日子，您就多忍耐、多包容一下，成吗？"

韩奶奶不说话，算是默认。

韩母也很头疼。

当初她本来就不乐意让丈夫接云知回来，一是云知身份尴尬，二是无法说服韩奶奶，可是架不住韩父软磨硬泡，于是依了。

好在云知很乖，到这儿没给他们添什么麻烦。担心山里的小姑娘不适应城市生活，韩母就让她跟着韩厉住校，周末再回来。老实说，她现在也不放心让云知一个人留在外面，但是为了家庭和睦，总要有人做出让步。

“你以后让她离我们韩厉远点，今早我看她进了韩厉的房间，你说一个大姑娘家的进男孩的房间合适吗？丢人现眼。”

“妈！”韩母皱眉，余光小心地朝楼梯上凝望一眼，紧接着压低声音阻拦，“您乱说什么呢。韩厉和云知还都是孩子，您要是再说这些有的没的，我可真生气了。”

老太太轻哼一声，不再说话，客厅重新归于寂静。

云知蹲坐在楼梯口上，静静地望着楼下攀谈的两道身影。她害怕惊扰两人，站起来时小心翼翼，不发出一点动静。

“喂。”韩厉的声音突然从耳后冒出来，“你鬼鬼祟祟干什么呢？”

云知惊得一抖，冲他比了个“嘘”。

韩厉低下声音，又问了一遍：“你鬼鬼祟祟在干吗？”

“没干什么。”她绕过韩厉，径直向房间走去。

“晚上我要出去玩儿，你要一起去吗？”

云知摇头，韩厉跟在她的身后，正要进门时，被她伸手挡住：“男孩子不要随便进女孩子的房间。”

韩厉：什么鬼？

没给他回应的机会，云知便将门合上。

她拉开椅子坐下，轻柔地拆着路星鸣刚才送给她的红包，里面装的不是钱，而是一张折叠起来的纸。她取出打开，那是一幅线稿，画的好像是塞翁和失马，虽然称不上画得多好，但线条干净，也不算太差，就是上面偶尔多出的黑点很突兀，估计是他下笔时没控制住力道留下的。

画卷后面还落了一首三行诗。

把你藏于掌心，当成不二宝物，你就是我最贪图的未来。

——路星鸣予云知。

酸溜溜的，但是看得人很开心。

云知捂了捂发热的脸，宝贝似的将那幅画来来回回看了很多遍后，无比珍惜地收好放在自己的小包包里，等她以后有了自己的家，一定要把它裱起来挂在最显眼的地方。

云知本来受伤的心在此刻得到治愈，然而，当她躺在床上看着黑夜降临，孤单还是涌来，眼泪不自觉地掉了下来。

她想回家，想和师父一起过年。

云知埋在被子里，一个人悄悄地哭。

第二天晨曦刚升起，她便离开了家。

今天云知要去看望李爷爷，李爷爷的儿子在海外，不回来，就连护工都跑了，听说李爷爷新找了一个，但是她没见过。

云知一路坐公交车到了诚南，路过超市时，进去买了两箱营养品和老爷子爱吃的水果蔬菜，准备中午好好给他做一顿饭。又看见街边有卖狗狗的小玩具，她没有犹豫，挑了两件，一同打包带走。

也不知道李爷爷一个人怎么样了，也不知道这么久没见，塞翁、失马有没有想她。

想到这儿，云知不由得加快脚下的步伐。

很快抵达小区，她一路小跑进单元楼，腾出一只手艰难地从包包里取出钥匙打开门。

“呜……汪。”

耳边传来狗狗委屈的呜咽，云知将门带上，回头一看，顿时愣住。

只见两只狗被锁在客厅阳台外的笼子里，那个笼子很大，但是两只大狗挤在一起便会非常拥挤。它们蜷缩成一团，嘴上戴了铁质的嘴套，发不出声音，只能隔着玻璃委屈兮兮地哼唧。见云知进来，两条狗兴奋地晃起尾巴，奈何空间不足，尾巴摆动的幅度非常小。

云知顾不上换鞋，着急地放下东西拉开阳台的门：“谁把你们关在这儿的？”

这个月份正是最冷的时候，两只狗在温室里长大，就算有一身厚厚的皮毛，也禁不住冷风吹打。它们也不知道被关了多久，从笼子里出来时有气无力。

她给它们把嘴套松开，失马立马将前腿立起搭在云知的肩上，兴奋地在她的脸上舔了好几口。

云知经受不住这个，一边笑，一边躲：“不闹，不闹，失马坐下。”

“汪！”

失马动作敏捷，结果没坐两秒，又对着她一阵狂舔，直到旁边的塞翁冲它龇牙，喉咙里发出威胁的呜咽，才夹着尾巴坐下，毛茸茸的耳朵折成飞机形，看向她的眼睛里写满可怜巴巴。

“好啦，姐姐一会儿和你们玩。”云知拍拍它们的后背，带着狗子进入客厅，“是爷爷把你们放在外面的吗？”

她想想，又觉得不太可能。李爷爷很珍惜它们，完全把它们当成家里的小孩宠，偶尔它们犯错会被关一下笼子，但也不会关这么久，还是在阳台外面。

云知正想着，紧闭的卧室里突然响起一道尖锐的吼声。

“你吃不吃！你以为谁想在大过年来照顾你！给我吃！不吃，老娘弄死你，快吃！”

那声音尖锐，塞翁、失马受到刺激，全身的汗毛都倒立起来，盯紧着房门的眼睛完全没有了先前的可爱。

云知预感到不对劲，先给塞翁、失马打了一个手势后，大步上前推开房门。

卧室内散布着一股恶臭，窗帘拉得紧紧的，不剩一丝空隙。就在这阴暗潮湿的环境之中，老人被布条五花大绑在床上，面庞瘦削，形如枯松，而站在他面前的护工是一副趾高气扬的做派。

她面目狰狞，强行把碗里已经凉掉的米粥往老人嘴巴里塞：“你吃不吃！不吃，饿死你！”

她还没发现有人进来，长长的指甲狠狠地在李爷爷的身上掐了一把，老人发不出声音，皱着眉任她虐待。

眼前的画面让云知的脑袋轰地热了，理智炸开，大步上前扯住护工的胳膊，用力将她狠狠地摔在地上。

对方手上的碗筷没拿稳，碎裂在地上，发出清脆的一声。

“你对爷爷做什么呢！”云知气得目眦欲裂，往日软绵绵的嗓音在此刻变得愤怒、尖锐，“李爷爷，你还好吗？”

老人躺在床上气若游丝，嘴唇宛如中毒一样泛着青紫。

云知凑近了，才看到他裸露的地方满是伤痕，想来他遭受这种待遇不是一天两天了。

她心痛，忍着没让眼泪掉下来。

“爷爷，你别怕，云知会保护你的。”她用力眨了一下眼，哆嗦着手把他身上的绳子解开，随即拿出手机准备报警。

此时地上的护工已经反应了过来，她看出云知的意图，再也顾不上摔得作痛的尾椎骨，冲上来拉住云知狠狠地揪扯一番，嘴里不住地骂道：“你想干吗，这是你家吗！”

护工揪了半天，云知挣脱着不住地后退，头顶绑着的发夹一松，假发脱落，女人手握假发，盯着她半长不短的小子头半晌没回过神。

云知挺起胸脯，高扬下巴，语气中隐隐带着得意：“想不到吧，我没有头发！”

护工面露几分慌乱，咽了一口唾沫，看了看床上不省人事的李爷爷，后退两步，当下要跑。

“塞翁！失马！”

云知一声招呼，两条狗从门外跃进来，毫不犹豫地将护工扑倒在地。

护工被两条大狗死死地按着动弹不得，它们尖锐的獠牙和凶恶的目光让护工整个身体都抖如筛糠。

云知分别拨打了110和120，在等待救护车到达时，小心地擦拭李爷爷口鼻间的污秽物。

被两条狗制住的护工已经觉察到这两条犬并不像是会咬人的样子，加上云知与警方的对话让她恐惧慌乱，现在一心一意想着快点跑，顿时也顾不上那么多，手指摸索到一块瓷碗的碎片，便向塞翁的眼睛刺去。

“汪！”

失马突然跃起将塞翁撞开，护工手上刺了个空。

这些动静自然没逃过云知的眼，她转身踢上护工的手腕，对方惨叫一声，碎片从手上飞出老远。

护工一不做、二不休，扑上来要掐云知的脖子。

云知手劲儿大，轻而易举地抵住了她的靠近，结果她剑走偏锋，突然松开力气，抓住云知白白嫩嫩的手腕咬了上去。

护工咬肌震颤，脸上的皮肉跟着战栗、抖动，猩红的血液很快从她的嘴角渗出。

云知疼得神经麻痹，耳朵轰鸣，眼前短暂地黑了三秒后，毫不犹豫地对失马下了攻击指令。

得到主人的命令，失马立马跳上来咬上了护工的大腿。

“啊！”护工凄厉地惨叫着，倒在地上翻腾、打滚。

失马牙口不松，咬着她的大腿在地上拖拽，她喊叫的声音渐渐低下来。

“失马，停下。”

失马松口。

“坐。”

它乖巧地坐在云知的脚边。

“好狗狗……”云知摸了摸金毛的大脑袋，颤巍巍地抬起手臂，看向手腕上的伤口。

她伤口的周围都肿了起来，被咬过的一圈肉就好像变成死肉一样，泛着青紫。

门口响起敲门声，云知抽出一张纸巾护住伤口，过去开门。

进来的是警察和医护人员：“是你报的警？”

云知点头，强作镇定地说：“爷爷……爷爷快不行了，你们先救爷爷。”

她这会儿才感觉到害怕，赤红的一双眼随时都会掉下眼泪。

医护人员抬着担架进去，他们在看到屋内的情景时都愣了一下，随后把李爷爷和地上昏迷不醒的护工一同抬了出去。

警察看云知手上有伤，没有立即问话，柔声劝慰：“小姑娘别怕，你也一起去医院，有事一会儿再说。”

云知安抚好塞翁和失马，跟着警察一起去了医院。

那个女人咬得很用力，云知沉默地让医生给她的伤口进行清创、消毒、缝线，就算疼出汗，也没吭一声。

包扎好之后，医生让护士给她注射消炎药。

警察很快进入病房，坐在床上的云知眨眨酸涩的眼，沙哑着嗓子问：“我爷爷呢？”

“医生说没什么事，不过现在还没醒。”说着，警察拉了把椅子坐下。

“我能先打个电话吗？”

“可以。”

云知从衣服里取出手机，翻出路学长的电话号码，拨出去。

他接听的速度很快，云知对着话筒颤声叫了他的名字：“路星鸣，你在哪里呀？”

“在宿舍收拾点东西。你怎么了？”他似乎听出云知有几分不愉快，不知不觉放轻了语气。

云知抽了抽鼻子，把涌上喉咙的酸涩咽下去：“有人、有人欺负我。”

她盯着手腕上的纱布，觉得害怕。

云知告诉了路星鸣地址后，挂断电话，把事情经过一五一十地告知警方。警察做完记录还没有离开，静静地陪她等着家属，此时护士进来，准备给她输液。

“手给我。”

云知乖乖地把手臂举高。

护士瞥了一眼她红红的眼睛："你很坚强欸，清创的时候都没有哭。"护士一边安慰，一边低头找着血管。

此时，门外传来凌乱的脚步声。

下一瞬，身穿灰色羽绒服的少年小跑着进来。

他来得很急，喘着气，进门的第一眼便找到了她。

当看到路星鸣的这一刻，云知的眼眶立马泛红，嘴唇紧紧地抿了抿后，眼泪不听话地掉了下来。

她哭得太过突然，护士和警察一起蒙了两秒。

路星鸣深吸一口气，平复了一下呼吸，缓缓地走到云知的身边。

她高高仰着头，对着他哭，他冰冷的手摸了摸她扎手的头发，轻轻把她的小脑袋抱在了怀里。

"没事了，我来了。"

云知不说话，止不住地哽咽。

护士专心着手上的工作，结果针头刚挨上小姑娘的皮肤，她便哆嗦着哭泣出声："疼、疼……"

云知声音抖得厉害，就连捏在路星鸣衣服上的手都带着不小的力度，整个人都吓得不轻。

路星鸣扣着云知的后脑勺，清冷的一双眼看向护士，态度疏远又知礼："她害怕打针，您尽量温柔一些。"

护士默默地看着在路星鸣怀里肆意撒娇的小姑娘，又想到她刚才缝针时面不改色的样子，最终没说破，扎好针后静静地退出房间。

云知现在这个情况八成也说不出什么，路星鸣暂时推开她，弯腰与之对视："你先听话，我一会儿再进来，可以吗？"

"嗯。"云知这时也哭够了，狠狠地揉了揉红红的鼻尖，"那……那你只能走开五分钟哦。"

路星鸣喉间溢出一声笑，应下："好，我只走开五分钟。"

路星鸣起身，跟着警察出去了解情况。

他们的交谈声就在门外，背景的嘈杂让她听不清他们在说什么，没过多久，路星鸣再次进门。

云知当即说："你能帮我去看看李爷爷吗？然后回家去看看塞翁和失马，它们好像好久都没吃东西了。"

路星鸣重新坐在她面前的小凳子上："你把我叫过来就是做这个的？"

云知与他相望几秒，颔首又摇头，声音轻却又坚定："也不全是。"

"嗯？"

"我主要是想见你。"云知看着他说，"那个坏女人咬我，不过，她也没占到便宜，我也放狗咬了她。"说这话时，她有些沾沾自喜，尚未注意到路星鸣因为担心而沉下的眉眼。

云知舔了舔干干的嘴角，眼神里带着几分求鼓励般的讨好："洗伤口的时候很疼，但是我没哭，我不想再当着别人的面哭。"

她真的很疼，药剂淋上来的时候，像蚂蚁在啃食着肉，疼得大脑无法思考。但她学会了坚强，不会再像原来那样哭哭啼啼。

除非……

"我以后只对你哭。"

路星鸣微微抬眼，女孩的眼角都染上了红晕，泪水再次浸湿她的双眸。

云知鼻翼微颤，喉咙发出一声哽咽，又被她迅速忍下去："因为在这里……这里只有你会心疼我。"

她肩膀轻颤，泪意又一次汹涌而来。

路星鸣将椅子往前拉了拉，用指尖摸摸她的脸，又揉揉她的耳，最后擦了擦她湿润的睫毛。

云知睁开眼，泪水戛然止住。

"塞翁、失马我会让虎子他们去喂。"路星鸣开口。

"嗯。"云知点头。

"警察会帮忙联系李爷爷的孩子。"

“嗯。”云知又点头。

路星鸣目光幽邃，看着她说：“星星会陪着云知。”

说着，路星鸣双手放在头顶比了一个兔子耳朵的形状，云知先是一怔，紧接着破涕而笑。

哄好小姑娘，路星鸣抽出纸巾擦着她脸上的泪痕：“这件事我会处理妥善，你不用多想，也不用担心。”

“云知。”路星鸣轻轻地唤她。

云知缓缓地抬眸。

“你做得很棒。”他说，眼神之中满是鼓励。

看着少年英俊坚韧的眉眼，云知焦躁的内心逐渐被安抚。

“那我以后可以和韩厉一起当警察吗？”云知突然有了一个大胆的想法。

“不行。”路星鸣想也不想地让她未来的梦想夭折了。

云知失落两秒钟后：“那我这几天能不回家吗？”她的眼神充满不安，“我想陪着塞翁和失马，也很担心爷爷。”

她更害怕这副样子回去被大哥大嫂抓住问，要是让他们知道自己偷偷打工，肯定会生气。

云知让韩厉为自己打了个掩护，当天直接留在了医院。

李爷爷一直没醒，身上插着大大小小的管子，他好像感觉不到疼，也不清楚自己到底发生了什么，紧闭着双眼，气息奄奄。

云知静静地坐在病床前，听着仪器发出的嘀嗒嘀嗒的响声，突然觉得人老了真可怜。

她垂眼，白嫩的手指头慢慢地握住老人的手指。

李爷爷瘦了很多很多，干瘪的皮肉包裹着骨头，没有一丁点力气。

她又忍不住想起师父，如果她常年留在城里，大山里的师父是不是也会像李爷爷这样，一个人烧水做菜，吃饭过年，病了也无人照料。

“云知……”

恍惚中，老人微弱的声音从耳边响起，她倏地抬眸：“爷爷，你醒啦？”

李爷爷“嗯”了一声，瞄见窗外天色全黑，想来时间是过了很久。他又看向云知，她那哭过的眼睛又红又肿，嘴唇很干涩，手腕上裹着的纱布让他盯着看了许久。

“给你添麻烦了。”好半天，李爷爷虚弱地说了这么一句话。

云知鼻尖发热，摇头：“路星鸣为您安排好了新的护工，塞翁和失马也有人照顾。还有，我们报警了，警察说很快会处理好。”

“我的腿动不了，不然也不会给你们添这么大麻烦。人老了，不中用了……”李爷爷深深叹气，表情里露出几分懊恼。

李爷爷一生最不喜的就是给人添麻烦，凡事能自己解决的，不会找别人，就算解决不了，也总能想到办法。直到孩子离世，他白发人送黑发人，摔了一跤，再也没站起来。

他明明一辈子没给人添麻烦，到老却成了最麻烦的那个。

“云知，手痛吗？”

“不痛。”云知回复得利落，“我一点都不痛。爷爷，你好好休息，我们已经联系了你的孩子，等你睡一觉醒来，就能见到他了。”

听到将要见到自己的儿子，李爷爷安心地闭上了眼，很快陷入睡眠之中。

翌日，李爷爷的小儿子拖家带口地赶往医院，同时警方已调查到了护工的身份信息。

护工本名李宝贞，李爷爷并不是她的第一个受害者，早就在一年前，李宝贞便以护工身份殴打老人，骗取老人的钱财。被害的大多是无妻无儿的孤寡老人，捞完钱后，她迅速换身份到另外一个城市，就连她手上的护工证都是假的。

李宝贞靠着一个假的护工证为非作歹，直到昨天遇见云知，彻底翻车。

李宝贞的腿上被失马咬下了半块肉，经过昨天一整天的治疗，她今天又恢复了精神，正躺在病床上隔着房门大骂：“那个小妮子指使恶犬伤人，我要找律师！我要找媒体！我要告她！我的医药费和精神损失费怎么算啊？怎么算！恶狗咬人你们管不管啊！有没有天理啊！”

她一声更比一声高，做笔录的警察被叫得烦不胜烦，抬头大喝：“住嘴！你先持刀伤人，还怪忠犬护主？”

李宝贞愣了一下后，又开始要死要活地叫嚷起来。

警察皱皱眉，合上本子，直接走出病房。

见警察出来，走廊椅子上的云知立马起身，抓着路星鸣的袖子紧张兮兮地看着他。

“小姑娘别怕。”警察看出她情绪紧绷，立马笑着安抚，“等嫌疑人出院后，就会得到她该有的惩罚。不过，有件事还是要提醒你们，你们的那条狗毕竟咬伤了人，如果对方真的追究起来也是个麻烦，我建议你们把狗妥善安顿好，尽量不要再养在市区。”

李宝贞刚刚在里面鬼叫半天，说了什么，自然都被云知听到了。

她很郁闷，最后把受伤的手臂抬起来，语气固执：“她也咬我了，能不能把她安顿好，不要养在市区祸害人。”

她完全是小孩子心理在赌气。

警察笑了笑：“是啊，所以，我们决定把她关在郊区监狱里不祸害人。”

云知撇撇嘴，闷闷不乐地低下头。

警察很快离开，云知傻站着半天没动静。

“不去看爷爷？”

云知神色恍惚：“塞翁和失马是不是不能陪在爷爷身边了……”

发生了这么大的事儿，小区里估计都传开了。

因为某些爱狗人士行为不端，导致很多群众对狗抱有敌意，更别提塞翁和失马还是两条大型犬。哪怕它们今天是为了护主咬人，传出去也是人见人怕的恶犬，别说邻居不同意，物业也不会再让它们留在那儿。

如果塞翁、失马不能陪在爷爷身边，它们又能去哪里？

云知皱眉咬唇，头顶布着一层厚厚的愁云。

“走啦。”

额头突然被人轻轻地弹了一下，云知仰脸。

路星鸣双手插兜走在前面，声音缓缓地飘来：“去看爷爷。”

云知深吸一口气，暂时放下那些乱七八糟的情绪后，小跑着跟在了路星鸣的身后。

病房里，李爷爷的状态好了很多。

他背靠着枕头，满脸慈祥地听着孙子讲故事，眼神里对小孙子的喜欢简直要溢出来了。

云知从来没见李爷爷这么开心过，她站在门前没有走进去，安静地看着屋内温馨的一幕。

也许对古稀之年的老人来说，没什么比家人的陪伴更加重要。

最后还是病房里的李爷爷先看见云知，他松开孙子，冲儿子低语两句，之后摆手让云知进入。旁边的一家三口合时宜地退出门外，将空间留给了他们。

“手好些了吗？”李爷爷看着她藏在袖子下的手腕，关切地询问。

“好多啦，爷爷好些了吗？”

“不碍事。”李爷爷眼神温和，拍拍身旁的位置，“坐下说话。”

云知坐了过去。

“爷爷准备去美国了。”

云知怔了怔。

“经过这事儿，孩子放心不下我一个人在这儿，就让我和他们一起回去。”

云知骤然失落，慢慢地低头抠着食指尖。

“塞翁和失马带不走，如今只能找合适的人把它们托付出去，我相信会有好人家收留它们的。”

说到这儿，老人的语气染上不舍与叹息。

云知心里沉沉的，嗓子干哑，说不出话。她控制着眼睛中的酸涩，缄默着压下从胸腔传来的不舍与难过。

其实云知很想大大方方地说她来养塞翁和失马，让爷爷什么都不要担心，好好去和孩子过好日子。

可是，她连自己都养不活，又怎么去照顾两条狗。现实很苍白，也很无力。

“所以在找下家的这段时间里，还要麻烦你继续照顾它们。”

云知揉揉眼，重重地“嗯”了一声。

李爷爷慈爱地摸了摸云知的头发：“云知是个好孩子，以后也一定会有更好的人去保护你。”

爷爷说这话时的眼神像极了她的师父，充满对小辈的爱怜。

她的眼圈刹那间泛红，实在不想当着老人家的面掉眼泪，小声叮嘱两句后，安静地走出病房。

第七章

对不起

///

她永远不会忘记在那个阳光明媚的午后，
路星鸣送入她口中的奶糖。

///

云知离开医院，跟着路星鸣去他家看望塞翁和失马。

车内寂静，她久久地盯着外面转瞬即逝的风景迟迟未语。

路星鸣时不时睨她几眼，没有出声。

回了家，两条狗见到云知出现，顿时兴奋得不能自已，撒丫子冲过来在她的脚边打转。哼唧哼唧地撒了一会儿娇后，失马晃动着尾巴去把地上的毛绒公仔叼在嘴里往云知的手里硬塞。

路星鸣觉得那公仔有些眼熟，那不是他放在书房里的……

路星鸣眼皮子狠狠地跳了跳，不好的感觉油然而生。

他鞋都不换进入客厅，待看到眼前混乱的景象时，路星鸣的拳头硬了。

抱枕全部阵亡，沙发腿儿被啃出一个口子，木屑满地，毛絮四处飞，简直就像遭了贼。

他目光冷下来，环视一圈，抄起地上的棒球棍，对着两条狗招了招，语气很是平静："过来。"

失马折成飞机耳，夹着尾巴缓缓地坐在地上，并且紧紧地贴着云知的大腿。

"过来，快点。或者你们想去锅里。"路星鸣不耐烦地威胁着。

失马哼唧两声，叼着公仔意思意思地挪动了两下屁股。

路星鸣拎起抱枕："谁干的？"

塞翁吐着舌头，圆溜溜的眼睛坦坦荡荡，不用想都知道罪魁祸首是某只阿拉斯加。

路星鸣头痛地按了下太阳穴，弯下腰认命收拾着满地凌乱。

云知小心翼翼地瞥了一眼路星鸣的背影，乖巧地跟在后面一起收拾。她本来想拜托路星鸣养它们，这样她就能时时刻刻过来看望它们。

但是，从现在这个局面来看，路星鸣不把它们放在锅里煮就不错了。

云知在心里幽幽地叹气，拿出梳子走到失马的身边，一下一下地梳理着它那厚重的皮毛。

它们不反感被人梳理皮毛，老实地坐在原地一动不动。

看着两条狗听话的模样，云知小声地嘟囔："李爷爷要走了，你们马上也要走了。失马，你要听话，不能再随随便便拆家，你要像塞翁那样懂事，要不然，别人不喜欢你，会把你卖掉的。"

她说了很多，可它们听不懂。

云知任劳任怨地当着铲屎官，没注意坐在沙发上的路星鸣正若有所思地盯着她看。

给狗梳完毛，云知又准备了狗粮给它们吃，大型犬食量大，吃得也快，没一会儿便将满满一盘子狗粮消灭干净。

看着它们吃饱喝足满地打滚的样子，云知心满意足地去准备路星鸣的晚餐。

"路学长，给你做完饭，我就回去了。"

"嗯？"路星鸣微微抬眼，"你不一起吗？"

云知摇头："昨天我就没回去，今天再不回去，哥哥和嫂嫂是会生气的。"

她让韩厉告诉哥哥和嫂嫂，她是在新认识的女同学家里玩儿。好在她平常乖巧，家人对这个借口并没有产生怀疑，如果今天再不回去，哥哥和嫂嫂肯定会问出个所以然来。

"我送你。"

"不用，不用。"云知急忙拦住，"这两天你一直在帮我，都没有好好休息。外面就是地铁站，我坐地铁回去，你好好休息。"

路星鸣目光幽幽的，似乎有些怨念，云知扛不住这种眼神，软绵绵地说："我担心你累着嘛。"

路星鸣挑眉，勉强接受这个说法。

她很快做好了饭，看了一眼时间，准备离开。

玄关处，云知一边穿鞋，一边低头叮嘱："米饭五分钟后就熟了，汤差不多要十分钟才会好，你记得不要超过这个时间，不然就不好喝了。"

路星鸣斜倚着门框，耐心地听着她絮叨。

"塞翁，失马，我要走了哦。"

她接过路星鸣递过来的大衣，朝他身后的两条狗子告别，然而它们并没有像往常一样过来送别。

云知皱皱眉，总感觉不对劲。

“怎么了？”路星鸣问道。

云知不说话，重新脱鞋走了进去。

见她过来，塞翁的大尾巴着急地摆了摆，看看她，又冲着窝里的失马叫了两声。

失马看起来很没精神，呼吸急促，肚子剧烈地起伏，窝里有一团水渍，像是吐出来的白沫。云知皱眉摸上失马的鼻子，往日湿漉漉的鼻头在此刻发干、发烫。

云知慌了神，着急地看向路星鸣：“失马好像生病了。”话音刚落，失马又吐出两口白沫。

她急了，死活想不出为什么刚才还好好的狗突然间就变成了这个样子。

她喂食规律，狗粮也没有换过，零食都是从外面买来的棒骨，更不会吃出什么毛病，加上她训练有加，不让它们在外面乱吃乱咬，怎么想都不可能出现问题。

看着小姑娘着急上火、手足无措的样子，路星鸣立马去厨房关闭锅炉，穿上大衣，上前把失马从地上抱了起来。

云知抽了抽红红的鼻尖，语气不觉间带上祈求：“学长……”

“车钥匙在桌上，你拿上去把车门打开，我们送它去医院。”

路星鸣眉眼沉稳，清冷平静的声音无端地安抚了云知慌乱的情绪，她不敢耽误时间，抓起钥匙跑去了车库。

钥匙上就那么几个按钮，她还是会开的。

她按下按钮，车子上的灯闪了一下，她立马打开后座车门让路星鸣把失马放了进去，转而去拿东西。

塞翁站在里面，一直盯着车子的方向看。

“塞翁，你乖，失马不会有事的，它很快就能回来陪你了。”安抚好它，云知抓起东西狂奔上车。

路星鸣驱车前往就近的宠物医院。

他缴了费又登记好信息，把狗交给宠物医生后，两人坐在外面安静地等候。即使在假期，来看病的猫猫狗狗也不少，身旁不乏是和她一样不安地等待着的主人。

此时失马的主治医生从诊疗室走出来，她赶忙起身迎上去。

“你的狗是急性胃扭转，需要马上手术。请在这上面签字。”

云知瞥见了手术单上几个危险的术语，她脑袋空白了两秒，握着笔，却没有动作。

“急性胃扭转是什么？”

“当气体在狗狗的胃中聚集到一定程度时，胃部会自行翻转，导致胃的出口和入口被阻断。胃扭转的情况多发生在饱食后进行剧烈运动的大型犬身上，所以，我们不建议主人在喂饱它们后，再让它们奔跑、翻滚。”

医生顿了顿：“急性胃扭转的死亡率很高，希望你快点做出决定。”

“死亡”二字让云知的脸色又苍白几分，她紧握着笔，不敢在上面签字，脑海之中一片空白。

路星鸣眉心轻蹙，上前抽出圆珠笔，在签字页上落上自己龙飞凤舞的大名，之后将单子交到医生手上：“麻烦您了。”

诊疗室的房门重新合上，云知神情恍惚地坐回到长椅上。

失马很活泼，一天二十四小时里有十二个小时都在跑跑跳跳。它总能找到消遣的玩具，哪怕是从眼前飞过的虫子，都让它兴奋不已。

云知喜欢看它跑、看它跳，认为那是健康成长的表现，但是，她从来不知道那会给它造成伤害。

她自以为把它们照顾得很好，但其实她什么都不懂。

等候的时间格外漫长，云知忽然听到前面传来交谈。

“很抱歉，你们家的汤姆已经太老了，我们建议实行安乐，好减少它的痛苦。”面前的宠物医生正在和某个宠物家属说话。

听到这句话，年轻的女孩直接控制不住地在大庭广众之下哭出眼泪，最后跟着医生进入病房。

望着对方离去的背影，云知往路星鸣的身旁侧了侧，小声地问："安乐是什么意思？"

路星鸣同样压低声音："安乐死，会让宠物离世前没有痛苦。"

云知呼吸一滞，大眼睛跟着布上水雾，一脸悲伤、难过。

"喂……"路星鸣无奈地揪揪她的小耳朵，"又不是你的狗要实行安乐死，你哭个什么劲儿。"

"我、我怕嘛……"云知闭闭眼，把泪意强忍回去，"万一……"

"没有万一。"路星鸣打断她，语气笃定地说，"蠢的人向来活得久，狗也不例外。"

"傻狗有傻福。"他说，并宠爱地摸了摸云知的小脑袋瓜。

听他这样说，云知的心情好了不少，只不过——

"你说的是狗，干吗摸我的小脑袋？"

路星鸣默默地收手，但笑不语。

云知一脸的探究："你是不是在讽刺我？"

路星鸣迅速收起笑意，目光移至别处："没有。"他回答得飞快。

云知狐疑地看了他好一会儿，没有多问，继续耐心地等待着医生从诊疗室出来。

路星鸣偷偷地瞥了一眼云知，默默地把心底的小情绪藏好之后，轻轻抬手拍拍她的脑袋当作安抚。宠物医院的大厅很安静，大门开开合合，行人来来往往。

等待是寂静又漫长的，不知过了多久，手术室的门被打开，医生的身影重新出现在眼前。

本来等得昏昏沉沉的云知瞬间清醒，倏地起身走了过去。

"手术很顺利。但是，您的宠物要先在医院住一段时间，我们要观察一下伤口的情况。"

听他这样说，云知悬着的一颗心总算放了下去。

"它的麻醉效果还没有过去，不过，你们可以进去看望它了。"

云知浅浅地颔首，放轻脚步走进了宠物病房。

失马被护士安置在了宠物专用的恒温箱里，放在里面的床垫很软，也很干净，不用担心它会着凉。

失马还在昏睡的状态中，对于云知的到来毫无察觉。

云知盯着它看了好一会儿之后，护士走过来说："它差不多明天才醒，主人可以先回去休息，明早过来看望它。这边有我们照顾，你们大可不必担心。"

除失马外，这间病房还关着其他宠物，有猫，有狗，都很安静地在各自的小房间里休息。

它们像人类那样扎着输液管，一只只都很乖，不吵不闹，乖巧地安睡。云知环视一圈，又低头深深看了一眼失马后，转身离开宠物医院。

失马起码要在医院休养一周左右，这让云知犯了难，这两天都在思考。

李爷爷最快下周就会离开，这些天都在为塞翁和失马寻找合适的主人，如果让他知道失马生病住院，他一定不会放心地把它们托付出去，也不会放心地和儿子一起前往美国。

她正琢磨着如何找个借口拖一段时间时，接到了李爷爷儿子打来的电话。他告知她已经为它们寻好了下家，让她去做一个交接，紧接着往她的手机发来一条标有地点、时间的短信。

现在是上午十点，约定的见面时间在十一点，她现在出门还来得及。

云知换上大衣，背着包匆匆离开韩家。她跑得很快，身影转瞬消失在大门外面。

站在楼梯上的韩奶奶眉头皱了皱，对着正在客厅打扫的保姆说："那妮子又偷偷跑出去了？"

保姆停下手上的动作，朝门前看了一眼，点头："是出去了。"

"没说去做什么？"

保姆摇摇头。

韩奶奶眉头皱得更紧，最后没好气地哼了一声："小厉呢？一早上都没见，是不是也跑出去了？”

“小厉早上六点就走了，说和朋友去上京看展览。”

展览？他会是个看展览的人？还不知道是和哪个浑小子出去鬼混了。

韩奶奶扶着楼梯扶手向上走，路经二楼时，脚步停下，看着云知那尚未关严的房门，鬼使神差地走了过去。

她抬手对着那扇房门轻轻地一推，屋内全景映入眼帘。

云知的卧室都是自己打扫的，很干净，干净到一尘不染。她的被子叠得方方正正，像豆腐块，书本堆满桌面。

一切都很有条不紊，但韩奶奶就是看着脏，看着厌烦。

她扭头刚要离开时，突然瞥见桌子角落藏着一个东西，她年纪大，眼睛花，半天也没看清是什么。她把挂在脖子上的银色边框老视镜戴上，径直走过去。

然而，在看见那东西时，韩奶奶惊叫了一声，跌坐在地上。

——那是一颗头颅。

白皮脸，红眼珠，血淋淋，看着瘆人。

韩奶奶一把年纪了，哪儿经受得住这一吓。她脸白得毫无血色，尾椎骨跌得生疼，眼前那两个血窟窿，怎么看怎么吓人。最后一口气没提上来，她竟活生生地吓晕了过去。

云知已经出现在了约定好的咖啡厅里，对家里所发生的一切毫不知情。

她到达时，那个收养人还没到，她挑选了一个显眼的位置坐下，随便点了一杯便宜的饮料后，安静地等候。

咖啡厅的环境静雅柔和，钢琴曲舒缓。

她细细的手腕撑着白嫩的下巴，发丝下露出的脖子很长，曲线流畅又优美，身上米白色的针织毛衣更突显出女孩姣好的身材。

有不少小男生在偷偷看她，但是没有一个人敢贸然上前打扰。

时间流逝间，悬在门上的风铃叮当响了两声，一道冷风从外带入，有人走了进来。

他很高，眉宇间凝着一团凉意。

只见他双手插兜路过座椅，准确地找到云知的位置，一屁股坐到了她面前的空位上。

路星鸣抬手一扬，声音清冷，透着随意："两杯奶茶，少糖。"

云知愣了一会儿，左右看了看，确定不是在梦游后，小心地凑近提醒："学长，你怎么来啦？这里不是你的位置。"

"嗯？"路星鸣眼神冷冷地扫了过来，"不是我的？那是谁的？"

云知呼吸一滞，急忙否认："我在等李爷爷约的人，你不要多想。"

她斟字酌句地解释："爷爷为塞翁和失马找到了主人，它们要在爷爷离开前去新主人那里。你也知道失马现在处于休养期，我要和对方交接一下情况。"她说到最后，语气不觉间染上悲伤。

路星鸣面无表情地回了一个字："哦。"

他的无动于衷让云知缄默，半晌，她沉沉地说："所以，这不是你的位置……"

两杯奶茶刚好被端了过来，路星鸣将其中一杯放到云知的面前，咬着吸管慢慢地吸了一口。

"学长……"云知鼻翼皱了皱，语气不觉间拉长又下沉，像是无奈的哀求又像是撒娇。

喝了两口奶茶，路星鸣身子后倾，懒散地靠着椅背，眉毛斜挑："韩云知。"

云知的杏眼看着他，他单臂撑着桌子，另外一只手捏住她的下巴，黑瞳靠近，目光灼灼。

"你觉得我为什么会出现在这里？"

云知眼睛瞪大。

"愚笨。"

他为什么会出现在这里，她难不成不知道吗？

云知恍惚了一会儿后总算觉察："学长，难不成你是今天要和我见面的人？”她问得小心翼翼的，眼神中却满是期盼。

云知得承认她不想就这样放弃塞翁和失马，但她也要承认她现在没有本事照顾它们。可是，如果……如果路星鸣愿意养，那一切又都不一样了。

“嗯。”

淡淡的一个音节瞬间让云知春风满面，她压制住喜色。

“学长，你真的愿意养它们？”云知不太确定地问了一遍。

路星鸣很爱干净，也很爱清净。尽管大多数时间都在和朋友们胡闹，但只有一个人的时候，他是不喜欢被打扰的，更别提是被两只大型犬打扰。

“不是我愿意养。”路星鸣轻轻扫她一眼，“是你要养。”

“我养，我养！”云知连连点头，满口应允，“所有的事，我承包了，只要你给它们一个住的地方就好。以后你不用给我工资，我给你洗衣、做饭、按摩，你……你给它们买狗粮好不好？”云知眼巴巴地瞅着他说。

这副殷勤又紧张的模样让路星鸣哑然失笑。他没回答，起身去结账，云知着急地跟在后面，边跑，边问：“学长，学长，你答应吗？”

路星鸣身高腿长，一步顶她两步，但她跑得很快，他根本不怕她走丢：“嗯，我给它们买狗粮。”

云知的眼睛亮了一下，紧接着又听他说：“就当是你提前留下的‘狗质’好了。”

云知一愣，路星鸣一本正经：“以后你敢跑，我就把它们宰了炖肉吃。”

云知缩缩脖子，小声地嘟囔：“我不会跑的……”除了师父那里，她也没地方可以跑。

韩奶奶直到天色将暗才醒。

见她醒来，韩父匆忙围了上去：“妈，您没事吧？”

韩奶奶气若游丝，虚弱地喘息两声后，颤巍巍地抬起了手。

韩父急忙把耳朵贴上去：“妈，您想说什么？”

韩奶奶的嘴唇动了动："明天……明天就让那个祸害走。"

韩父韩母面面相觑，皆是一愣："妈，您说的是谁？"

"你别给我揣着明白装糊涂。"韩奶奶有了精神，撑着上半身从床上坐起来，"马上，现在，就给我把她弄出去！不要再让她在我眼前晃悠！"

说到最后，韩奶奶变得歇斯底里，尖锐的嗓音中满是憎恶。

想到昏睡前看到的那颗头颅，韩奶奶眼前一黑，又跌在了枕头上。

"妈，您别激动，小心身体，有什么事，我们不能好好说吗，干吗非要动气。"

韩父的劝慰非但没让她冷静，反而让她肝火上涌，气得双目通红。

"她房间里那玩意儿，你也看到了？哪个好人家会在大过年把那种东西带回家里，她就是故意的！她就是要气死我……她是要气死我啊……"韩奶奶气息不稳，断断续续地重复着那一句话。

韩母上前几步："妈，云知去朋友家玩了，等她晚上回来，问问是怎么回事，您先休息着，千万别气坏了身体。"

"去同学家？"韩奶奶冷哼，"你们倒是相信那个小祸害，她在这儿人生地不熟，哪有什么朋友，还不知道背着你们做什么见不得光的事。"

韩母皱眉："您对云知有偏见，我也知道，但云知被苍明教育得很好，她有分寸，不会乱来的。"

韩奶奶又是一阵讥讽："她那个师父也不是什么好东西。"

"妈……"

"妈知道，他来找你是威胁你，不然，你也不会收留那个祸害。"

韩奶奶说的话令韩母一头雾水，不由得看向丈夫。

他面露尴尬，小心翼翼地躲避韩母的视线，伸手拉了拉韩奶奶的衣袖，压低声音提醒："妈，你别说了，苍明不是那样的人，云知也不是你想象中的那样。"

韩奶奶闭目塞听，任凭韩父说什么也听不进去，依旧固执地重复："你要是想让我多活几年，就让她走，你要是想让我提前入土陪你那个没出息的爸，就让她留下。总之，你自个儿好好想想。"

说完，老太太翻过身，合上眼，再也没搭理两人。

夫妻二人退出房间，韩母阴沉着脸，拉上韩父的袖子，一路拖拽着他来到书房。

韩母反手将门锁上后，厉声质问：“你妈刚才说的那话是什么意思？”

韩父眉头紧锁，点了根烟，心烦意乱地在原地踱步。

韩母上前把烟从他的手心夺走，狠狠地在烟灰缸里摁灭之后，不依不饶地继续质问：“问你话呢，你和你妈背着我做什么了？”

韩母很强势，韩父在商场上叱咤风云，对她却是唯命是从。平常她耷拉着脸，韩父心里就怕得不行，面对着妻子锐利的眼神，他立马慌了。

“其实……云知不是被罗曼吟扔的。”

韩父叹了一口气，娓娓道来这十几年来发生的一切。

罗曼吟是云知的生母，生得貌美又柔情。她还有城府，见韩老好骗，还有点家底，于是想利用肚子里的孩子捞些家产，没想到被韩奶奶狠狠地收拾了一顿。

罗曼吟受不了这个气，在孩子还没足月就让人把孩子丢在了韩家门口，自己拍拍屁股一走了之，至今都下落不明。

那孩子就是扎在韩奶奶心头上的一根毒刺，她当然不愿当烂好人，那不是明摆着着了罗曼吟的道吗。

韩奶奶原本想把孩子安置在孤儿院，但是不解气，于是让人把她丢至深山，让她自生自灭。

结果，派去的人动了恻隐之心，害怕孩子冻死在深山，于是把婴儿放在了某座山院门口，既完成了韩奶奶交代的任务，又得到了一大笔钱。

处理完孩子之后，韩奶奶又将婴儿的照片和假留言留给韩老，让他坚信是罗曼吟丢了孩子。

照片上的小婴儿白嫩可人，韩老越看越喜欢，越看越憎恨罗曼吟。他手捧着照片，每日每夜都在思念中度过，身体也一日不如一日。直到他快咽气，苍明千里迢迢地找来，韩父才得知真相。

“苍明早在几年前就开始为云知寻亲，没想到刚巧在外出时遇见了丢云知的那个男人，对方也认出了师父，最后就把所有事情都说了。”

韩父揉捏着太阳穴，神色之中满是愁绪——他父亲的死可以说是自己的母亲一手造成的，一个小女孩的悲剧也和他的母亲脱离不了关系。

但他能说什么呢？他能去怪罪吗？

小时候照顾他们兄弟几个的是母亲；对他好的也是母亲；他受了委屈，护着他们的还是母亲。至于他父亲，留给他们的永远只有醉酒离开的背影。

“苍明一年前找到了我，也说明了来意，他性格和善，谈吐有礼，如今来找我照顾云知完全是下下策。”

韩父答应苍明只有两个原因：一是想替母亲弥补当初的过失，二是想完成父亲的遗愿。再说，老人家拖着病体不远万里过来，他哪好拒绝。

“总之，先把我妈安抚好，等开学再说。”

韩母点头，事到如今，也只能先让老太太消气。

韩奶奶一整天都没有离开房间，直到夜晚来临，别院陷入静寂。

窗外突然传来突兀的汽车引擎声，老太太一双眼唰地睁开，撩开窗帘向外面偷偷看。

路灯之下，女孩正和少年说笑着告别。

韩奶奶恶狠狠地磨了磨牙，披上披肩径直下楼。

云知并不知道韩奶奶正在屋子里面磨刀霍霍地等着她，像往常一样目送车影离去，转身进了院子。失马的身体调理得很好，医生说没大碍的话，过两天就能出院了，因此她的心情非常愉悦。

云知抬眸向眼前的房屋看了一眼，漆黑一片，估计他们都睡下了。

她担心从正门进去会打扰到家人，自然而然地绕到后花园，从小小的后门回了屋。

客厅的壁灯都亮着，用人们都已歇下，四周都是静悄悄的。

云知抱着书包蹑手蹑脚地进了客厅，正要上楼，一道黑影挡在了面前。

云知一仰头，看见韩奶奶站在楼梯旁面无表情地看着她。

云知心头一紧，当下失去反应。

也不知是不是她的错觉，她总觉得韩奶奶是特意在这儿等着她回来。

云知咕噜一声吞了一口唾沫，战战兢兢地说了句“晚上好”后，绕过韩奶奶准备上去。

韩奶奶没好气地说：“你还回来做什么？我看你住在外面得了。”

云知抬抬眼，之后盯着脚尖不说话。

“你给我过来。”韩奶奶拢紧披肩，走到客厅把地上一个箱子抱起放在了桌子上，“这是什么？”

云知慢腾腾地挪动过去向里面看了一眼，怔住。

老太太咬牙切齿：“这是在你屋子里看见的，你老实说，你把这玩意儿带回来是不是故意想吓死我。”

云知回过神，连忙摇头，脆生生地解释着：“不是的，您别误会。这是那天去鬼屋玩的时候，工作人员送给我的，我、我就是想留个纪念。”她生怕老太太多想，着急地说道，“真的，韩厉也在，我没有要故意吓你。”

她就是害怕吓到老人家，所以才将它放在卧室的角落。想到这儿，她一脸狐疑：“您进我房间了？”

韩奶奶面色一凝，上下打量云知多眼，表情像是看到路边的乞丐一样，满是鄙夷、厌嫌：“什么是你的房间，这是我韩家，你往我韩家拿东西就是不对。”

云知张张嘴，睫毛微微颤了两下，最终什么也没有说出来。她默不作声地抱起箱子，小声地说：“您别生气，我现在就把它丢出去。”

她把道具拿回来也没别的意思，单纯觉得好玩，想留作纪念。她收起心底那点可惜，抱紧盒子，准备拿去丢到垃圾桶。

韩奶奶冷冷地注视着云知娇小的身躯，恶从心起，直接说道：“不用了。”

云知扭头。

“你把东西收拾收拾，明天就搬出去吧。”韩奶奶这是要赶云知走。

灯光落在地上，偌大的客厅寂静无声。

云知目光定定的，抱着箱子的手臂不由得紧紧蜷缩。

“我就韩厉那么一个孙子，实在看不惯他每天跟在你的后面跑，时间长了，保不准被人瞧见嚼舌根。”

韩奶奶话里有话，云知的目光轻轻闪动，低低地嗫嚅：“您什么意思……”

“我的意思是，你怎么鬼混是你的事，但别带坏我孙子。”

尖酸刻薄的侮辱之意让云知脑袋一热，耳边隆隆作响。她好半天才回归意识：“您、您不要乱说话，我没有鬼混。”

她很乖，一直很乖，从前不会鬼混，现在不会鬼混，以后更不会鬼混。

她谨遵师父教诲，一直以来都是洁身自好、谦虚自律，韩奶奶的这番话无疑是对她人格的污蔑。

韩奶奶呵呵一笑：“你大哥三天两头在我耳边唠叨，说你是山里长大的，听话懂事。可哪个听话懂事的会三更半夜地翻墙出去？我眼睛不瞎，都清楚地看着呢。这家既然容不下你，你就快点走。”

韩老夫人说的每一个字都尖锐、刺耳，字字诛心。

云知被堵得喉头发涩，赤红着眼竟说不出一句话。

韩奶奶睨着云知，她的神情让韩奶奶生出报复的快感，冷眼继续羞辱着：“你要是想做坏事，就搬出去做。你一个人丢脸没关系，我们可不能跟着你一起丢脸，落了人家笑柄。”

韩奶奶话音未落，就听到剧烈的一声响从耳边传来。

云知直接摔了箱子，她压抑不住愤怒，气得眼睛里出了泪意，也有汹涌的怒意。

“我敬重您是长辈，但不代表我可以容忍你羞辱我。”云知双眸透彻，“您扪心自问，您是真的看见我和人厮混，还是说只是想找个借口把我赶出去。”云知胡乱抹去不受控制地涌出来的泪水，绕过她，向楼上走去，“您现在不清醒，我不想和您说话。”

不清醒？

韩奶奶被这句话气得脑袋发晕，指着云知的脸，骂道：“你、你这是和长辈说话的态度吗？”

云知倔脾气跟着上来，扯着韩奶奶指着她的那只手按下去，梗起脖子：“说话的时候不要指着人，不礼貌！”

“你还反过来教训我了？！”韩奶奶撕扯着嗓子，“你的行为水准、举止礼仪和你那个不知羞耻的母亲一模一样！”

两人的争吵声愈来愈大，终于吵醒了在楼上休息的韩家人。电灯被接连打开，大吊灯发出的刺目白光晃得人睁不开眼。

韩奶奶软软地坐在沙发上，闭着眼，一脸受伤的样子。

“妈，您这是怎么了？”见她脸色不好，韩父匆匆跑了过来。

韩奶奶语气虚弱，颤抖着手指向一边的云知：“她……你问她，之前偷偷翻墙出去也就算了。今天我看见她和陌生男人回来，于是多问了两句，结果人家不乐意了……”

韩奶奶说着掉下眼泪：“你说我这命怎么那么苦，她吃我韩家的，用我韩家的，我们供她上学，供她好吃好喝，结果呢？她带回血淋淋的头颅吓唬我……现在又故意气我。”

韩奶奶越说越无力，泪珠子掉得一滴比一滴狠。

韩父差不多也听出是怎么回事了，他拍着老人的后背不住地安抚，着急地冲云知说：“云知，你大半夜回来是不对，快来道个歉。”

云知高傲地仰起头，站得笔直，没有半点要低头认错的意思。

韩父急了：“云知，快点。”

云知收回视线，突然绕过三人，踱步向楼上走去。

韩父和韩母皆是一愣，还没来得及叫住她，就见身旁的韩奶奶情绪失控，哭得越发大声。韩父现在是一个头两个大，也顾不上其他，蹲在韩奶奶面前，像哄小孩一样不住地哄着。

楼下吵吵闹闹，楼上静寂无声。

云知径直回了屋，打开衣柜，找出自己来时提的那破旧的行李包。她刚来那会儿，总共也没多少行李，只带了两套夏装、两套冬装，剩余的都是些零碎的东西。她没有犹豫，把属于自己的东西全部塞进去，最后脱去身上的衣服，换上了她那套不甚暖和的棉衣。

她拎着包，没有半点留恋地走出房屋，未承想与开门的韩祝祝撞了个正着。

看着云知灰白的脸色，韩祝祝愣怔许久。

两人对视三秒，云知率先敛目，扛着行李下楼。

见她出来，韩母惊了，不禁倒吸一口凉气："云知，你这是做什么？"

云知静默不语地把自己的钱包、手机掏出放在茶几上，清透的一双眼定定地看着韩父和韩母，逐字逐句地说："这里面有你们给我的零花钱，我一分都没动，手机、电脑都是你们给我买的，我也不要，还有那些衣服，我都留在衣柜了。"

说完，云知深深地一鞠躬："我真的很感谢哥哥嫂嫂带我过来，也谢谢你们让我上学，但是，你们的一片好心，我注定要辜负。"

她紧毕着双唇，眼中满是固执与倔强。

"云知……"韩母嘴唇嚅动，突然觉得语言干瘪，无法说出一个字。

"我走了。"云知眼睛酸涩，心中更是孤寂得厉害，"那些学费什么的，我会在开春前还给你们。虽然我不知道你们为什么执意带我过来，但的确是你们改变了我，一切的好，我都会记着，等我以后有本事了，肯定还。"

她垂着头，把行李包往肩上托了托，大步向门口走去。

韩父反应过来，三步并作两步地追了上去，一把扯住云知的手臂，将她拉回。

"云知，大哥不准你再闹！"韩父表情严厉，哪里有往日的慈和、良善，他对着云知命令，"现在给我回屋，马上。"

云知抿紧嘴唇，对他的话充耳不闻，铁了心要走。

"别闹了！"韩父死死地按着云知的肩膀，不让她继续向前，"你现在出去要是出了事，让我怎么和你师父交代！"

提及师父，云知的肩膀一颤，慢慢地静下来，再也没任何动作。

气氛骤然安静，然而，就在此时，韩奶奶冷笑一声：“你让她走，要是真出事，她那个师父也不会知道。”

云知缓缓地抬头看了过去，韩奶奶现在已经平静下来，笑得狰狞，嘲讽道：“你不就是因为她师父快死了，所以才把她接过来照顾……”

“妈！”韩父表情瞬间变了，“当着孩子的面儿，你别乱说话！”

“我哪里乱说话！”韩奶奶目眦欲裂，“当初是他亲自找上的门，你以为瞒着我，我就不知道你们说什么了。你这个好人是做了，做得好，可你把我这个妈放在什么地方！”

韩父紧咬后槽牙，对着韩母大手一挥：“阿青，带妈上去！”

韩奶奶跟在韩母身旁没再说话，一双眼紧紧地盯着云知，那眼神像是要把她撕裂一样：“你妈丢了你，现在你那个师父也要丢下你，这就是你的报应。”

老太太从牙缝里挤出的话语似毒蛇一样冰冷、刺骨。

云知在原地僵成一座雕像，寒意从脚底蔓延，缓缓地向上缠绕住她的五脏六腑、四肢百骸，让她丝毫动弹不得。

那些话令人恐惧，她的心脏好像被一只手死死地扼住，让她疼，让她无法呼吸。她眩晕，喉咙发苦、发紧。

她茫然地看着脚下，又看着韩父的面庞，他的嘴巴一张一合，像是在叫她，但是她听不到。

她的耳朵失去了应有的功能，就连神经都在此刻麻痹，只剩巨大的黑暗将她笼罩。

“云知！”嗡的一声，韩父的叫喊传到耳畔。

“你不要听老夫人乱说话，你先上去休息好不好？”

他揽着云知慢慢向上走，云知身体僵直，像木偶一样跟着他走。

最后，她倏然停下，像野兽般用力挣开韩父的手，冲进寒冷的夜色之中。

“云知！云知，你回来！”韩父的呼喊注定得不到回应，他头痛地捏揉着太阳穴，正想着叫人去追时，韩祝祝一溜烟地从楼上跑了下来。

“伯伯，您先打电话叫王叔他们，我现在出去追韩云知，看能不能追到。”

韩父愣了一下，惊讶地发现韩祝祝不知什么时候已经穿戴整齐，没等他点头答应，韩祝祝便往云知离开的方向跑了出去。

这是一个寒夜，冷风裹挟着碎雪席卷而来。

云知不觉得冷，恐慌占据大多数。她背着包裹一路小跑，孤零零的身影被黑夜吞噬。

“韩云知！”

浑浑噩噩中，听到后面有人叫她的名字，她脚步不停，四下寻找着车辆。

“韩云知，你等一下！”韩祝祝三步并作两步地冲到她面前，气喘吁吁地拉住了她的胳膊，喘息着说，“你先等等。”

云知没有反应，甩开韩祝祝，继续向前。

“我让你等等！”韩祝祝挡在云知的身前，可在看到她的那张脸时，立马噤声。

云知在哭，满脸的泪水，她没有发出声音，只是麻木地流着眼泪。

韩祝祝喉头一哽，低头从口袋里掏出一块精致的小手帕递了过去。

云知没接，眼泪在睫毛上凝结成霜。

韩祝祝犹豫几秒，上前两步，擦拭她脸上的泪，紧接着从怀里取出一个钱包递了过去：“我知道你想回去看你师父，我不拦着你，这里面有点零钱和一张银行卡，我不知道卡里还有多少钱，但应该挺多的。如果……如果你师父真的病了，你可以拿着钱给你师父看病。”

云知颤抖着牙齿，冰冷的手倔强地推开，绕过韩祝祝，只留下沙哑的三个字：“我不要。”

韩祝祝追了上去，语速因为急切而加快：“那你身无分文怎么回去？我不缺这点钱，大不了，你回头再还给我。”

不由分说，韩祝祝把钱包强行揣到了云知的怀里。

看着口袋里露出的粉红色钱包，云知神色一凝，鼻子酸涩。

韩祝祝见她穿着的棉衣单薄，整个人在冷风中瑟瑟发抖，于是毫不犹豫地把身上的羽绒服脱下来裹在了她的身上："这个，这个也给你。"

"不用……"云知推搡。

"你穿着。"韩祝祝手上的力气加大，眼眶竟瞬间泛红，她压抑着哭腔，"我之前……我之前对你说了很多不好的话，对不起。"

云知没想到韩祝祝会突然道歉，当下错愕："祝祝……"

韩祝祝低头揉了揉眼睛："你可以坐飞机回去，你会坐飞机吗？如果不会，你就问机场的工作人员，他们会告诉你的。"

看着韩祝祝红肿的双眸，云知轻轻点了点头，张张嘴："那我走了。"

"嗯。"

云知绕过她，走了两步，又停下来回望。

韩祝祝站在路灯之下，哭得一塌糊涂。

这一刻，云知感觉她们两个人是一样的，是相同的，无依无靠，在人世漂泊。

"祝祝。"云知哽咽着喊了她的名字，往日柔软的声音被冷风撕碎成一片一片，"如果你见了路星鸣，你就告诉他……"

云知死死地攥着手，艰难地发出声音："一定要好好考上大学。"

云知不敢再回头，抓着包，坐上了刚好经过的出租车。

窗外夜景繁华，云知贴着冰冷的窗户，望着外面的寒星冷月，一瞬间溃不成军。

她在这座城市所经历的一切都结束了，都在此刻画下句号。

但以后不管身在何时、身处何地，她都永远不会忘记在那个阳光明媚的午后，路星鸣送入她口中的奶糖。

——很甜。

第八章

以后我只属于你

以前我属于山野，
以后……我只属于你。

凌城的机场亮如白昼，云知去购票时，却被告知去C城的票已经没有了，她又打车前往火车站，艰难地买到一张凌晨一点发车的站票。

这是一辆长途火车，环境脏乱、差劲。

走廊狭窄，人挤着人，汗味与难言的臭味混合，有小孩在哭，也有人在笑，还有人围在四四方方的小桌前打牌。

云知抱着包站在车厢的角落，沉默不言地看着窗户外面幽深的午夜。

火车轰隆着驶向远方，云知疲乏，但眼睛无法闭上，双腿站得又酸又痛，却又感觉不到累。

一夜的时间漫长，当天边泛起鱼肚白时，火车到站。

云知迈着虚浮的步子离开火车站，远处的光晃得眼花，她昏昏沉沉，强撑着向前走，那是家的方向。

从C城到怀月镇要坐汽车，共三个小时车程，之后还要找人送她进村，再从村子去山里。

怀月镇有很多去村子的面包车，云知轻而易举地雇了一辆。

路面颠簸，又因为刚下过雪，格外不好走，司机开得小心翼翼，时不时透过后视镜打量她。她从上车到现在一直没说过话，安安静静的，像木偶一样。

“你是苍明家的云知吗？”司机突然问。

云知没想到怀月镇里还有人认得她，愣了一下后低低地嗯了一声。

“回去看师父？”

“嗯。”

司机打开了话头，絮絮叨叨地说：“这半个月都在下雪，去村里的路也是这两天才挖通的，山上的路估计更不好走。要不，我先送你去村主任那儿，等明天化雪再上去？”

“不用，您把我送到山口就成。我自己上去，我从小都是自己上去的。”她嗓音干哑得厉害，几乎听不出原本的音色。

司机又瞥了她一眼，小姑娘姣好的容貌一片黯然灰白，眼睛血红，整个人像失去了水分的桃子一样，干瘪又没有光泽。

司机从旁边摸了一瓶水和一袋面包递过去："看你还没吃东西吧，垫垫肚子。"

"谢谢大叔，但是，我不饿。"她一脸固执，司机没有强求。

一个多小时后，面包车在怀月山外停下，云知礼貌地道了谢，背紧背包爬上了山。

怀月山绵延屹立在天地之间，通往山顶的青石小路被厚雪覆盖，她踏上雪路，一步一步向上攀爬。

路的两边是茂密的山林，夏天时郁郁葱葱，幸运的话，还能遇见长满新鲜野果的果树。她贪食，路过总想着摘几个吃，奈何个子太小，每次都是师父为她采摘。当她想多吃几个时，师父会告诫她：人要取舍有度，剩下的应该留给鸟儿。

山路难走，积雪的山路更加艰险。她走得不稳，还没到一半，就摔了三次。

在摔第四次的时候，她趴在地上再也没起来。

云知小时候不乖，不愿意被师父拉着走，也不愿意被师父放在背篓里，她总是跑跑跳跳在前面，让师父担惊受怕地跟在后面。

其实，她是会小心的。一个人的时候，她会很小心、很小心地让自己不摔倒，但是，她知道师父在，知道师父会护着她，所以随心所欲、肆意而为。

云知慢慢地从地上坐起来，跌跌撞撞地爬上山腰，总算看见了那座隐秘在山雾之中的山院。

悬在山院正中的牌匾已被风雪肆虐得破旧不堪，木门破旧，旁边杂草丛生，于雪色之中显得破败又荒凉。

她低头拍了拍身上的土，用纸巾擦了擦脸和手，最后挤出一个笑，深吸一口气，推门而入。

"师父，我回来啦！"云知轻快地呼喊了一声，一如以往那样。

院中没人，寒风肆虐中越发显得空寂、冷清，云知一路抵达后院。

这是个四合院，偏厅是杂房，朝阳的房间是她的卧室，旁边的小房间是师父的睡房，有缕缕青烟从里面冒出。

近乡情怯。

云知收起那点不知所措，缓缓地挪动着双脚登上台阶，吱呀一声推开了门。

屋内生着的火炉依旧让人感受不到热气，这座房子比云知走的时候更加破旧，她的师父正佝偻着向火炉里添加柴火。

云知发现师父真的老了，他的头顶长出了褐色的斑点，留长的胡子花白，手上的冻疮比前年更严重。

他也瘦了，瘦到往日那合身的棉袍再也裹不住他。

云知本勾起的嘴角再也维持不住原本的弧度，慢慢收敛下耷，泪珠一颗接着一颗不争气地掉了下来。

苍明似乎有所觉察，慢慢地扭头看了过来。

“云知？”他有些不可置信。

云知的喉咙被堵住，发干发紧，唯独发不出声音。

“你这孩子，怎么突然回来了。”苍明用双手撑着膝盖站起来，“外面刚下过雪，路难走，是不是摔了？”

她全身又脏又乱，手腕上被擦破了皮，惨兮兮的，像是流浪儿。

“吃饭了吗？师父去给你热饭。暖壶里有热水，你先去洗一洗。”

师父的声音很温暖，和青年时期如出一辙，他不停地对云知念叨，转而去从小冰箱里拿饭菜。

“师父，我还没长大呢。”

苍明回头，讶然：“云知？”

云知颤声哽咽：“我……我回来的时候摔了很多次，没您拉着，我根本走不好；我……我也笨，您不教我，我根本学不会功课。我什么都不会，什么都不懂，我还没有长大。”

泪水模糊了视线，她的哭声无力又沙哑：“所以……求求您别离开我，不要、不要把我变成一个孤儿。”

她全身战栗，巨大的悲恸压得她五脏六腑都在疼，她快喘不上气了，像溺水的孩童一样面临着濒死。

沉寂许久，苍明走上前来，伸手温柔地擦去她脸上的泪痕："师父准备去走走，去南方那边，你若想，可以和师父一起去。"

他看着云知说："师父年事已高，没办法陪你走完一辈子，但你可以陪师父走完一辈子。"

屋外雪色蔓延，让人寒彻心骨。

云知躲进了师父的怀里，一如儿时那般，最后摇头，又缓缓地点了点头。

苍明摸了摸女孩的发梢，眼角发红。

生有七苦：生、老、病、死、怨憎会、爱别离、求不得。

这是遁入尘世中每个人都要历经的磨难。

他的孩儿逃脱不了，他的孩儿总要长大。

韩家因为云知的离开而被搅得兵荒马乱，韩父派人分别搜寻机场、火车站和汽车站，又让人把宾馆、酒店找了个遍，可是始终得不到云知的消息。

天已大亮，韩父韩母疲惫不堪，韩奶奶倒是睡得舒坦。

早上吃饭时，韩父又追问韩祝祝："你昨天出去也没找到云知？"

韩祝祝摇了摇头，韩父叹息，和韩母说："那八成是回怀月山了。今天下午我走一趟，公司和家里就麻烦你照顾了。"

韩母不同意："天气预报说C城近来一个月都有雪，这个时候贸然进山实在太危险了。我走前留了怀月村村主任的电话，回头我让他确定一下云知是否回家。如果她已经平安回去，等雪停了，我们再去也不迟。"

韩父没有反驳，事到如今，也只能如此。他头疼地按了按睛明穴，饭没吃两口，便放下筷子去联系人继续找寻。

下午，韩母连打了几个电话，总算联系到了怀月村的村主任。得知他们的意图后，村主任让人去镇子上确定了一下，最后找到送云知回去的司机，确认了她的行踪。

知道她平安无事后，韩家夫妇终于把一颗悬着的心暂时放回到肚子里。

晚餐前，韩厉突然回家，他左右手各拎着一个袋子，里面满满当当装的都是礼物。

见他回来，围坐在餐厅前的几人更加沉默。

韩厉对于这诡异的气氛浑然不觉，自顾自地坐到自己的位置上："好饿啊，这是刚开饭吗？"

韩厉伸长脖子向桌上扫了一眼，见有他最喜欢的糖醋排骨后，迫不及待地用手拿起一块往嘴里送。

以往他做出这种行为早就被骂了，但是今天很安静，母亲没骂他，父亲也没打他。

韩厉啃排骨的动作停下，吮了吮油腻腻的手指，怪异地盯着几人："你们一直看着我干吗？说起来，韩云知怎么不出来吃饭。"

气氛突然僵住。

"她走了。"韩奶奶夹起菜送到韩厉的碗里，"小厉多吃些，看你都瘦了。"

韩厉眉心狠狠地一跳："您刚才说什么？走了？谁走了？"

韩奶奶冷着面容："除了那个小扫把星，还能有谁。"

韩厉唇瓣紧抿，唰地起身向楼上冲去。

"韩云知！"他粗暴地推开那扇房门，屋子里漆黑一片，被子被叠得整整齐齐，桌上的书本还在，但是地上属于她的背包消失得一干二净。

韩厉握住拳头，再次跑下餐厅："她去哪儿了？电话你们打了吗？"

韩母抬起眉眼："她把手机扔下了。"

韩厉心头一紧，语气不觉间染上着急之色："不是，她出去，你们就不让人找一下吗？她一个女孩儿，手机没带，钱也没有，出事怎么办？"

想到云知那没有常识的样子，韩厉越想越觉得危险，他正要招呼兄弟们出去找人时，耳边传来韩祝祝唯唯诺诺的声音。

"哥，韩云知不回来了。"

韩厉握着手机的手一抖。

“她……昨晚就回怀月山了。”

韩厉瞳孔一缩，缓缓地抬头看向韩祝祝，眼中锐利：“你又欺负她了？”

被他这么一凶，韩祝祝眼眶立马红了：“我没有！是……”

“是她自己走的，怪不得谁。”韩奶奶的语调冷冰冰的，“这座城市也不适合她，我们家也容不下她，再说，她那个师父都要死了，她回去送送也是应该的。小厉，坐下吃饭，没必要为了个外人着急上火。”说这话时，韩奶奶的表情很是无动于衷。

韩厉的理智被炸开，他怎么也想不到，他就是去了一趟上京，他的小姑姑就这么没了！关键是，没有一个人告诉他！

“爸？”韩厉看向韩父，想从韩父的嘴里得到一些其他的答案，然而，回应他的是无尽的缄默。

韩厉咬了咬牙，急火攻心：“我说你们是不是有病？！当初我充个话费的工夫，你们给我找来一个姑姑；现在我就走了一天，你们又把人弄没了！接她过来的是你们，让她走的也是你们。现在我好不容易接受了这个姑姑，你们又不经过我的同意就把人赶走，你们折腾来折腾去，到底什么意思？”

“小厉……”

“别叫我！”韩厉大步上前走到玄关处，拿起挂在衣架上的大衣穿上，“你们不去找，我去找，现在人贩子那么多，她被拐了怎么办！”

他家小傻姑很笨，别人说什么就信什么，胆子又小，大声说话都能把她吓哭。

他无法想象她一个人要如何穿过这冰天雪地，他要去找她，现在就去。

“我们打电话确认过，云知早就回去了。我和你爸准备找个好天气去C城，你就不要在这个节骨眼上给我们添乱了，好吗？”

韩厉面对着母亲，缄默几秒，问：“她为什么要走？”

韩母把他身上的大衣取下，说：“苍明积劳成疾生了病，运气好能挺过两年，要是运气不好……”

她欲言又止，韩厉低头，深深地感觉到无力。

C 城在下雪，凌城的天气也不好，去找云知这件事只能暂且搁浅。

云知离开的第三天，李爷爷与儿子前往美国，路星鸣独自送别。

云知离开的第四天，她的手机始终处于关机状态，微信上数条消息无人回复。

第五天，路星鸣偷偷来到韩家别墅，找到了韩祝祝，得到了她离开的消息，还有那句留言。

“你要好好考上大学。”

路星鸣反复斟酌，始终不相信云知只给他带这一句话：“除了这句，她就没说其他的？”

隔着围栏，韩祝祝对他摇了摇头。

路星鸣目光幽深，表情融入夜色。

他这副生人勿近的模样让韩祝祝心底发怵，不由自主地拢紧身上的大衣，小心翼翼地说：“没事的话，我就先回去了，不然、不然被奶奶发现……”

她是被路星鸣偷偷从里面叫出来的，现在该做的也做了，该说的也说了，她实在没必要再和他在这里耗下去。

“等一下。”路星鸣突然叫住她。

韩祝祝身子一僵，胆战心惊地看着他冰冷的眼眸：“路星鸣，我可没欺负她，赶走她的人也不是我，你……你不能找我算账啊。”

韩祝祝又冷又怕，整个人抖作一团。

路星鸣声音漠然：“你知道山院的具体位置吗？”

韩祝祝一愣，这人……不会是要在这个时候过去找云知？

韩祝祝不知道山院的具体地址，但是韩父知道。韩祝祝悄悄潜进书房，把写有具体地址的字条找到，快速拍了张照后，不动声色地离开书房发送给路星鸣。

韩祝祝在微信打字说："我伯伯说山路很难走，你这个时候去找她很危险。"

那边没有回复。

路星鸣订了一张最快前往 C 城的航班，又让刘彪虎找了专业的宠物保姆照顾家里的两条狗，随即简单收拾了两件衣服，准备去机场。

失马的身体还没好利索，见他拎着行李准备离开，顿时不安地在他的身边打转。

路星鸣半蹲下身，伸手捏了捏它们的腮帮子："你们的主人丢了，现在我去找她回来。"

不知它们听没听懂，一直坐在地上狂甩着尾巴。

路星鸣目光闪烁："她丢了，你们可不能丢，所以，你们要乖乖地等我回来，不准再拆家，也不准乱吃东西。"

门外传来鸣笛声，他叫的车到了。

路星鸣起身，在塞翁和失马不舍的注视中离开了家。直到他远去，两条狗依旧没有从窗户前走开。

两个小时后，路星鸣抵达 C 城。

C 城的天空压得极低，乌云阴沉地笼罩着这座不甚繁华的城市。

他站在机场门口，面无表情地任由寒风侵袭。

路星鸣最后确认了一番手上的字条，径直前往汽车站，然而，就在此时，身后猛然传来一个熟悉的声音。

"你说下了飞机坐哪趟车来着？我忘了，这破地方真冷。"

路星鸣脚步一顿，扭头看去——韩厉。

韩厉叼着一个热腾腾的包子走在人群熙攘的街上，低着头含混不清地对着手机说话，神态举止像是地主家的傻儿子。

路星鸣目光闪烁着犹豫，正想着要不要上去找他打招呼时，他忽地抬头看了过来。

两人视线撞击，陷入僵持。

过了五秒，韩厉大口吞下剩下的包子，把手指在衣服上蹭了蹭后，大步上前和路星鸣搭话：“哟，小路子，你也在这儿啊。”

路星鸣扫过他油腻腻的嘴唇，默然不语，收敛目光，像什么都没看见似的继续向前走。

“你是不是也去找韩云知？”

“奇了怪了，我们俩应该是乘坐的同一趟班机啊，但是怎么没看见你？”

“韩祝祝让我坐大巴车去镇子，可是，我忘记坐哪辆车了，你记得不？”

韩厉喋喋不休，路星鸣听得耳朵生茧子，本就烦躁的情绪变得更加浓烈。

“闭嘴。”他终于忍不住发了火，眼神阴恻恻的，“再说话，小心我揍你。”

不说就不说，凶什么凶。

韩厉努努嘴，双手揣在兜里，乖巧地跟着路星鸣前去车站。

韩厉看出路星鸣因为云知的离开而郁闷，识相地没有像原来那样找他的不痛快。

直到开始进入怀月山，韩厉才开始抱怨：“这是什么鬼地方！”

路滑又泥泞，没走几步，韩厉就开始大喘气。

“怪不得韩云知体力这么好，我要是天天爬这种山，体力也好。”想到小姑姑那牛犊子似的气力，韩厉不禁发出感叹。

路星鸣始终沉默着。

两人爬了一个多小时的山，终于抵达那座建在半山腰上的山院。

看着眼前那破破烂烂的小屋宇，韩厉咬牙切齿：“她竟然一声不吭就跑回来，一会儿见了，看我怎么收拾她。”

话是这样说，但韩厉更想看见小姑娘好好的。

大门没锁，路星鸣推门而入。

正院不大，几棵老树兀自立在矮墙旁边，厚重的积雪几乎要将枝丫压垮，院子的几间屋子都上了锁。

他们又去了后院，院中有一口水井，木桶滚在一边，旁边是已经枯萎的葡萄藤，在深冬里显得格外凄凉。

眼前这荒寂的情景让路星鸣心中升起一股不好的预感，他敛去情绪，一步一个脚印地来到房门前。

上面的锁挂在那儿，路星鸣抿了抿唇，取下门锁，推门而入。

屋子里冷冷清清、空空荡荡，只剩几件破旧的家具安静地摆在其中。

路星鸣走进里屋，一眼看见了悬挂在墙壁上的照片。

女孩只有十一二岁，站在慈眉善目的男人身边，笑如盛夏，眼睛里的光灼如暖阳。

她的笑明明是那样单纯美好，此刻却像刀子一样扎得路星鸣胸口发疼。

“路星鸣，这儿有封信，好像是给你的。”韩厉差不多也明白云知已经走了，语气低落，眼神里是难掩的落寞。

路星鸣接过信封，封皮上落着女孩清秀的字迹：“路星鸣收。”

她似乎料定路星鸣会过来找他。

路星鸣缓缓地坐在凳子上，拆开了信纸。

“给学长：

我知道你会来找我，但是，当你见到这封信时，我已经去了遥远的南方，和我的师父一起。

天气寒冷，学长要穿上我给你的毛裤，千万不要着凉，如果不小心生病了，感冒药在你书桌的第三个抽屉里。失马的伤口想必已经好了吧。它们闹腾，你要多多辛苦照顾它们了。我走得匆忙，没来得及和李爷爷告别，但我相信你一定替我说再见了对不对？最后还请你多关照一下韩厉，让他不要再说脏话，不要打架，好好学习才是正经事。

我知道，我可能又麻烦你了。”

看到这儿，路星鸣轻轻笑了一声。

是麻烦了，很麻烦。

回头他就把狗炖了，再把韩厉揍了。

她一走了之容易，留下他当免费劳动力，天底下哪有这种美事？！

然而，在看到下面的话时，路星鸣心里所有的愤慨都化作心痛、苦涩。

“我害羞得很，有很多话不敢当着你的面说。其实，很多时候我是故意麻烦你的，因为我想让学长在意我。

我不是故意不告而别，而是因为师父病了。

我初生时，他养育我；他离去时，我也要陪着他。

你放心，我是不会哭的，如若真的忍不住哭了，会有星星陪着我，就是那只你留给我的兔子——我一直将它带在身边，就好像你还在一样。

我会长大，会坚强，会变得足够优秀重回你的身旁，在这段时间里，学长也要好好学习，好好完成你的梦想，我始终相信你是天空上最亮的那颗星星，任何事物都不能让你蒙灰。

路虽漫漫，我心系你。

云知留。”

纸上有几滴干涸的泪痕，把字迹晕染在一团，写这段话的时候，她应该哭得很难过。

路星鸣喉结滚动，垂下的长睫毛遮住泛红的眼角。

“喂，她说什么了？”

韩厉的声音让路星鸣猛然回过神，他深吸一口气，不动声色地擦去眼角的泪痕，小心翼翼地把信纸折叠起来放在背包的最里层，之后转身出门。

韩厉一怔，着急地追上：“我和你说话呢，韩云知没说她要去哪儿吗？”

“没有。”

“对了，对了，给你看这个。”

韩厉突然从口袋里抽出一张泛旧的老照片递过去，喜滋滋地说：“这好像是小傻姑小时候，真可爱。”

本来无动于衷的路星鸣在听到这话时立马驻足，扭头看了过去。

韩厉手上的照片拍摄于云知三岁时，白嫩的小团子穿着一件小灰袍，光着脑袋，小小的一只跪坐在垫子上打瞌睡，手上的拨浪鼓欲掉不掉。

真的很可爱，让人的心都要化了。

路星鸣冰冷的指尖轻轻点着照片上小豆丁圆滚滚的脸蛋，神色越发幽深。

“看够了没？看够了，我就……”

韩厉刚要把照片拿回来时，路星鸣突然避开他的手，光明正大地把那张照片放在了钱夹里。

韩厉的话语顿住，路星鸣假装没看见他错愕的眼神，目不斜视，大步走出院子。

“喂……喂，你要不要脸啊，路星鸣！那是我姑姑的照片！”

路星鸣把钱包揣得严实，生怕被韩厉抢了去。

韩厉揉了揉头发，放弃过去争夺，懒懒地问：“我们现在去哪儿？”

路星鸣说：“回家念书。”顿了一下，他狠狠地威胁，“你和我一起，学不好揍死你。”

韩厉一蒙：“啊？”

“考大学。”路星鸣又顿了一下，继续威胁，“考不上，我揍死你。”

毕竟是云知“托侄”，哪怕不情愿，他也要好好照顾他们这个侄子。

韩厉拧着眉头，这都什么和什么，干吗好端端就揍死他：“那我们不去找韩云知了？”

路星鸣走出了很远，语调清冷，淡淡地回荡在山野之中：“她会回来的。”

他脚下的路是云知踩过的，头顶飘过的云彩也曾出现在她的天空中。

他们在一个世界，他们总会遇见。

路星鸣会让自己变得强大，用自己的脊背为她建造出全新的港湾。

那个时候，他不会再让她离开半步。

这半年来，云知和师父一起云游四方，他们走过山清水秀的小镇，也去过民风朴素的村庄，旅行的日子过得清苦却也幸福。

到了秋天，苍明的身体状态日渐不稳，先是发高烧，接着是频繁地咳嗽，身体时好时坏，时刻折磨着云知的心。路经一个南方城市时，苍明受邀拜访了多年未见的好友。对方现在是一所孤儿院的院长，年纪比苍明大几岁，年轻时受到过苍明的帮助，一直惦念着他的恩情至今，得知他现在的处境后，毫不犹豫地让他和云知留在了院里，这一留就是两年。

云知在这个城市重读了高二，又参加了高考。

高考结束后的第二天，本病入膏肓的苍明突然有了精神。他拜别好友，收拾好行囊与云知重回了怀月山。

这个季节的怀月山气候宜人，美如仙境。

快上山时，他突然停下脚步冲云知伸手："来，师父牵着你。"

云知拉上师父的手，就像小时候那样跟在他的身旁走。

山林中静寂，他走了两步就开始喘，接着是压抑的咳嗽。

云知微微侧目，酸涩地发现昔日挺拔高大的师父如今只高出她半个头，日复一日的病痛折磨让他变得瘦骨嶙峋，抓紧她的那双手干瘪颤抖，再也没有了年轻时的宽厚有力。

师父老了。

这个认知令云知鼻尖一酸，喉咙越发苦涩。

"云知拉着师父。"她抽出手，紧紧地回握，牵着他，就像小时候他拉着她那样。

天空上云卷云舒，耳边鸟叫声动听，一大一小两个身影缓慢地行走在山林之中。

"师父，我以后想结婚。"

苍明打量她好几眼，眼底猛然生出一丝光亮。

云知一张小脸很是认真："我还要生小宝宝，生了小宝宝养在山院里，叫您外公。"

苍明低低地笑了笑，宠爱地摇头："山院不能再收小孩了，小心师祖们生气。”

云知看着他那遍布沟壑的苍老面庞，神情恍惚几秒，眼泪毫无预兆地掉了下来。她害怕他看见了会难过，急忙背过身擦去眼泪，然而，她的泪水还是没能瞒过看着她长大的师父。

师父失了一下神后，拉起她的手背拍了拍，无奈地道：“好了，好了，那师父等着你的小宝宝。”

从小陪伴着她的院门近在眼前，她放慢脚步。

“师父。”

“嗯？”

“谢谢您养育我。”

“云知。”师父也唤她。

“我在。”

“不用谢。”他说，“这是父亲应该做的事。”

天开始阴了，微风渐起。

当夜零点，苍明逝世，享年七十。

当夜零点，女儿失去了她的父亲。

苍明的丧事是怀月村村主任和村民一同张罗的，云知全程不哭不闹，冷静自持地走完了整套流程。

葬礼过后，高考成绩陆续公布，云知最终以六百分的成绩顺利被上京农业大学动物医学系录取。

录取通知单寄到的那一刻，村子里的老老少少开心了很久，村主任甚至为云知办了酒席庆祝。

只是可惜，苍明没能亲眼看到这一切。

临走前一天，云知把山院里里外外打扫了干净，又拿着录取通知书在师父的墓前坐了许久。翌日，她锁好山院，告别村主任与村民，拎起行囊独自踏上那未知的旅途。

上京市是人人向往的繁华都市，初来乍到的云知人生地不熟，对这里的一切都感到陌生。

刚开学，事情多，她平常大多数时间都是在学校度过的，直到新生军训结束，才有空去学校对面的超市为自己置购些生活所需品。

这天刚巧是周六，超市的顾客比平常多了几倍，云知推着小推车，慢吞吞地在货架前徘徊。

这里的东西很贵，一把牙刷都比他们那里贵几倍。

云知摸了摸口袋里瘪瘪的钱包，正犹豫着要不要去批发商城买时，手上的推车咣当一声与旁人撞了个正着，对方被撞得向前一小步，一个褐色钱包从他的口袋里直直地掉在了她的脚边。

云知对着那钱包失神两秒，弯腰捡起，对着走在前面的男人轻声提醒："先生，你钱包掉了。"

他很高，用肉眼预测有一米九，穿着随意，高大挺拔。

云知一直举着钱包等他回头，然而，真当他回头的那一刻，她脸上的表情瞬间凝滞，一双瞪大的眼眸中满是错愕、骇然。

他站在触手可及处，眉眼间已看不到两年前的狂妄，气质沉稳又夹杂着几分不可接近的淡漠。他好像不属于这个嘈杂的环境，整个人都透着遗世独立的疏远贵气。

模样是记忆中的模样，眼神却不是记忆中的眼神。

他熟悉又陌生，"学长"两个字卡在喉咙中，任凭她如何努力，都无法叫出声。

路星鸣领口下的喉结动了动，抓着手机的左手手指微微收紧，他侧头低低地和电话里的人说了声"知道了"，大拇指按下挂断，默然地把手机揣进口袋。

"好久不见。"路星鸣先打了招呼，一双眸子坦坦荡荡。

云知捏着钱包的手慢慢垂下，突然升腾上来的局促与忐忑逼得她不敢抬头与之直视。她死死地盯着脚尖，蜷缩起的肩膀让她看起来自卑又渺小。

她过得不好，师父的离世给她造成巨大的打击，失眠与食欲不振让她的体重迅速减轻，皮肤因军训期暴晒而变黑，加上个头小，现在的她就像从深山来的猴子一样，又丑又土。

云知悄悄瞄了一眼光鲜亮丽的路星鸣，不禁向后拉开了点距离。

她当初走的时候特意在山院里留了信，回来时，信已经不见了，也许是被风吹走，又或者被路星鸣带了回去，她不敢细问。

时过境迁，她不知道他们的关系还作不作数……

云知死死地攥着手上的钱包，眼里涌起了一层泪意。

气氛沉默，路星鸣一直在看着她——看着她长到肩膀的黑发，看着她娇小像是瓷娃娃般的身躯，看着她委屈无措的表情，看着那双让他无数次心动、彻夜难眠的眼睛。

他原以为不会再那么思念她了，可是从亲眼见到她的这一刻起，他变得比任何时候都要想念。

他想抱她，想亲她，想把她欺负哭，想对她做一切坏事，最后……想好好爱她。

“学长。”云知嘴唇轻动，“好久不见。”

又是一阵沉默，云知咬了咬一下唇，慢慢抬眸，小心翼翼地看了他一眼后，迅速低下头：“你……你也在超市买东西啊？”

“嗯。”路星鸣淡淡地一应。

“是和女朋友一起来的吗？”鬼使神差地，云知问了这样一句话。

问完，她就后悔了，可又不好再收回去，只得绷着心弦，紧张兮兮地等待着回应。

“嗯，我和她一起来的。”

云知神情凝滞，路星鸣假装没看见她眼底的伤，清冷的语调平稳又缓慢：“不过，我和她走散了，你有看见她从哪儿走的吗？”

他的眼神偏执又压抑，继续说着：“照片在钱包的夹层，如果你看见她，请告诉我。”

云知垂着头，缓缓地打开钱包，瞬间愣住，那是一张她幼年时期的旧照，如今被路星鸣完整地存放在钱夹里。

“学……”

她的话还没说完，手腕就被一双灼热的大手牢牢地抓住，紧接着身子一翻被按在了身后冰冷的货架上。

路星鸣长腿逼近，俯身靠拢，双唇重重地压了上来。

轰——

云知脑中炸开，呆呆地睁着眼睛，全然不知如何反应。

路星鸣滚烫的唇舌肆意侵略着她舌间的每一寸。她呼吸急促，无法逃离，仰起下巴被迫承担着这一切。

路星鸣吻得偏执、粗暴，像是要将这两年的思念与不满全部宣泄出来一样，一缕银丝顺着嘴角滑落，又被他辗转地钩去。

他吻了很久，直到云知满脸通红，近乎晕厥，才逐渐慢下动作。

路星鸣闭着眼轻轻摩挲着她的唇，好似暖阳温柔抚摸着被狂风席卷过的海面，细腻而富有柔情，充满爱怜。

过了许久，他才依依不舍地松开了她。

云知一双唇被亲得水光潋滟，眼睛生出雾气，傻愣愣的模样越发惹人喜欢。

路星鸣目光流转，控制不住，又吻了吻她的嘴角，沙哑着嗓音说："我太想你，于是没忍住。"

云知咕噜一声吞了一口唾沫，缓慢地将目光转到了他的脸上，他好像还不满足，眼神灼灼地盯着她的嘴唇看。

"学长……"

"嗯？"

"你……怎么亲我？"

他反问："我不能亲你吗？"

这倒也不是。

云知摸了摸红肿的唇瓣，长长的睫毛又垂了下去。

恍惚间，她倏然听他说："我现在在读Q大的航空工程系，住在中心街的花园小区，租的，我自己还没有钱买房子。不过，我妈和我外公留给我很多遗产，用来养你和那两条狗应该不成问题。”

“所以——”路星鸣靠近，炽热的气息喷洒在耳畔，“你要不要和我结婚？”

结、结婚？

云知眼睛乱眨，之后小声地说：“会不会太快了些……”

他们才见面，什么都还没说，什么也没准备，就这样结婚的话……

还有，她的年龄也不够呢。

云知苦恼地挠了挠头。

路星鸣也想到了这一点，短暂的失落过后，眉心舒展开来：“不急，你总会属于我的。”他笃定，“早晚会。”

这赤裸的情话让云知的脸蛋再次爆红。她伸出手，情不自禁地捂住双颊，低下头只留给他一双樱粉的耳垂：“我害羞，你别说了。”

她害羞到脚趾抓地，全身颤抖。

再想到这里是人来人往的超市，刚才的行为可能被很多人看到后，她恨不得立马找个洞钻进去。

路星鸣不再逗弄她，看了看她手上空空的篮子，又扫了眼她身上泛旧的运动衫，直接拉起了她的手：“走吧。”

云知眼神里透出些许茫然。

“给女朋友买东西。”

“女朋友”三个字自然无比地从他的唇齿间溢出，看着紧拉着自己的宽厚掌心，云知空虚孤寂的内心一点点被幸福填满。

她眼角逐渐泛红，最后轻轻地把小脑袋靠在了他结实有力的臂膀上：“学长。”

路星鸣垂眸，云知闭着眼睛说：“你不会只出现在我的梦里了。”

这两年来，她时常梦到路星鸣，尤其在师父离开时，她总能梦见路星鸣抱着她给予安慰，不让她那么惶恐不安，然而醒来面对的是漆黑无声的夜空。

孤零零的，只有她一个人。

路星鸣在等着她，她真的好开心。

云知仰起小脸，晶莹的瞳孔中闪烁着光芒，表情真挚又虔诚："以前我属于山野，以后……我只属于你。"

她嗓音清脆，语气中满满地倾注着对他的喜欢。

路星鸣双眸沉了沉，沙哑着嗓音问："我能再亲你一口吗？"

话音落下，云知脚步瞬间停下，盯着那双眼眸许久都没有说话。

路星鸣害怕吓到她，抬手摸摸她的头，没再强求。

商城里人来人往，云知目光流转，半晌拉了拉他的袖子，羞涩地低语："你……可以再问一遍。"

他捏起她的下巴，没有犹豫地吻上去。

路星鸣一口气给云知挑了很多东西，有吃的，有用的，满满当当地堆在购物车里，形成一座小山丘。

眼看着路星鸣还要往里面放东西，云知急忙阻拦："够了，够了，你买这么多，我提不回去的。"

刚从货架上拿了一盒巧克力的路星鸣对着购物车沉思几秒，自然而然地将盒子塞了进去："没事，你能吃完。"

云知一噎，无法反驳。

结账之后，路星鸣把几大包东西全放到了汽车后备厢。他打开副驾驶车门让她进入，等她系好安全带，缓缓地发动引擎。

这次要去的是购物商城，路星鸣牵着云知去了女装店，秋冬季的衣服各买了几套，路过女士内衣店时，他脚步顿下，眼神往她的身上一扫："里面穿的有吗？"

云知憋红着脸不说话，路星鸣正要迈步进入，云知眼疾手快地把他扯到身边，步伐匆匆，语气也匆匆："我有，不用买这些。"

"哦。"

路星鸣反手拽住她的手腕，将人紧紧地拉入臂弯之下。

他不动声色地垂眼打量着她，她瘦了很多，个子却没长高几厘米，相比两年前的清澈明媚，现在的她就像是蒙尘的水晶，暗淡得发不出一点光芒，就连那双眼睛都再也看不出以往的动人活力。

没有他的这段时间里，他的小可爱应该吃了很多苦。

路星鸣心底揪痛，不由得把人搂得更紧。

“饿吗？”路星鸣声音放柔，生怕大点声就把她吓到。

云知摇了摇头。

他炽热的目光在她的脸上停滞许久，直到她羞涩地别开头，他才缓缓地扭头把目光收回：“你脸都起皮了。”

云知在脸上摸了摸，好像是有点干。

她这两年都是在南方度过的，如今一来气候干燥的北方，皮肤最先感到不适：“没关系，我多涂点宝宝霜。”

云知从小到大都没关心过自己的脸，想起来的时候就抹点宝宝霜，懒起来洗把脸就能出门了。但她皮肤底子好，在南方上高中时，常有女孩子问她用了什么护肤品。她说什么都不用时，别人都不信，没承想来上京一个月，她的皮肤就在风吹日晒中变黑了。不过，她并不在意，她恢复能力快，每次晒黑，最多半个月就能白回去。

小姑娘一脸的满不在乎让路星鸣无奈地摇摇头：“三楼是美妆区，我们现在过去吧。”

云知歪了歪头。

“给你买护肤品。”

云知拧眉：“好麻烦。”

路星鸣拉着她登上电梯：“上京气候干，等过一个月，会一直刮风，你不给皮肤保湿会受不了的。”

除此之外，还有雾霾暴雨，哪怕皮肤底子再好，也经不起环境的肆虐。

来逛美妆区的多是女孩子，路星鸣带着云知过来时，瞬间吸引了大部分人的注意。

他长得过于好看，一双眉眼清俊，宽肩窄腰，长腿笔直，光是身段就秒杀了部分明星。

正当路人以为是男朋友陪着女朋友来买化妆品时，却听他说："有适合十九岁女孩子的水乳套装吗？只要保湿，不需要美白，养肤成分高一些的。"

路星鸣熟稔地提出要求，柜员愣了两秒后，取出几个盒子让他挑选。

云知探过头瞄了两眼……一个字都看不懂。

他认真地对比着成分，又问了柜员几个关键的问题后，选了一套适合她的补水保湿套装。

"先生要给女朋友买一支口红吗？这是我们新上架的限量款，你女朋友这么可爱，涂上口红一定会更加好看！"柜员趁热打铁，开始推荐新品彩妆。

本来要走的路星鸣在听到后面一句时，脚步顿住，眉头挑了挑后，心情颇好地说："那就试试。"

柜员美滋滋地把口红拿出来为云知试色，水红的颜色晶莹好看，涂好后，让她整个人都精神不少。

云知对着镜子照了照，好看是好看，但感觉不是很习惯，于是摇头拒绝："太红了，不衬我。"

路星鸣眯了一下狭长的眼，语调慢慢悠悠："没关系，衬我就好。"

这话意味深长，让刚被疼爱过的云知顿时羞怯得无地自容。她垂下的小手轻轻拉了拉他的衣袖，之后把脸完全埋在他的肩上，一旁目睹了全程的柜员抿唇憋住笑。

"就这支吧。"路星鸣指了指盒子，"帮我包起来。"

"好……好的。"柜员轻咳一声，麻利地干活。

从商城出来，路星鸣叮嘱："这个牌子是先涂乳液后敷水，你用洗面奶洗完脸，然后涂乳液和精华水，记得防晒霜也要涂。"

云知眼睛乱瞟，敷衍性地回了一句："知道啦。"她神情顿了顿，扭头看去，"学长，你好懂。"

路星鸣不语，男孩子偶尔也要精致一点。

“要不要去我那里看狗狗？”

云知毫不犹豫地用力点头，路星鸣嘴角勾了勾：“那我们先去吃饭，然后去看它们。”

云知又用力地点了点头。

他们找了一家人少的餐厅，路星鸣低头翻看菜单，问：“你还不吃肉？”

云知轻轻一嗯，路星鸣掀了掀眼皮，看了眼她那尖尖的下巴，转而问：“为什么不吃肉？”

云知诚实地说：“不习惯吃。”

“除了不习惯呢？”

云知想了想：“味道太腥，闻起来很油腻。”

她跟着师父吃惯了清爽的素菜，荤菜的腥味总是在刺激着她的味觉，别说吃了，闻起来都会感觉难受。

路星鸣若有所思着，什么也没说地点好菜：“你的手机给我。”

云知老老实实地把自己的手机递了过去，他分别添加上自己的手机号和微信好友，自然地将备注改成“男朋友”后，还了回去：“把我的电话号码背下来。”

“啊？”

“你之前不联系我，是不是因为忘记了我的电话号码？”

云知羞赧，她的确没有记电话号码的习惯，也的确如他所说的那样，这几年不联系他的很大原因是没记住他的电话号码。

路星鸣饮了一口茶水：“好好记住，以后要是找不到路或者遇到什么问题就联系我。”

云知乖巧地颔首，默默地背起了手机上的电话号码。

两人沉默片刻，路星鸣用手肘支撑着桌面，掌心半托腮，专注地看向她的双眸：“背好了吗？”

“背好了。”

“背一遍给我听听。”

云知认真地对着路星鸣背了一遍。

路星鸣心满意足地放过了她，菜上来之后，把所有碟子都推到她的面前："来，吃光光。"

他按照云知的食量点了很多菜，然而，她今时不同往日，小半碗饭还没吃完就见饱了。看她实在吃不下去，他也没有强求，起身结账走人。

出来时，刚巧遇见卖零嘴的小推车，于是路星鸣又买了一串糖葫芦，让她在车上吃。

云知嚼着手上的糖葫芦，看了看认真开车的路星鸣，忍不住问出了萦绕在心头许久的问题："学长，你怎么在刚才那个超市里……"

路星鸣斜扫她一眼，转而继续看着前面的路："你猜。"

"你不会是故意等着我的吧。"云知玩笑似的说。

话音落下，等待她的是绵长的沉默。

看着青年精致的五官，她骤然哑然："你……不会真的在等我吧？"

"嗯。"他的声音轻飘飘的，没多少力度，眼神却坚韧、深邃，"我在等你。"每日每夜、每分每秒地等待着她。

这两年，他有空就会去一趟怀月山，有时候和韩历一起，有时候一个人。

他走着她走过的路，爬过她爬过的山，也蹚过她嬉闹过的泉水，甚至立于山林深处，倾听无声的山音。

路星鸣不迷信，却在云知离开的日日夜夜里祈求上天将她庇佑，她那么好，不该被凡尘纷扰。

再后来，路星鸣留了村主任的电话号码，每当云知有什么消息，都会让村主任通风报信给他。

后来，苍明逝世，路星鸣带了钱给村主任，让他为之安葬。

路星鸣知道她经历的一切，却没有选择出现。因为他明白，有些苦难只能独自挺过，他也明白，她不会让他看到自己那么狼狈无措的样子，她会更加自卑。

不知怎的，云知突然觉得糖葫芦不甜了。

糖在嘴里化作了苦，苦涩烧灼着喉咙，烧灼着食道，让她难受得想掉眼泪。

路星鸣余光瞥她一眼，突然说："我的电话号码是多少？"

还没从悲伤中抽离的云知一愣。

"忘了？"

好像是……忘了。

她苦恼地鼓了一下腮帮子。

路星鸣眼中带笑，分神拍了拍她的小脑袋，离去时重重地把她的头发一拉。

云知头皮揪痛，不禁拧巴起小脸："学长，你干吗？"

"没事。"他就是想看看那头发是不是真的。

云知揉了揉眼睛，深吸一口气转移话题："学长，我一直没告诉你，你之前送我的新年礼物，我很喜欢。"

路星鸣淡淡地笑了笑，紧接着又听她说："那幅画我一直保存着，回头我要把它裱起来挂在家里。"

画？

路星鸣的眼皮子狠狠地跳了跳，笑容僵住，不可置信地问她："你一直以为那是一幅画？"

云知被问蒙了："不、不是吗？"

不是吗？

当然不是了！

也就是说，这么些年来，她根本就没发现！

路星鸣冷静下来，打着方向盘拐向农大。

云知一脸茫然："我们不去看狗狗了？"

"去拿我给你的那幅画。"

他特意加重了最后一个字音，听起来颇为愤愤不平。

第九章

他是我男朋友

“想和你年少恋爱，
和你共度晚年。”

云知回宿舍把路星鸣给她的新年礼物翻找了出来。

这两年她一直带着这幅画和兔子星星，想念他的时候看看画，想哭的时候抱着星星哭，也就不觉得日子有多难过了。

拿着画重新上车，云知递给他："喏。"

路星鸣打开画卷，他当初画得稚嫩，却也是用心研究了一晚上的。

"你就看不出这是一幅藏宝图吗？"

路星鸣这样一说，云知更茫然了。

"看，我都给你提示了。"路星鸣指着下面的三行诗说。

"把你藏于掌心，当成不二珠宝，你就是我最贪图的未来。"

云知无数次觉得这诗写得酸溜溜的，左看右看也不像是有提示的样子。

路星鸣无奈地叹气："第一行有'藏'，第二行有'宝'，第三行是'图'，合起来就是'藏宝图'，很难理解吗？"他觉得显而易见，认字的人应该都懂。

云知沉默。

"看，我画的是塞翁和失马，所以第一个线索就是在塞翁和失马的家里，也就是李爷爷那里。"

云知继续沉默。

路星鸣皱眉，仍是难以理解："很难懂吗？"

云知依旧沉默。

这不是难不难懂的问题，这是那种……

云知斟酌良久，轻轻地开口："你高估我的智商了。"

别说他们两人逻辑思维不同，就连智商都不在一个水平上，按照路星鸣这种提示方式，恐怕她老死都不会知道这是藏宝图。

路星鸣琢磨一番，觉得有理："是我考虑不周。"他说，"李爷爷已经搬走了，线索八成也不在了。"

他有些遗憾，早知道当初不搞那些花里胡哨的，直接送给小姑娘多好。

云知想了想，歪着头说：“我们可以现在回凌城，坐高铁的话，两个小时就到了，刚好我下午没课，身份证也带着。”她又说，“还能去看看韩厉。”

从这里去高铁站用不了几分钟，路星鸣掉转车头，说：“他在上京。”

云知微微惊讶。

“上的警校。”

云知更加惊讶。

韩厉那土匪一样的性子竟然能考上警校？果然，人不可貌相。

“等他下周休息了，我可以带你去看他。”

云知点了点头，不禁期待起来。

两人买了前去凌城的票，下车后打车前往第二个地点——路星鸣第一次请她吃饭的那家小面馆。

小面馆现在还开着，装潢和两年前没什么变化。

路星鸣在高中时期是这里的常客，即使有两年没回来，老板还是一眼认出了他，欣喜地一笑：“小路啊，真是好久不见你了。”他又看了眼云知，“哎呀，这不是之前和你一起过来的小姑娘？”

云知腼腆地应了一声。

“老板，我之前给你的东西，你还留着吗？”路星鸣问道。

老板思考了好一会儿，一拍脑袋，恍然大悟：“想起来了，想起来了，你当初让我等几天，结果等了好几年。不过，东西我都收着呢。”说着，他进屋去拿所谓的东西。

云知满脸疑惑。

很快，老板将一个小盒子拿出来送到了云知的手上，笑眯眯地说：“之前小路让我把东西给你，结果一直没等到你来。不过，我都好好收着呢，都没打开过。”

那个木头盒子很精致，侧边带了个小抽屉，抽屉里放着把小钥匙。云知用钥匙开了锁，打开盒子，看见里面静静地躺着一把雕琢细致的木梳，最下面压着张小卡片，上面是路星鸣手写的字条：头发快快长，等你用到它时，就可以看见我了。

漆黑的钢笔字迹仿若昨日才写的，云知拿着卡片恍惚许久。

“看后面。”路星鸣附耳提醒。

云知将卡片翻过一个面，那是手绘的路线图，清楚地标记了每一个地点，他们告别了老板，顺着路线往目标走。

凌城和两年前没什么变化，一切都是她初见时的模样。

云知和路星鸣走过诚南高中，走过经常上学的那条小路，又走过他们的公寓大楼，最后来到她第一次遇见李爷爷的那个公园。

路星鸣领着她进入公园的小树林里，准确地找着目标所在的地点后，却停住不动了。

云知仰头：“不是这里吗？”

路星鸣目光深沉：“我想到一个问题。”

“嗯？”

“我把箱子埋在了这下面，但是，我没考虑过你找的时候可能不会带铲子。”

嗯……云知看着脚下结实的土地：这的确是个问题。

路星鸣挠了挠头：“你站在这里别走动，我去买把铲子。”

云知很听话地留在原地没有走动，结果路星鸣这一去就是半个钟头。

直到太阳下山，大爷大妈开始饭后活动，路星鸣才踏着广场舞的音乐姗姗来迟。

云知蹲在地上眼巴巴地看着他，他微微喘息，不好意思地轻咳一声：“抱歉，五金店有点难找。”

不过还好，起码铲子买到了。

他撩起袖子，动手开始挖掘，云知站在一旁，满怀期待地等待着这埋葬了两年的神秘宝物重新面世。

十分钟后，路星鸣没有挖出来。

二十分钟后，路星鸣还是没挖出来。

云知犹豫好一会儿，终于按捺不住地问：“学长，你是不是记错了？”

那挖的坑都可以躺进去一个人了，也没见什么宝物的影子，倒是垃圾袋被挖出来不少。

路星鸣紧紧握着铲子，长时间的运动令他加重喘息。

他很困惑，他可以确定是在这第三棵树下，绝对没错。

“说不定地质活动让你的宝物移动了。”云知说得一本正经。

路星鸣听后觉得很有道理，于是将挖掘地点转移到了第二棵树下。

广场舞的音乐开始消失，公园的老人家们逐渐散去，然而路星鸣还是没有挖出来。

眼看他精疲力竭，云知又不好打击，叹息一声，接过他手上的铲子：“你去歇会儿，我来挖。”

路星鸣长呼一口气，不死心地说：“也许在第一棵树后面。”

云知不想让学长白费苦心，更不想让他失落，哪怕知道可能什么也挖不出来，还是去了第一棵树后面开始挖。没想到的是，她非常幸运，刚挖了两铲子就挖到一个硬邦邦的东西，她眼睛一亮，加快动作，三下五除二就把那个盒子挖了出来。

黑暗之中，被泥土笼罩的铁盒保存完好。

路星鸣长久紧皱的眉心总算舒展：“我就说，一定在这里。”

云知看了看那大大小小的三个坑，不语。

“打开看看。”他把手机开了手电筒功能，蹲在云知的身边为她照明。

她拍去盒子上的土，小心翼翼地将盒子打开。

可是……

云知拧了拧眉，暗暗加大手上的力气，还是打不开。

“锈住了。”

路星鸣表情微变。

“没关系。”云知拿起铲子，“我把它砸开。”

路星鸣还没来得及阻拦，云知便用铲子把铁盒捶出一片凹痕，再一铲子下去，铁盒应声倒地，同时打开，里面还是一个盒子。

云知哭丧着小脸，语气哀怨：“学长，你这是套娃行为。”

说完，她小心翼翼地掀开了木头盒子的盖子，里面装满了五彩斑斓的千纸鹤，粗略估计有上百只。也许因为放的时间太久，盒子内部发霉腐坏，不少千纸鹤都被损坏，甚至散发出一股难闻的潮湿的气味。

“这就是你送我的礼物呀？”

路星鸣不语，静静地看着破碎的千纸鹤出神。

他当初不知道送女生什么礼物好，于是求助狐朋狗友们。

他们说送钱肤浅，要送就送亲手做的，那样显得真诚，最后有人提出折千纸鹤，保证女友收到会哭。

“里面还有卡片。”

路星鸣回过神，按住她的手，出声阻拦她：“别看了，这些都不干净了。”

云知推开他的手，把里面潮湿的小卡片拿了出来。

“送给小假发的千纸鹤，你一天拆一个，拆完后，我就回来了。”

路星鸣当初并不清楚自己要走几天，于是折了九十九个，要不是盒子容量不允许，他可能会折一年份的。

“别看了，我们回去吧。”

云知似是没听到他的话一样，把一个一个的千纸鹤从里面拿出来拆开。

“要好好吃饭长出头发。

“努力学习，不要偷懒。

“不准在我离开的时候哭。

“我会想你的。”

…………

那些字迹都已经不太清晰，有的爬上青霉，将上面的文字完全遮挡。

她垂着眼，轻轻抚摸着上面的笔记，眼睛里渐渐蓄上泪水。

“你似辉月降落我心上，从此心河只给你徜徉。

“想和你年少恋爱，和你共度晚年。”

他冷僻孤傲，却仍会为心爱的女孩子写出酸溜溜的文字，他满心欢喜地等着去上京闯出一条出路，他满心欢喜地为他们筹备未来。

可是，她先走了。

啪嗒，一滴眼泪从眼中滑落，轻轻砸在指尖，在纸上晕染开来。

“路星鸣，”云知抬起头，黑夜里被泪水洗刷过的眼眸孤寂无助，“我没家人了。”

路星鸣眼神暗了暗，嗓音喑哑：“我也没有。”

她嘴唇颤了颤，擦干眼泪向他绽放出一个干净明媚的笑：“不过现在有了。”

云知抓着手上的千纸鹤扑入路星鸣的怀里，他的身体很温暖，像避风的港湾一样让她有了归依。

“学长，等我到了法定年龄，就和你结婚。”

师父说得没错，没有人生来是孤独的，茫茫人海总会遇到一个与你相伴一生的人，现在她找到了。

师父，以后有人照顾云知了。

师父，会有人替您保护云知了。

您在天上，也一定要开心呀。

自从两人在一起，路星鸣找到了新的乐趣，那就是给小女友买东西。

什么零食、面膜、化妆品，电脑、棉被、小裙子，还有泡脚盆、搓澡巾，各种用品应有尽有，花起钱来毫不含糊。

短短几天工夫，云知的桌子上面堆满了路星鸣寄过来的包裹。

她很头疼，很苦恼，最后把零食和用不完的面膜都分给了舍友。

云知所在的是四人寝，除她之外的其余三个女孩都是本地人，四人同舍不同系，性格不同，但相处融洽，开学一个月来并未闹过什么不愉快。

几人知道云知无依无靠，也没什么钱，平常都会极尽所能地帮助她，如今见她改头换面不说，送她们的面膜都是昂贵的前男友面膜，但看她那个表情，好像并不知道这东西的价值。

寝室长终于坐不住，拉过一把椅子坐到了云知的面前，一副要谈判的严肃表情。

下一秒，其他两人也坐了过来。

“云知同学，我们好好谈一谈。”

被包围其中的云知不知所措。

“你老实说，你是不是某个富豪失散多年的女儿？”

云知：“啊？”

“这题我会！你肯定是被错抱的豪门千金！”

“或者你的未婚夫是首富？”

身后的两人喋喋不休，寝室长眉毛一挑，厉声呵斥：“你们清醒点！小说看多了吧？”下一秒，她说，“万一是中了彩票呢？”

满室寂静，司徒蕊轻咳一声，重新端起寝室长的架子，眉眼深沉：“云知，你知不知道，别人都说你被人包……了？”那个词还是没敢说出来。

她很担心，她们都清楚云知不是那种女孩，怕的是云知涉世未深被渣男骗。

寝室长静静地打量着并排而坐的云知，她很白，灯光下的皮肤白得晃眼，五官精致，眼神清澈，和刚开始的样子判若两人，加上最近收到的快递多，也难怪有人说那种闲话。

云知神情疑惑，很是不解：“为什么那样说？”

“你觉得呢？”寝室长捏了捏她绵软的脸，“你心里就没点数吗？”

云知“嗯”了半天后，一脸正色：“好吧，我确实是。”

三人瞪大眼。

“被我男朋友养的。”云知腼腆地一笑，眼波流转，甜蜜动人。

几人面面相觑，最后都没有说话。

当夜晚自习结束，三人背着云知另开了一个讨论组，组名为“不能让小可爱被骗。”

司徒蕊：合理讨论小宝贝有男朋友的可能性。

许雪馨：我怎么这么信不过呢，那人会不会是骗子。

艾璐：要不，我们去见见她那个男朋友？万一有问题，我们也好能及时发现。

司徒蕊：行，那我们明天和她说。没事的话，我就把群解散了，省得云知知道不开心。

三人一拍即合，将群解散后，静静地等待周六到来。

云知周六还算空闲，她起床后简单梳洗一番，背着包，抱起角落里的大箱子出门。

现在还早，躺在床上还没醒的司徒蕊迷迷糊糊地爬起来，声音含混不清地问："你要出去？"

云知害怕吵醒其余两人，压低声音："嗯，我下午回来。"

她和路星鸣说好了，趁着今天有空，去他家里看塞翁和失马，还有韩厉。

司徒蕊揉了揉眼睛："去找男朋友？"

云知点点头，司徒蕊一下有了精神，语气半是认真，半是打趣："你这不声不响地脱离了单身行列，不准备让我们见见你那男朋友？"

云知并不避讳，大大方方地应下："好啊，今天我问问他什么时候有空。"说完，她看了眼时间，"那我先走啦，晚上见。"

"晚上见。"司徒蕊合上眼，又一头栽倒在被窝里。

云知轻手轻脚地将门带上，独自离开宿舍楼。

晨光明媚，斑驳的树影在她的肩上跳跃，偶尔有晨跑的学长向她投来视线，她浑然不觉，低头和路星鸣发着微信。

云知：我出来啦。

路星鸣：嗯，我在对面，你过马路就看见了。

云知：好。

她把手机塞回包里，兴高采烈地向校门口跑去。

云知一眼看见了停在街对面的车辆，她左右张望一番，确认无车通过后，一路小跑着过去。

路星鸣从里面为她开了门，她把手上的东西放在了后座上，随即躬身坐到副驾驶位。

坐在驾驶位的路星鸣眼底带笑：“看得出来，你很想见我。”

云知呼吸一滞，低垂着眼睫毛不说话，片刻后才小心翼翼地出声：“学长，你以后不要给我寄东西了。”

“嗯？”

云知正色道：“她们都怀疑我和富豪的关系，你再寄的话，影响不好。”

路星鸣眉头拧了一下，不知是因为谣言，还是因为云知不再让他寄东西。

“你给我寄的那个洗脚盆太大了，都没地方放，所以，我给你拿过来了。”云知指了指后面硕大的箱子。

路星鸣沉默，眸色微沉。

“你给我买的很多东西都用不上，平白占空间，以后不要买了哦。”

路星鸣表情变了变，皱着眉、不甚情愿地说出三个字：“我克制。”

他瞟了云知一眼，小姑娘脸色好看了很多，皮肤恢复了原来的光滑白嫩，看样子他给买的护肤品还是有作用的，顿时自豪感油然而生。

他的下一步计划是把小女友喂胖，那样才健康。

“小假发。”路星鸣嗓音富有磁性，云知乖巧地迎上他的视线，“亲一个。”

云知摇头：“在校门口，不太好。”

路星鸣没再强求，徐徐发动引擎。

正当云知以为他放弃时，却见他把车子开出几步远，停下后说：“现在不是在校门口了。”

云知哽住。

“我们抓紧时间亲，不然，等韩厉去了我家，就亲不了了。”他凑近，修长的手指轻点着下唇示意。

云知紧张地攥紧拳头，对着那性感的薄唇陷入漫长的缄默。

他未催促，耐心地等待。

有些东西，她总要习惯，也总要学会，比如接吻。

云知的睫毛上下抖动，干渴地吞咽一口唾沫后，鼓起勇气倾身靠近。

路星鸣身上有清爽的香气，淡淡地缠绕在鼻尖，他呼吸缓慢，温热的鼻息轻轻喷洒在脸上，引起细微的瘙痒。

两人离得愈近，云知的心跳得愈快。

云知发现路星鸣的唇很好看，凸起的小小唇珠性感得让人想咬一口。

她红着耳尖，双唇完全紧贴了上去，软软的，凉凉的，像果冻。

云知心中一动，不由自主地伸出舌尖舔了一下，意识到自己的行为太过轻浮后，立马屏息凝神，迅速抽离，身体贴着椅背，动也不敢动。

车厢内安静无声，路星鸣目光灼灼，双眼像是要在她的脸上烫出一个洞来。他突然抬手抚上她白嫩的脸颊，身子逼近，缓慢地落下二字："抬头。"

云知一点一点地把小脸仰起，路星鸣亲了亲她光洁饱满的额头，又爱怜地吻上她不安抖动的睫毛，接着是小巧的鼻梁，最后……唇齿相依。

"把嘴张开。"他的嗓音蛊惑似的在耳边低吟。

云知死死地抓着衣服，缓慢地张开嘴，他侵略进来，温柔地缠绕。

"够了，别……别再亲了。"

她眼梢泛红，映衬着湿润的双唇越发惹人怜爱。

路星鸣单手撑着椅背，一双视线炽热、滚烫。

只见他衣领下的喉结轻滚两番，双手重新放在了方向盘上："中午在家吃。"

云知揉了揉滚烫的耳垂，刻意躲开他的注视，害羞地轻嗯一声，又说："那你想吃什么？我给你做。"

从她离开到现在，她已经有很久很久没给学长做过饭了。

今天是个机会，她决定好好犒劳一下心爱的学长和许久不见的侄儿。

路星鸣余光睨向她，嘴角向上扬了扬："不用了，我刚才吃好了。"

云知刚开始还没反应过来，等意识到后，慢慢地、慢慢地把脸藏在了衣服下面。

路星鸣租住的房子位于市中心的黄金地段，前挨着商业街，后依着上京最出名的风景区。小区周边和户与户之间特意做了防噪声设计，哪怕是白日，也很清幽安静。

在这样的地段的房子租金自然不便宜，路星鸣之所以选在这里，完全是因为离Q大近，方便回来照顾云知给他留下的两条“嫁妆”。

车子刚驶入车库，云知便听到屋子里传来兴奋的狗叫声，她眼睛亮了亮，迫不及待地从车上跳了下去。

这套二层小洋楼带了一个宽敞的小院，角落里种着几棵茂盛的海棠树，另一边是泳池，漂浮在水面上的玩具球还没有来得及被收回。

路星鸣拿着钥匙刚将门打开，就见两个巨大的身躯迫不及待地俯冲而出，一左一右地趴在路星鸣身上疯狂地舔着他。

两条大狗被路星鸣养得很好，膘肥体壮，皮毛油亮，眼珠子一闪一闪地发着光。它们还没发现云知，专心致志地围在路星鸣的身边求抚摸。

现在是换毛的季节，它们扑过来后还沾了路星鸣一身狗毛。

“下去，失马。”路星鸣皱眉躲着失马伸出来的舌头，手腕用力，直接把它推了下去。

“汪！”失马吠了一声，大尾巴在地上左右摇摆。

“看看谁回来了。”路星鸣微微侧身，让云知暴露在它们的视野中。

“塞翁，失马。”云知嘴角噙笑，温柔地叫了两只狗的名字。

它们没有动静，一动不动地坐在地上歪头看她，黑溜溜的眼里有打量，也有陌生感。

“你们不认识我了？”云知上前两步，伸手放在了它们的鼻尖下面。

失马湿漉漉的鼻头嗅了嗅她的指尖，左右歪头，喉咙里发出茫然的呜咽。

云知一颗喜悦的心瞬间跌入谷底，上扬的嘴角慢慢下垂、收敛，眉眼中是难掩的失落、难过。

"呜……汪！"它们忽视了云知，欣喜若狂地扑着路星鸣。

路星鸣眼梢微垂，大手狠狠地在它们的脑袋上撸了一把，沉声说："行了，自己玩去吧。"

塞翁、失马像是听懂了，嗷呜两声去抱着地上的骨头玩具啃。

云知鼓了一下腮，愁云笼罩心头。

路星鸣隐约压抑着笑："它们故意不理你的，你一会儿拿着零食哄一哄就好了。"

云知蔫不唧儿的："真的吗？"

路星鸣颔首，向前示意。

它们正在客厅嬉闹，时不时朝云知偷看一眼，每次看完，尾巴摇动的幅度更大，那是兴奋的表现。

云知打起精神走过去，塞翁和失马看见后，转身留给她一个傲娇的小屁股。

她瞧了它们两眼，笔挺地倒在地上装尸体。

五秒钟后，失马在她的脸上放了个屁，悠闲地跳到了沙发上。

云知快被臭哭了，捏着鼻子满是委屈地看着路星鸣。

路星鸣深吸一口气，耸了耸肩，向厨房走去，边走边说："没办法，谁让你当初抛夫弃子的。"

抛夫弃子？听听这是人话吗？

不过……似乎……好像也差不了多少，云知心虚地缩了缩脖子。

路星鸣在厨房收拾着买来的东西，云知拍拍屁股从地上坐起，瞥了两狗一眼，轻咳一声，说："好吧，既然你们不认识我了，我就走了。"

说完，她作势要走，下一秒，塞翁冲过来咬住她的裤腿，失马丢下玩具，狂甩尾巴跳跃到她的身上。

云知受不住两条狗的力气，后退两步，摔倒在沙发上，笑着躲避它们的撒娇卖萌。

玩够后，失马蹭着她的肩膀不住地呜咽，失马把下巴搭在她的腿上，眼神可怜。

身后传来路星鸣的声音："失马出院的时候，一直不愿走，坐在门口等了你好久。"

她眼眶发酸，狠狠地搓揉着失马毛茸茸的大脑袋："对不起啊，以后我不会再离开你们了。"

它们听懂了，又对着云知亲热地蹭了蹭，她心头发涩。

宠物的生命只有十几年，两年对她来说是白驹过隙，却是宠物的小半辈子。她当时走得干脆，留下塞翁、失马在思念中度过。

说话间，门铃声响起。

塞翁耳朵竖起，跳下沙发跑到门前等候。

云知起身开门，门外的青年又高又壮，即使穿着衣服，也难掩一身扎实的肌肉。

云知仰头，目光闪烁地看着他。

韩厉高了，挺拔结实，有了男子汉的样子。他将头发剃成干净清爽的小平头，更显五官硬朗，眼眸深邃。

韩厉死死地拧着眉头，表情凶神恶煞："鬼给我开的门？"说着，他伸手狠狠地挠了挠头皮。

显然，他还没有发现云知这个小个子。

云知轻轻地抬了抬胳膊，出声："韩厉。"

韩厉手上动作一僵，垂眸看向她。

四目相对，鸦雀无声。

片刻后，韩厉眼眶泛红，现场表演了一出"猛虎落泪"。

云知心软，见不得别人哭，愣了愣后，一起跟着哭了出来。

韩厉揉了揉眼睛忍住泪，暗骂自己没出息后，提着云知的后领把她拎起上下掂了掂："你是不是被人虐待了，怎么瘦成这样。"轻飘飘的，他感受不到丝毫重量。

他看着她瘦得尖尖的下巴，再想起怀月山冰冷破旧的小院，顿时喉头一哽，难受得厉害。

“你长个子了吗？”韩厉抹了一把脸，冷静下来后，上下打量着她——除了瘦了点，个头矮了点，好像没什么其他变化。

云知抽抽鼻子，带着哭腔的语调软绵绵的：“长了，长了五厘米。”

话音落下，韩厉和路星鸣齐齐看过来，被左右夹击的云知缩了缩脖子，立马改口：“四厘米……”

他们依旧盯着她看，她抱住脑袋，愤愤不平地跺了跺脚：“我只长了三厘米，你们现在开心了吧！”

两人心满意足地移开了视线。

韩厉脱鞋进门：“你身上有钱吗？”

云知点点头，韩厉显然不信，扯着嗓子冲厨房里忙碌的身影吼：“路星鸣借点钱，我给韩云知买点东西去。”

路星鸣声音冰冷：“你这学期的学费好像还是我出的吧。”

韩厉顿时安静。

“哦，对了，上个学期跑去美国看展览的钱也是我出的，什么时候还？”

无情！冷酷！不是人！

韩厉对着路星鸣的背影竖起中指，以示鄙视。

两人的对话彻底弄蒙了云知，她一脸茫然：“什么学费，什么钱，你向路学长借钱了？”

韩厉的表情冷了几分，轻轻一嗯，说：“我爸把我赶出来了。”

他当时每日每夜地被路星鸣鞭打着学习，但是他知道自己几斤几两，考那些重点大学根本门儿都没有，于是把努力的方向移到了体育上，高考报志愿时选择了警校。

韩父不同意，韩母在劝他，韩奶奶哭天抢地，最后生了一场重病。

他们劝他学商业管理，苦口婆心地说韩家只有他一个儿子，他不继承家业，谁继承家业。他听后觉得很有道理，最后连夜离家出走，投奔正在上京读大学的路星鸣。

韩父见他冥顽不灵，去意已决，竟直接冻结了他的卡，收了他大大小小的东西，准备逼他回来。

韩厉是个硬脾气，宁可睡公园的长椅，也不回家，为了赚学费，还做了颜瑟姐一个月的司机，想想也挺美的。

后来路星鸣看不过去，偷偷给他交了一系列费用。

那段时间是韩厉最难的时候，往日的狐朋狗友见他落魄，不搭理他；有兄弟想救助他，但是他哪能伸手拿他们的东西。

他怎么也没想到，在他困难时伸出援手的竟然是昔日的死对头，而那时路星鸣也刚被赶出了路家。

韩厉嘴上不说，但这份恩情会一直记着，总有一天会还上。

“别废话，滚过来干活。”路星鸣探出头，皱眉不满地呵斥他。

云知回过神跑了进去，撸起袖子准备帮忙：“我也来。”

“不用。”路星鸣低头择菜，“你乖乖地和狗去玩。”

云知神情犹豫，不放心地问：“你们会做饭吗？”

“会的，这几年都是我一个人做饭。”

他刚开始做的菜有点难吃，慢慢就练出来了，手艺说不上太精湛，但也绝对不差。后来一有空，韩厉就会带着同学过来蹭吃蹭喝，设计院的人知道他会做饭后，也一起来蹭吃蹭喝。

真烦。

以前单身无所谓，以后一定不能让他们再来，他现在是有老婆的人。

云知并不知道他心里的小九九，伸手拉了拉他的袖子，小声地唤他：“学长。”

“嗯？”路星鸣没抬头，继续洗菜。

“我室友想见见你。”

路星鸣手上一顿，他好像是应该见见她的朋友。

“不过，你要是不方便，就算啦。”路星鸣很忙，云知也不想因为这事儿打扰到他学习。

“不会。”路星鸣垂眼说，“明天我向导师请个假，顺便带你去做个体检。”

“啊？”

“啊什么啊。”路星鸣白了她一眼，“体检是每年要做的事，有问题早点诊断出来，你必须和我去。”

云知神色恹恹的，最后不情不愿地“哦”了一声。

正在一旁打下手的韩厉沉思几秒，突然问：“韩云知，为什么是路星鸣先知道你回来的？”他又问，“不对啊，路星鸣见你室友干吗？”

路星鸣叹一口气，湿漉漉的手掌盖上他的平头：“就你这智商，活该你追不上学姐。”

“说话就说话，你侮辱我的智商干吗？你侮辱我的智商就算了，你干吗还咒我单身？”

路星鸣缄默，以韩厉的反射弧来看，估计等他和云知的孩子会打酱油，他都不知道怎么回事。

“侄儿，你知道吗，你所有的智商都放在了这里。”路星鸣指了指他胳膊上鼓鼓的肌肉，一脸慈爱，“但是没关系。”

说罢，路星鸣从兜里掏出五毛钱塞过去：“给，拿去买糖。”

韩厉说了一连串粗鄙之语。

身后的云知默默地看了看路星鸣，又默默地看了看韩厉，笃定地得出结论——果然，他们关系真好，把侄儿交给学长照顾是正确的选择。

韩厉下午有训练，云知晚上也有晚自习，三人吃了顿饭后便各自散去。

云知刚回寝室，司徒蕊带头把她围在中间。

“你们……”

“你男朋友答应和我们见面了吗？”司徒蕊抢下话头，捏着云知的下巴质问。

云知被这个阵势吓了一跳，愣了许久，点了点头：“答应了。他说你们有空的话，可以明天晚上见。”

三人对视一眼，一锤定音：“好！就明天晚上见！”

说完，她们转过身，围绕在一起不知交头接耳着什么，让身后的云知一头雾水。

翌日来得很快。

云知一大早就被路星鸣吵醒，硬是被拉去医院做了个体检，整套项目做下来，耗时耗力。

体检结果不会立马出来，路星鸣见云知累得够呛，上车后从口袋里掏出一袋小零食递过去："餐厅我订好了，你现在可以让你室友往那边走。"

说着，路星鸣把餐厅的定位发到了云知的手机上。

她接收到后，又发到了四人小群。

云知：地址。

司徒蕊：OK，收到！

艾璐：我们马上过去！

许雪馨：来了！我要给他一个下马威！

为了不给云知掉面子，寝室里的三个小姐妹特意化了妆，穿上最满意的衣服、鞋子，才前往路星鸣所订的日式餐厅。

路上，司徒蕊气势汹汹："我倒要看看他是从哪钻出来的妖怪！"

——不声不响就把她们的小可爱占为己有。

"就是！一会儿我们考验考验他，万一遇到骗子呢！"

"是人还是鬼绝对逃不过我们的火眼金睛！"

说话间，三人已到了餐厅。

同时，一辆简约大气的黑色轿车缓缓地停在了眼前。

司徒蕊的视线往那边一扫，目光瞬间僵硬，她拉了拉身旁艾璐的袖子，结结巴巴地说："那个……是不是隔壁Q大的路星鸣？"这个名字让其余两人齐齐看过去。

从驾驶座上出来的青年修长又高贵，时光磨平了他的少年气，童年时期留下的伤痛让他比同龄人多了几分内敛、沉稳，眉眼也更比昔日冷淡。

“那……那是云知？”艾璐傻眼了。

云知已从车上下来，甜笑着对她们挥手。

许雪馨头皮发麻：“我们云知的男朋友不可能是这个学神吧？”

她们叫路星鸣学神是有依据的，这位高中跳级考上了名牌大学，去年和几位老师一同攻破了电传飞控系统的一大难关，接着破格参与了飞控系统的软件研发，此后被媒体争相报道，又因为脸长得过于出众，还上了一次热搜。

对她们来说，路星鸣就是遥不可及的存在。

“你们来啦。”此时，云知已经拉着路星鸣走了过来。

三人瞪大着眼睛，半天没开口说话。

云知并未觉察出不对，挽着路星鸣的臂膀，笑着和她们介绍：“这是路星鸣，他是我男朋友。”

她叫得又甜蜜又骄傲，让一旁的路星鸣默默翘起嘴角。

“你们好，我是路星鸣。”他疏远有礼地和几人打了声招呼。

司徒蕊意识回归，瞪大眼睛，惊讶得倒吸一口凉气，下一秒，艾璐和许雪馨做出了同样的反应。

云知默然，半晌后出声：“你们牙疼？”

不，她们被刺激得脑仁疼。

一群人堵在门口太显眼，云知松开路星鸣，跑过去拉住寝室长的胳膊向前走：“我们进去说，一直站在门口不太好。”

被陡然松开的路星鸣微微皱了一下眉，缄默不语地走在女生们的身后。

五人一前一后地进入包间，舍友们识相地坐在一起，把剩下的位置留给了云知和路星鸣。

菜单上来，云知把菜单推到了司徒蕊的面前，准备让她们先点。

司徒蕊瞥了一眼路星鸣，说：“主随客便，让路师兄点吧。”

他马上大三，她们叫一声“师兄”也不过分。

路星鸣没有推托，点好菜后，安静地等候。

气氛沉默到让人焦灼，司徒蕊受不了如此的氛围，最先打破沉默问："那个……你们是怎么认识的？"

"我们高中就认识了。"云知最先抢答，兴冲冲地和小姐妹夸赞着他，"路学长特别好，他一直在照顾我。"

司徒蕊本来还想问些别的，但一对上路星鸣那张生人勿近的脸，便立马蔫了。她推了推许雪馨和艾璐，两人紧闭着嘴巴，半天不敢吭声。

在这种无比诡异的气氛中，菜总算上来，三个姑娘一同松了一口气。

日料清淡，云知吃得还算可口，剩下的三姐妹就不是那么喜欢了。她们算是明白，路星鸣完全是为了小女友的口味选择的餐厅。

"吃一片牛肉。"路星鸣从寿喜锅里夹出一片薄薄的牛肉，蘸了点酱料，放在了她面前的小碟子里。

正吃寿司的云知手上动作一停，立马把牛肉夹了出去："不吃。"

"不腥，尝尝。"

云知身体后退，紧皱的眉头里写满抗拒。

路星鸣叹了一口气，无奈地把手收回。

包间再次恢复沉寂，司徒蕊看了看左边的艾璐，又看了看右边的许雪馨，轻咳一声："路师兄以后要留在上京吗？"

路星鸣沉声说"是"，紧接着又道："不过也要看云知去哪里。"

正埋头吃饭的云知慌忙把嘴里的东西咽下，抬头冲他弯了弯眼："我和你在一起。"

她和路星鸣说话时声音都嗲了不少，数不清的星星在她的眼睛里发亮发热。

在小姑娘那灼灼诱人的视线之中，路星鸣的脸部线条不禁柔和了，嘴角翘起一抹笑来。他按捺不住地伸出手，轻轻捏了捏她温热纤细的手腕。

他笑起来撩人，眼下的卧蚕明显，多了几分同龄人的生气，不似面无表情时那般冷酷。

云知倏地低头，手指头悄悄钩了他的指尖一下。

路星鸣视线稍沉，心尖滚烫，碍于旁人在，只得快速抽手，继续端起自持淡漠的架子，把那点小心思藏在了心底。

“云知对上京还不熟悉，以后要多麻烦你们照看她了。”

三人连忙摇头：“不会，不会，不麻烦，不麻烦。”然后，她们又用力点头，“应该的，应该的。”

照顾室友不是应该要做的事吗！何况她们的舍友力气那么大，一次能帮她们打三壶水！

难熬的晚餐很快结束，舍友们匆匆告别离开，把相处的时间留给了这对小情侣。

走出好远，直到再也看不到云知和路星鸣的身影，司徒蕊才撞了撞许雪馨的胳膊说：“你怎么回事？你不是要给他一个下马威？”

许雪馨有气无力：“她的男人气场强大，我不敢……”

艾璐怯生生地说：“我也不敢……”顿了下，她又说，“不过，我觉得路师兄看起来挺好的，不像会欺负云知。”

话音落下，其余两人一同点头，表示赞同。

“那……要去撸串吗？”

“走、走、走！”

小姐妹们勾肩搭背，兴冲冲地前去农大附近最热闹的烧烤街。

烧烤撸串的快乐，韩云知可能永远不会懂！

第十章

这是一个正经的男孩子说的话吗

///

和亲吧，
从此我当你姑父。

///

一天过得很快，云知和路星鸣手牵手，悠闲地在学校后面的公园里散着步。

河道两边的槐树枝叶茂盛，天边赤红的晚霞将河面泼染成金黄色，波光潋滟，辉映着摇曳的树影，宛如宁静地展开的油墨画。

云知一路低头看着投落在地面的一双影子，忍不住笑出了声。

“笑什么？”路星鸣轻问。

“没什么。”云知摇摇头，眼底一片愉悦，“只是和你在一起就很开心。”

说不出缘由，她单纯觉得他身边的一切都很可爱，哪怕是简单的影子都让她心中萌生出小欢喜。

云知腼腆地抿了抿唇，轻轻一低头后又抬起：“我走了，晚安。”说完，她跳起，狠狠地在他的脸上亲了一口。

路星鸣一愣，摸了一下脸后，立马抓住正准备逃跑的云知。

望着那双莹润的眸子，路星鸣指了指右边，一本正经：“请不要偏心。”

欸？

云知眨了一下眼，又踮起脚尖向他的右边亲吻而去，然而，正在此时，他紧揽着她的腰送上双唇。

唇瓣厮磨，舌尖勾缠，就这样亲密许久，路星鸣才不舍地松开，浅笑逗弄：“你真好骗。”

云知羞涩地低头。

“走吧，陪我去一趟超市。”路星鸣揽着她单薄的肩，嗓音里明显染上轻快的愉悦。

云知左右看看，臊红着脸：“学长，你以后不要在大庭广众之下亲我，多不好。”

路星鸣应得散漫又敷衍：“嗯，这次错了，下次还敢。”

听听，听听，这是一个正经的男孩子说的话吗！

嗯，不过她也好喜欢和学长亲亲。

完了，她变了。

去了超市，路星鸣把小推车送到云知的手上："看你室友喜欢吃什么，你随便拿。"

云知满目疑惑："不是你买吗？"

"嗯。"他应道，"我买来贿赂你室友的。"

"啊？"

"我感觉你的室友对我抱有敌意。"

男人的第六感很准确，不用想也知道她的室友可能把他当成了诱拐乡村少女的坏人。

云知呆滞片刻，扑哧一声笑了出来："学长，你现在都学会贿赂别人啦？"

她记得他以前不喜欢搭理生人，学校里除她之外，他接触最多的就是十班那几个好哥们和打饭的食堂阿姨，有时候女孩子走过，都会被他恶狠狠的眼神吓唬走。

云知本来以为他不把室友们吓唬走就不错了，没想到还会特意来给她们买吃的。

路星鸣左一包又一包地往车里放零食，轻飘飘地叹了口气，沉声说："毕竟是你的娘家人。"

该搞好关系还是要搞好关系，万一结婚那天她们不让他接亲怎么办？万一学校里有别的秃顶男人勾引他家小假发怎么办？

他这叫"笼络人心""深谋远虑"。

路星鸣三天就给寝室的姐妹们买一箱零食，时不时再送她们一张奶茶店购物券，短短一个学期就把整个寝室的人养胖了一圈，自然也收买到了人心。

转眼要到寒假，寝室的妹子们都收拾好东西准备各回各家，考虑到云知无父无母，几人便想着把她带回家一起过年，毕竟都是独生子女，多个人总归热闹。

结果，在去谁家这事儿上，同住几个月的小姐妹们第一次发生了争吵。

司徒蕊：“去我家，我是寝室长，我说了算。”

许雪馨：“去我家，我提前和我妈说过了。”

艾璐：“别吵了，我们这里谁头发多就听谁的！”

司徒蕊万年短发，又稀疏，出去总被认成男生，而许雪馨早早就被数学磨光了脑门，看来看去，大长鬈的艾璐是头发最多的一个。

“打她！”

三人争论不休，决定以武服人，很快在床上扭打成一团。

云知早就在一旁收拾好了东西，扭头看了一眼镜子里的自己。

她的头发已经长到胸口了，也许是因为从没烫染过，头发乌黑光滑，紧紧地贴在头皮上，额前留了一层蓬蓬的刘海，显得脸蛋圆润些，也更加可爱。

“我头发多！”如今，云知已经可以骄傲地挺胸说出这句话。

她头发多，不是假的！

可学长还是会叫她小假发，真讨厌。想着，她甜甜蜜蜜地笑了一下。

扭打的三姐妹停止厮杀，齐齐看向她。

这抹笑在她们看来简直是挑衅，彼此对视一眼后，上来把她扑到床上，专门找她的痒痒肉挠了起来。

云知怕痒，一时间蜷缩成团，又讨饶又忍不住发笑。

直到云知被逼出眼泪，她们才停下动作，气喘吁吁地问：“敢不敢了？”

云知捂嘴呜咽：“不、不敢了……”

“说！你去谁家过年？”

云知笑到打了个嗝，嘴里含混不清：“男……男朋友那里。”

几人茫然错愕一阵后，齐齐说了句：“不行！”

“就算师兄是好人，但你们现在同居也不好。”

“是啊，你们住在一起太早了啦。”

云知满脸通红，微微喘了几口气才说："学长也是一个人，我们之前就是一起过年的，你们不用太担心。"

不，重点根本就不是这个，司徒蕊神色复杂。

"放心啦。"云知拍拍司徒蕊的肩，"要是没事的话，我侄子可能也会过来。"

韩厉脾气倔，不肯低头认错，韩父好面子，也不会先服软。父子俩僵到现在，谁都不搭理谁。韩厉有一个假期，他准备申请执勤安保的工作来赚取点生活费，没意外的话，过年应该会和他们一起。

"你侄子？"司徒蕊听后，发出疑问，"你还有侄子？"

"嗯，我侄子特别可爱。"说这话时，云知眼眸里闪烁着"慈姑"的光辉。

几人脑海中不由得浮现出小男孩婴儿肥的小脸蛋和圆溜溜的大眼睛，既然有小孩子在的话，那应该不会当着孩子的面做出太出格的事。

这样一想，她们也都放心了。

"好吧，既然这样，我们就不说什么了。"司徒蕊想了想，还是说，"反正我们都在本地，要不，你把你男朋友的地址发给我，到时候我们一起去拜年，还可以一起出去玩。"

云知想了想，觉得没问题，于是把地址发给了三人。

她们的父母都过来接人了，四人相互告别后各自离开。

临走前，云知不忘将宿舍收拾得干干净净，最后才关门走出学校。

路星鸣在外等着她，他的肩头沐浴着夕阳，身姿挺拔修长，一双漆黑的眼瞳在暖阳的辉映下显得格外温柔。

见云知走来，路星鸣大步上前接过她手上的行李箱，利落地放在后备厢后，打开副驾驶位的车门。

上车后，路星鸣并未立马发动汽车，扭头问她："生活用品那些有吗？"

云知点点头，又摇了摇头："浴巾和拖鞋好像没拿。"

他颔首，径直前往超市。

超市的生活区进了不少新品，拖鞋的花样很多，都是可爱、粉粉嫩嫩的样子。云知蹲在地上挑来选去，最后红着脸拿起一双情侣拖鞋，仰起头冲路星鸣扬了一下。

拖鞋上面印着小兔脸，还有两只大耳朵，一蓝一粉，特别打动人心。

"喜欢就拿吧。"

云知开心地把拖鞋放到了购物推车里。

她的模样和小朋友似的，不禁让路星鸣失笑："不就一双拖鞋，至于那么高兴吗？"

云知语调轻快："因为我想和学长穿一样的。"

路星鸣目光闪烁，下一秒没忍住，低头用嘴唇碰了碰她毛茸茸的头顶。亲完后，他拉开距离："除浴巾外，还有什么要买的吗？"

云知摇头。

"牙刷那些都有了？"

云知点头。

"不要情侣款式的牙刷吗？"他拿起一套洗漱用品向她晃。

云知耳根一热，片刻后嗫嚅："也……也不是不行。"

路星鸣低低地笑了两声，把情侣款式的牙刷杯和牙刷一起放在了推车里，路过女性用品区时，他自然地挑选了两包卫生巾一同搁进去，动作熟络得如同做了千百遍那样。

云知稍一抬眸，发现那个的款式是路星鸣两年前第一次给她买的那种，很好用。

她面上一臊，又匆匆地低下了头。

结账后，两人直接回家。

今天天气很好，他出去的时间也短，于是直接把狗关在了院子里。

听到动静，塞翁和失马趴在铁栏杆上开始哼唧。

它们被教育得很好，哪怕再激动，也不会在外吠叫，除非忍不住，就像现在。

“汪……呜……”

失马叫一声，哼唧一声，不敢发出太大的声音，可怜得像是被遗弃很久的小孩。

等云知进来，失马绕着她转了一圈，又满院子跑了一圈，最后叼着心爱的玩具球往她手上送。塞翁性子恬静温和，舔了舔她的掌心，便乖乖地跟在她的身侧走。

路星鸣没空和它们闹腾，不客气地用脚尖轻轻把拦路狗踢开后，一边开门，一边说：“二楼都是房东的东西，我只租了一层，所以，浴室你要和我用同一个，不介意吧？”说完，他轻轻睨了她一眼。

“没事的，不打扰你就行。”

路星鸣挑眉，他求之不得的事儿，哪会打扰。

“你睡这间，床单被罩都是新的，看看喜欢吗？”

这里原本是他的书房，除小点外，采光环境都不错，他本来想把自己的大卧室腾出来，但倒腾东西实在麻烦，不如重新布置一间。

书房里原本就有一张宽敞的榻榻米，睡一个人刚好，他又给添了新垫子，上面摆放各种毛绒玩具，睡觉绝对舒服。旁边是书架，上面的书堆积得满满当当，另一边新加了单人衣柜，加上榻榻米有储物空间，放衣物足够了。

整个小房间布置得十分温馨，看到那些毛绒玩具时，云知的视线停了一秒，紧接着拉开行李箱，在路星鸣不解的表情下拿出一个白色的套子。

云知抖落开，通过套子上的红围巾，路星鸣依稀辨认出是他两年前送给她的那只兔子……

“恕我直言，它的身体呢？”

云知扯了扯嘴角，眼底透出些许悲伤：“我之前洗它……”

“然后？”

“然后我也不知道怎么回事，每洗一次外面的套子，里面的棉花就少一次，洗一次就少一次，最后我发现它的身体被掏空……”云知仰头，眼巴巴地瞅着他，“学长，我能用你那些布偶的棉花给星星吗？”

路星鸣不带停顿地开口：“想都别想。”

那些布偶是他真金白银买回来的，还有两只是抓娃娃抓回来的，他付出了心血，怎么可能让她拿去给星星。

路星鸣二话不说，过去把榻榻米上的小猪仔、小鸡仔等各种仔一起抱出房间，云知目送他的身影远离。

走了半分钟不到，他阴沉着脸回来，又阴沉着脸把毛绒布偶给她。

云知一笑，美滋滋地把新的棉絮填充到旧的兔子身体里。

布偶兔很快被棉花填满，黑色嘴角向上勾起，一成不变的模样。

它被洗旧了，红色的围巾没有之前的光鲜亮丽，胸前的扣子丢了一颗，又被云知手动补上了新的。

她长情，对玩偶是，对人更是。

路星鸣某根心弦突然被触动，大步走向前，倾身把人按在了身后的榻榻米上。她毫无防备，被他牢牢禁锢在臂弯之中。

路星鸣紧扣着云知的十指，浓眉下的眼睛深邃逼人：“你拆了我两个布偶。”

云知不明所以，顿了顿后，说：“明天我去买些新的棉花再塞进去。”她只是想快点搂着兔兔睡觉。

“不行。”路星鸣皱眉，满目正色，“它们不开心，要我替它们索要补偿。”

路星鸣刚说完没多久，低头亲了上来。

没了外人在，他似要将她拆入腹中一样，吻得动情又专横。云知一时间被亲蒙了，瞪大着眼，迟迟没有动静。

他呼吸急促，落在云知腰上的手不住地加重力道，捏得她生疼。

这个吻维持了很长时间，云知嘴唇发麻，眼里被逼出一层水雾。

她有点怕，肩膀微微抖动，路星鸣手上的力度慢慢变小，喉结滚动几下，被欲念浸染过的眼眸湿润、幽暗：“布偶说满意了。”

云知全身僵硬，四肢一动也不敢动。

路星鸣看出她的不安、恐惧，指腹温柔地压了压她红润微肿的唇，翻身下去，侧身单手撑着头，用另一只手一下一下地抚摸着她的脸蛋："吓到了？"

云知翻过身，不理他。

"抱歉，我下次不这样了。"

云知抱着兔兔，捂着酸麻的嘴巴，继续不吭声。

路星鸣舔了舔嘴角，微微靠近："这又不是在大庭广众之下，对吧？"

云知情绪好转，侧了侧头，定定地看他几秒后，委屈地控诉："你……把我亲疼了。"

她耍起了小性子，从路星鸣把她弄疼后就不再理他。

云知默默地把行李简单地收拾了一下，之后拿着洗浴用品前往浴室。

浴室宽敞明亮，带有一个可容纳两人的圆形浴缸。洗手池的架子上整齐地摆放着男士的洗浴用品，还有一把黑色的刮胡刀。

她认真地把自己的东西整齐地放在路星鸣的旁边，上面的洗面奶变成了两瓶，毛巾变成了两条，还有牙刷盒是一黑一白情侣款式的，所有一切都是成双成对，甜蜜可爱。

云知心底冒起了泡泡，兀自在洗手台前站了好久，直到脸蛋变红，才慢吞吞地挪出房间。

路星鸣正在客厅的沙发上逗狗，他换上了闲适的居家服，长腿懒洋洋地伸直，一只手握着一个球，力气不轻不重地和塞翁来回拉扯着。

路星鸣抬了一下眼："饿吗？我去做饭。"

云知忙说："我做就好，你玩。"

她哪能白吃白喝人家的，总要贡献点劳动力。

路星鸣手腕用力，将球抛出，塞翁立马跳下去捡。他起身走过来："没事，你去休息，我给你做好吃的。"说罢，他揉了揉她蓬松的头发，撩起袖子直接去了厨房，并且把门牢牢地关上。

隔着房门，云知根本不知道路星鸣在里面捣鼓什么，心里也没有太在意，转身和狗子们玩闹在了一起。

路星鸣很快将晚餐做好，主食是米饭，剩下两菜一汤均是素食，色香味俱佳，看着让人很有食欲。

路星鸣为云知盛了饭，又夹了一筷子茄子送到她的嘴边，温声说：“尝尝这个。”

云知吹去热气，慢慢吃下。她嚼了嚼，才发现这并不是茄子，外酥里嫩，入口酸甜，口感鲜美，很是好吃。

云知眼睛亮了亮：“这个好好吃。”

路星鸣唇边笑意深了深，把那道菜向她面前推了推：“喜欢就再吃几口。”

云知又吃了两筷子，她说不出来这是什么，比豆腐鲜，也比茄子香。

“学长，这是用什么做的？”她以前从来都没有吃过。

路星鸣唇齿动了动，说：“鱼。”

云知诧异地瞪大眼睛。

“你有想吐的感觉吗？”他又问。

云知回味一番那道菜的味道，又摸了摸胃部，诚实地摇头。

“这是茄汁鱼块，食材用的是龙利鱼，鲜美又没腥味。”

如果让云知直接吃肉的话，她肯定会排斥，海鲜类的食物多少有些腥味，鱼肉有刺，处理不好，估计她也不会吃。

思来想去，路星鸣选用了无刺又香嫩的龙利鱼，稍微腌制，再下锅煎炸，大火收汁，即可食用。

“上次体检报告显示你营养不良、贫血，如果你一直不吃肉，身体就吸收不到营养，长时间下去，会生病的。”

云知挠挠头：“可是我没怎么生过病。”

“老了就会了。”路星鸣眼里充满笃定。

云知默然。

“你看，你刚才吃鱼并没有恶心感，说明潜意识里还是可以接受的。”

云知皱了皱鼻翼。

“有些事总要尝试。我知道你因为师父而不吃肉，但你现在和我在一起，就要为我考虑一下。”路星鸣语调轻缓，语气里却带了几分强势，他抬眼看她，不觉间放柔眉眼，又说，“我希望你健康些，从今天开始，慢慢吃些肉，可以吗？”

云知抿着唇不说话。

“我保证会把肉处理得很好，不让你闻到腥味，你只要每天摄取一点就可以了。”

他不住地耐心劝解，云知看着他，慢慢红了眼眶。

路星鸣话音立马停下，顿了顿说：“不要哭，你不愿意就算了。”说着，他抽出一张纸巾擦了擦从她眼角流出来的泪珠。

云知抽抽鼻子，一边吃鱼，一边哽咽：“学长，你对我真好。”

路星鸣一怔。

“你这么好，我都不知道怎么喜欢你了。”

她对他的喜欢还是太少了，她决定以后要每天爱他多一点，再多一点点，最后要多很多很多。

云知湿润的眼睛直勾勾地盯着路星鸣清俊的脸庞，心底柔软的一处瞬间塌陷下去，忍不住想再靠近一些。

于是，云知端着饭起身，绕到他的身旁坐下，与他肩并着肩，紧紧地挨在一起。

路星鸣先是愣了一下，紧接着低笑出声：“我是左撇子，你这样坐，我们的筷子会打架。”

她想了想，说：“那我们可以换一下位置。”

云知铁了心要和他坐在一起，路星鸣无奈地低叹一声，由着她换了座位。

“那明天你还给我做鱼吃吗？”

“要看看你胃部适不适应，如果不习惯，我们先停一下，没不良反应的话，可以慢慢加量。”

一个人如果长期不吃肉，身体很可能会对肉产生排斥反应。这种事要循序渐进，急不来。

云知点点头，冲他扬起脸一笑：“我都听你的。”

吃过饭，云知主动洗好碗，又给两条狗梳了毛，把屋子里里外外都仔细打扫了一遍。

眨眼入夜，窗外月色寂静。

路星鸣坐在落地玻璃窗前的书桌上，借着一盏台灯看书。

他专注的样子性感至极，令一旁的云知控制不住地盯着他看。

两条狗吃饱喝足已经回窝躺下，云知仰头看向时钟上的时间，时针指向十点，差不多该睡觉了。

她瞟了一眼路星鸣，对方眼神闪亮，似乎并没有困倦的意思。斟酌许久，她才磨磨蹭蹭地起身走过去，伸出一根手指头戳了戳他的肩膀。

“学长，我去洗澡啦……”云知怕打扰到他，将声音压得很低。

“好。”路星鸣没有抬头，说了一个字。

得到回应，云知放心地去房间换好睡衣，进了浴室。

待身后传来关门声，路星鸣的思绪骤然从眼前那枯燥的空气动力学中抽离。

圆珠笔的笔尖在书页上落下深深一个黑点，他目光闪烁，禁不住回头去望，短暂的目光接触后又很快低头。

总感觉怪怪的。

路星鸣俊眉拧起，心跳让他的大脑产生浑噩的色彩。

直到桌上手机振动，他才勉强回归意识。他后仰靠向椅背，抓起手机滑动解锁。

孙朋：老弟刚完成那么大一个项目，不准备出来请个客？

这是他工作上的学长，他打字回复：不了，没钱。

孙朋：好几位数的奖金，你说你没钱？

路星鸣：今时不同往日。

孙朋：嗯？

路星鸣：你单身，你不会懂的。

路星鸣放下手机，垂眸看书。

孙朋那种没对象的当然不会明白他的苦恼，他的钱可是要养女朋友的。

冬天好看的大衣那么多，当然要给女朋友买；冬天完了，还有夏天，各种各样的小裙子更要买；还有她头发长了，有时候也要做个头发理疗。

路星鸣支着下巴，嘴角缓缓地勾起，眼底荡漾着柔情蜜意。

养女朋友真是个甜蜜的苦恼，不过……也很幸福。

就在路星鸣胡思乱想之际，云知已经洗好澡出来了。

她穿着印有太阳图案的及膝睡裙，两条胳膊严实地被笼在睡衣的袖子下，小腿外露，纤细笔直。

云知将头发一同洗了，还没来得及擦干，湿漉漉地贴在线条单薄的肩上。

也许是刚洗过澡的原因，她脸蛋绯红，双眼湿润，整个人都散发着甜甜的气息，就像是一颗晶莹漂亮的水果软糖，站在那里不住地引诱着他。

空气中飘散着清新自然的香味，萦绕许久而不散。

路星鸣眼窝深邃，突然起身向她走过去。

“学长，我洗好了。”云知乖乖地说。

他低头在她的肩窝里嗅了嗅，这个动作立马让她全身僵直。

“你用我的沐浴乳了。”很确定的语气。

云知呼吸一滞，迅速红了脸，她张张嘴，眼珠子转了转后，垂下眼睑，心虚地掩饰：“我……我忘记带沐浴乳了。”

“可是我看见你摆在架子上了。”

好吧，她其实就是想用学长的，想和他有同样的味道。

路星鸣嘴角向上扬了扬，捏了捏她脸上的软肉，没再逼问：“来，我给你吹头发。”

“吹起来好麻烦，它一会儿就干了。”

云知不喜欢吹头发，平常都是用吸水毛巾擦干，由它在空气里晾着，方便又省事。

“不行，晚上不吹干会头疼。”路星鸣态度强势。

云知没了办法，老老实实地坐在椅子上让他吹头发。

她发丝乌黑，层层叠叠地铺散在脊背上。路星鸣修长的手指在她浓密的发丝里穿梭，吹风机带出来的热气喷洒在头顶，舒服得让她想马上睡过去。

他从发梢到发端，耐心地将它们一点一点全部吹干。

“好了。”路星鸣关闭吹风机，“我再给你梳一下。”

昏昏欲睡的云知轻轻“嗯”了一声。

他给她梳头发时也温柔，偶尔伴随着头皮按摩，让她彻底扛不住阵阵袭上的困意。

“学长，我想睡觉。”云知揉了揉眼皮，轻轻拉了拉他的衣袖。

路星鸣抚摸着那头柔软顺滑的秀发，最终恋恋不舍地放下梳子：“好，你去睡。”

“那你呢？”云知抬起头，迷迷糊糊地问他。

“等我看完书就睡。”

“哦。”云知实在是忍不住了，打了个哈欠，慢吞吞地向自己的房间走去。

待她身影消失，路星鸣才重新坐在书桌前继续学习，结果没等多久，她又出现在视线里。

“刚才我忘记了。”云知看着他，嗓音轻柔、甜软，“路学长，晚安。”

路星鸣微微恍惚，紧接着眉眼舒展，笑意直达眼底。

“晚安，我的小假发。”

这个夜里，他的声音将会是最温柔的催眠曲。

转瞬到了除夕，这天韩厉很早就到了路星鸣家。

他来时带了不少东西，光苹果就买了两箱。

云知见他怀里满满当当的，急忙上去帮忙把东西放下。

“你自己都没钱，还带这么多东西干吗？”望着角落里堆积成山的各种礼盒，云知多少有些心疼。

韩厉寒假都在做学校分配的安保工作，一个月的工资都不够他生活，如今这些乱七八糟的东西大概又花了他不少钱。

韩厉脱鞋进屋，随意地把脱下的大衣挂在衣架上，语气颇为不在意：“大过年的，总不能空手来。”他环视一圈，“路星鸣呢？”

云知说：“出去买菜了。”

说话间，路星鸣拎着菜进来。

两人大眼瞪着小眼，直到韩厉“哟”了一声，路星鸣才垂下眸子，默然不语地把鞋子脱在了玄关处。

他将菜递给了云知，瞟了一眼韩厉，随口一问：“今天不工作？”

时隔多年，两人已经可以面对面、心平气和地交谈了，即使彼此仍然看不对眼，但再也不会像少年时那样大打出手。

“明天晚上要去执勤。”

云知猛然抬头：“可明天不是春节吗？”

韩厉撇撇嘴，颇是不爽地说：“世纪广场要举行春节灯会，我们几个都被叫过去维持秩序，从下午六点到凌晨一点，所以今天可以休息一天。”

世纪广场是上京城最大的广场，一般的大型活动都会在那里举行，可想而知到了春节灯会那天会人满为患。

云知心疼地看了他半晌，最后柔声说：“那你好好休息，想吃什么，姑姑给你做。”

“哦，那你能多包些饺子吗？我想带回去给我同学们吃。”他眼巴巴地看着她，眼睛之中满是期盼。

云知抿了抿唇，轻轻点了下头，转身去厨房包饺子。

对比起凌城，上京的年味并不是很重，也许是因为禁鞭令，整个除夕都静悄悄，直到夜晚来临，窗外每家每户的红灯笼接连亮起，才有了几分喜庆的味道。

三个人过年显得清寂，为了增添春节的喜气，韩厉特意从外面买了几瓶白酒，和路星鸣两个人有一口没一口地喝着。

两杯酒下肚，逐渐上头。

韩厉满脸酒红，眼神失去清明。

“路星鸣，我是没有办法，所以才让韩云知住在你这儿的！”他握着酒瓶开始说醉话，“我、我知道你瞧不起我，但是……你要是欺负我们家云知，我肯定……肯定不放过你。”

坐在另一头默默吃饺子的云知抬了抬眼，小声地说：“韩厉，你喝醉了。”

“我没醉！”韩厉不喜欢别人说他醉，他酒量好着呢，怎么可能会醉。

为了证实自己的能力，韩厉仰起头把剩下的小半瓶酒喝了个干净。

他的肤色以肉眼可见的速度变红，身体摇摇晃晃，像是马上会从椅子上摔坐下去一样。

酒会让人糊涂，也会让人清醒。

韩厉紧紧地盯着云知，嘴里含混不清：“我们家……对不起你，我奶奶更对不起你。我原来也对你不好，所以才让你走了。我……我不知道你过得那么苦。”

“韩厉……”云知喉头一哽，全然想不到他会突然说这些陈年老事。

“以前我要风得风，要雨得雨，别人见我都叫我一声‘厉哥’，于是我飘了，真以为自己有本事，可我知道我什么都不是，我……我全靠着我爸。”他糊涂话越说越多，说的话也越来越莫名其妙。

云知眉头拧紧，起身走到韩厉的身边，伸手轻轻拍了拍他的肩膀：“韩厉，你要不要去睡觉呀？”

云知语调温柔，把他当小孩子一样哄。

韩厉睫毛颤了颤，缓缓扬起下巴看着她。

灯光下，他一双眼赤红而湿润，表情像稚子一样茫然、干净。

韩厉的睫毛眨了眨，之后闭上眼，脑袋直接撞进了云知的怀里。

云知一愣，垂落的指尖轻轻颤动，之后慢慢抱住他，温柔地拍打着他宽厚的脊背。

这个动作让一旁的路星鸣立马皱起了眉——不爽。这是他眼睛里透露出的意味。

“我以前不应该瞧不起你的……”韩厉闭着眼，语气就像受了委屈的小孩子一样，“我不应该……总是叫你小傻姑，不应该嘲笑你笨。其实你很厉害，你比我强多了，强太多了……”

一个人过，才知道生活有多苦、有多难，才知道云知平安长大有多不容易。

他又想到了云知所在的那座山，想到了那座山院，想到了韩祝祝告诉他的种种真相。

韩厉仰头，大脑浑噩，却比任何时候都清醒。

“韩云知，你没有错。”韩厉目光坚定、耀眼，“你记住，你没有错。”

云知说不出话，韩厉眼神里的光芒和鼓励让她心头酸涩。她不应该在过年时哭的，可是……

“韩厉，你变得懂事了。”云知揉了揉发酸的眼睛，强行把眼泪忍回去后，有些哽咽地说，“不过我们不提这个了好不好？你乖乖去睡觉，明天还要工作呢。”

韩厉不依，又拉着云知醉醺醺地说了一些其他有的没的。

另外一边的路星鸣面无表情地喝完杯中余下的酒，之后放下水杯，起身绕到韩厉的身旁。

“松开。”路星鸣左手扯住韩厉，右手拉住云知，十分无情地把两人拉开。

“他喝多了，我带他回屋睡觉。”路星鸣和云知说了一声后，拽着韩厉向卧室走去。

“我没醉！我还能喝！

“路星鸣，你别想趁着我不在，对我姑姑动手动脚！

“我韩厉就是死，从窗户跳下去，都不会让你得逞！

"你就想着欺负我！以前磕掉我两颗牙，你赔我牙！你赔我牙！"

韩厉扯着嗓子嘶吼，一声比一声凄厉。

路星鸣被吵得心烦，本来是想揍他的，但是想了想不太合适。

路星鸣把醉得像烂泥一样的韩厉丢在床上，找出纸和笔在上面落下字迹，之后撕下纸页粘在了韩厉的头顶。做完这一切，他才心满意足地离开房间。

仔细看，字条上写的是——和亲吧，从此我当你姑父。

后面括弧里加了一行小字：不欺负你。

最后，路星鸣才想起一个重要的问题，刚"上任"的侄子睡在他的床上，那他睡哪儿？

第十一章

云心知我意，前路有星明

“你是向我求婚吗？”

“我想是的。”

悬挂在墙上的钟表嘀嗒响动，时针已指向“11”的位置。

客厅里的电视还开着，正在播放小品，偶尔会传来观众的欢声笑语。云知箍着抱枕懒懒地靠在沙发上，待在书桌前的路星鸣没有任何动静。

云知困倦地揉了一下眼，缓缓地扭头看了过去：“学长，我要睡啦。”

路星鸣握笔的手微一紧缩，低低地“嗯”了一声。

“那你还看电视吗？”

路星鸣淡淡地说：“不看了。”

得到回应，云知起身关了电视，去浴室洗漱。

没走两步，云知脚步停顿，突然想起韩厉正在路星鸣的房间里休息，既然这样……

云知沉下心神凝望着那在灯光下格外柔和、清俊的眉眼，下唇微动，浅浅地出声：“学长，你今天睡哪儿？”

路星鸣思绪骤然一沉，片刻后，说：“沙发。”

韩厉醉得不省人事，身上又都是酒臭味，他有洁癖，死都不愿和醉汉同处一室，尤其醉汉的酒品还不好。

放在客厅处的转角沙发远没有他曾经住的公寓里的那张宽敞，要说躺一个女孩子还凑合，但路星鸣身高腿长，睡上去可能连腿都舒展不开。

考虑到路星鸣的体型，云知挠了挠脸，说：“要不我睡沙发，你去睡我房间。”

路星鸣挑眉，抬眸看了过来：“怎么，心疼我？”

迎着那双眉眼，云知点头，腼腆地“嗯”了一声。

路星鸣单手托腮，圆珠笔在他的指尖来回旋转，他笑意促狭，清冷的声音中满是打趣：“心疼的话，就让我和你一起睡好了。”

云知知道他是开玩笑的，还但是忍不住闹了个大红脸：“你还是睡沙发吧。”

说完，小姑娘的身影消失在了浴室，背影潇洒又无情。

路星鸣无奈地摇了摇头，倦怠地深吸一口气后，继续专注于学习。

云知洗漱完，去房间取出一床被子铺在沙发上，和他道过晚安后，回卧室里歇下。

午夜静谧，她睡觉没有拉窗帘的习惯，冷月兀自在窗前悬挂，于地面落下一片稀疏的光。

云知怀抱着星星，翻来覆去都睡不着。她掀开被子，从榻榻米上爬起，赤脚下地，小心翼翼地拉开房门，弓身走了出去。

客厅处的台灯亮着，路星鸣睡下了。

他高大的身体如虾米一样蜷缩在狭窄的沙发上，眉头紧皱，睡得不甚安稳。他轻轻地翻了个身，只听一道闷响，竟从沙发上摔倒在地。

路星鸣深深吸气，认命似的从地上爬起，胡乱揉了两下头发后，重新躺了上去。

云知扒着墙，眼睛眨了两下。她犹豫两秒，轻手轻脚地从墙壁后面走了出来："学长……"

刚闭上眼的路星鸣在听到这声呼喊时立马睁眼，坐起身子，扭头看了过来："你不是睡了？"

"我……"云知咬了一下唇，"我担心你，想出来看看。"

他应该摔了很多次，云知心疼，软声软气地说："你去我房间睡吧。"

"嗯？"他声音慵懒，眼中流露出困倦。

云知垂着脑袋，小小的耳尖从黑发里露出，微微泛着粉红。

她双手背在身后，嗓子像是卡了东西一样，低低的，只发出微弱的声音："和我、和我一起睡。"

路星鸣一双凤眼瞬间瞪大，云知害怕他误会，急忙解释："榻榻米挺大的，被子也够，你、你不介意的话……"

话音未落，就见路星鸣立马起身，卷起枕头、被子向她的房间走去。

云知神色恍惚，他都不考虑一下吗？

云知困惑地眨巴了两下眼，慢吞吞地进了房间。

路星鸣已经铺好了床。他主动睡在外边，把里面的位置留给了云知。见她进来，他拍了拍身旁的枕头："睡觉。"

男人一双狭长的眼弯着，心情颇好的样子。

云知爬了上去，榻榻米睡一个人宽敞，加上路星鸣就显得拥挤了。

她抱着星星努力往墙角缩着，转身只留给他一个后背。

脑后很快传来均匀的呼吸声，他好像睡了……

云知睁大眼睛毫无睡意，路星鸣的气息在周围环绕，她心跳莫名加快，控制不住地想扭过头看看他。

云知咽了咽口水，僵硬着身体，动作极为缓慢地转过身，然后毫无预兆地对上了他漆黑的眼瞳。

云知吓得心跳滞住，下一秒心脏疯狂地跳动起来。

她抱着星星的双臂紧紧环绕，在他的目光之下佯装无事地合眼。

路星鸣枕着手臂，嘴角向上勾了勾。

窗外风在嘶吼，月光逐渐被乌云遮盖。

一片漆黑之中，紧闭着双眸的云知依旧可以感受到他灼灼的视线。

云知被盯得脸上发烫，就连脚尖都蜷缩在了一起。她慢慢地，一点一点地往被窝里缩，缩到最后，只留下毛茸茸的脑袋尖。

路星鸣还在看她，她在被窝里憋得慌，终于忍不住说："学长，你不要盯着我看了……"

她的声音听起来闷闷的，还带着一丝难为情。

路星鸣嗓音带笑："你在里面不闷吗？"

闷啊，当然闷，她都快被闷死了。

可是路星鸣一直看着她，怪让人不好意思的。

云知又从被窝里钻了出来，张开嘴，狠狠地吸了一口清新的空气。

路星鸣低低地笑出声，下一秒，他倾身靠近，带有笑意的嗓音宠爱又温柔："晚安，宝贝。"

宝贝……

宝贝……

贝……

云知的内心尖叫起来，直到路星鸣翻过身，她还没有从那声"宝贝"

里抽离。

“学长……”云知伸出小手拉了拉他后背的衣服。

“干吗？”

云知半张脸藏在被子下面，黑夜里闪烁的目光像是明亮的萤火。

“你、你再叫一句。”

路星鸣眉心拧了一下。

“宝……宝贝。”她害羞地捂上了脸。

路星鸣半睁开眼，翻身上前，被压住的云知倏然一惊，愣愣地看着他。

黑暗中他的眉眼不甚清晰，云知视线受阻，其他感官却很敏感。

隔着羽绒被，她感受到他气息滚烫，呼吸炽热，就连眼神都如太阳那般热烈逼人。

“你这么可爱，我都要忍不住了。”他压低的声音格外沙哑、性感，语气中暗含着欲望。

云知眼中一派茫然，忍不住了？

什么……什么忍不住了？

路星鸣投向她的视线蹿出了小火苗，他喉结滚动，温热的指尖拨弄挡在云知额前的刘海，闭眼在那饱满光洁的额头上落下轻吻。

云知睫毛颤了颤，喉咙里慢慢溢出呢喃：“学长……”

“叫我的名字。”他的唇亲了亲她的睫毛，“叫一声。”

云知紧张地攥着怀里的小兔子，轻轻张嘴：“路、路星鸣。”

普通的名字从她嘴里念出来就变了味道，路星鸣垂下的长睫毛抖动，温柔地吻上了眼前那柔软的双唇。

自从在一起后，路星鸣每天都要亲亲她，有时候在客厅，有时候在院子里，有时候把她举过头顶亲，就连忙起来都不忘回过头亲她一口。

云知早就习惯了情侣间的亲密接吻，也很喜欢他亲她时的表情。

但是现在……云知敏感地觉得有些不一样了。

她说不出来，就是觉得他像是在忍耐着什么。

思索一番，云知伸出小舌尖，试探一样地舔了舔他。

这个动作让路星鸣脊背战栗，腹部紧绷，他离开她的唇瓣，慢慢向下，张开嘴对着她脖子上的软肉发泄似的咬了一口后，翻身下去紧紧地搂住她细软的腰肢："睡吧。"

云职被亲昏昏沉沉，这句"睡吧"让还想继续的云知瞬间清醒，就像被一盆凉水从头浇到脚。

"你……不亲了？"云知舔了舔嘴唇，他今天亲的时间好像有点短。

路星鸣扬起一边的眉毛，揶揄着说："怎么，还想继续？"

云知身体骤然一僵，忙不迭地摇头："不了，不了，不继续了。我们……我们快睡觉，对，睡觉。"

她慌乱的样子活像是受到惊吓的小松鼠，憨萌得让人想逗弄一番。

"其实我挺想继续的，要不……"说着，路星鸣有意逼近了几厘米。

云知总感觉再亲下去要出事，于是急忙把兔子玩偶挡在两人面前，保持了一个安全的距离。

路星鸣大手抓住兔子丢在脚下，伸长手一拉，把她牢牢地箍在了怀里："好了，刚才逗你玩的，睡吧。"

靠在他胸前的云知轻轻咬了一下手指，缓缓地合上双眼，没多久便陷入甜美的梦境。

路星鸣在的时候，她总是很安心。

夜尽天明，云知直到第二天七点才醒来。

身边的位置空了，连同被子、枕头都被收走。

云知在榻榻米上翻滚了几圈，头朝下懒洋洋地趴着，被子和枕头还残留着路星鸣发丝上的香味，清淡，萦绕在鼻尖。

想到昨天夜里两人的亲密举止，云知害羞地嘤了一声，整张脸都埋在了枕头上。

不是梦，而是真的，她昨天和路星鸣同床共枕了，路星鸣还抱着她的腰……

云知不由得伸手掐了掐腰上的肉，自从被路星鸣喂肉吃，她就开始变胖了，腰上明显丰满不少。

她皱皱眉，男孩子好像不太喜欢胖胖的女生，不过学长和其他男孩子不一样，就算她变胖，他也一定不会嫌弃。

想到这儿，云知释然。

世纪广场晚上会有春节灯会，云知想两个人在家过年未免太过无聊，于是决定和路星鸣一起出去玩。

晚餐后，他们驱车前往世纪广场。

外面的年味很重，广场上的人比先前多了一倍，人头攒动，几乎寸步难行。街道两边亮起的花灯将整条街道映照得如同白昼。

避免走失，云知紧紧地拉着路星鸣的胳膊，然而她还是被挤在了茫茫人海之中。

云知孤立无助地站在人群中央，四处寻找着他的身影，结果看到的是一张又一张的陌生面庞。

突然，耳边响起烟花燃放声，路人止步，齐齐朝头顶看去。

云知仰起头，漆黑的夜空上，一朵接着一朵的烟花不断绽放，五颜六色的璀璨烟火点亮天空又转瞬消失，她痴迷地凝望，眼底一片绚烂。

身旁的小孩在兴奋地尖叫，情侣在拥吻，世界是幸福的模样。

云知用手机给人潮尽头的路星鸣发了消息，只有短短四个字：新年快乐。

她低头打着字：很感谢你一直以来对我的照顾，以后我们也要一起过新年。

云知指尖稍顿，之后说：路星鸣，我最喜欢你了！

盯着屏幕上的几句话，云知的脸上慢慢扬起笑。

叮。

手机传来声响，是路星鸣，他发来一张照片。

照片里花灯点缀，烟火漫天，穿着白色羽绒服的女孩站在台阶上拍照，映在灯光下的侧脸白皙姣好。

云知愣了一下后，握着手机四处寻找。

叮。

又是一阵响动。

路星鸣：回头。

看到消息的云知匆匆回头，高大修长的身影瞬间将她笼罩，下一秒，唇上覆盖了一抹冰凉。

男人英俊的眉眼近在咫尺，落在唇上的力度轻柔又温柔。他就这样毫无预兆地出现在她的身边，牢牢地抓紧她的手不松开。

“新年快乐。”他垂眸凝望着她，将一枚戒指套上她纤细的无名指，“你愿意嫁给我吗？”他的声音与身后绽放的烟火声混合，不甚清晰地传到云知的耳朵里。

无名指上的心形钻戒闪烁着耀眼的光，纤细的戒指不单套牢了她的手指，也套牢了她的半生。

云知的鼻尖冻得发红，眼圈更红：“你是在向我求婚吗？”

路星鸣颔首：“我想是的。”

少年时，他总不明白为何有人如此特别，不明白为什么总是想起她，也不明白她怎么如此可爱。

后来他明白了，因为喜欢她，所以她是特别的；因为喜欢她，所以他忍不住想起她；因为喜欢她，所以她的一切都是可爱的。

如今，年少时的喜欢被时光凝结成了深爱。他想要为这份爱加一个仪式——神圣的仪式。

“云知，你愿意嫁给路星鸣为妻吗？”他又问，眼神比先前深邃。

云知深深地凝望着他，他眼底有星辰万千，还有自己小小的影子。她的眼前雾蒙蒙的，有什么东西模糊了视野。

云知抚摸着无名指上的钻戒，踮起脚尖抬头献上一吻：“我愿意。”

她走过泥泞的山路，也蹚过湍急的河流，她遍体鳞伤，无依无靠。她原以为会在荆棘中沉睡，未承想迎来了鲜花遍布，日月相伴。

从此以后，云心知我意，前路有星明。

番外篇

热恋

天上的星星有多少，
她对他的喜欢就有多少。

云知升上大二时，路星鸣已经大学毕业，他选择留在本校读研，又经教授引荐，现入职于上京飞机设计研究所，成了一名普普通通的打工仔。

带他的人刚巧是颜瑟，颜瑟在短短几年内就成了设计院里最年轻出色的设计师。她貌美冷艳，行事上一丝不苟，雷厉风行，孤高的性格和路星鸣如出一辙，使唤起他这个新来的徒弟来也是毫不含糊。

路星鸣工作繁忙，学业上也不轻松，加班加点熬夜通宵那是常有的事。云知大二的课业也多，两个人别说是约会，就连电话都会相互错过。

转眼快到路星鸣的生日，那两天她刚好没课，可以过去给他庆生，顺便还能约个会。

然而，在选择生日礼物时，云知犯难了。

除运动、读书外，路星鸣没有其他多余的喜好，围巾、手表那些，她早就送过，剩下太昂贵的物什，她也买不起……

因为礼物这事儿，云知一整天都没听进去课。晚上回寝室，她犹豫着联系了颜瑟。

两人还是一个月前加的微信好友，那天颜瑟去路星鸣那儿送工作方面的材料，云知刚好在，于是被拉着加了个微信，此后一直没再联络。

云知：姐姐，你在忙吗？

云知很有礼貌地打了招呼。

颜瑟：你找我的话，我就不忙。

真会说话。

云知揉了揉软软的耳垂，躺在被窝里打字。

云知：颜瑟姐，你知道男生都喜欢什么吗？

颜瑟：女人。

颜瑟：也有可能是男人。

屏幕这边的云知静默不语。

颜瑟：小宝贝是想给路弟弟送生日礼物吧。

云知没想到她会这么快就看破自己的心思，羞答答地打了一个

“嗯”字。

颜瑟：把你自己送给他不就得了。

把你自己送给他不就得了……

把你自己送给他……

送给他……

忽地，云知的脑袋冒起了红烟。

她手忙脚乱地按灭手机屏幕，将自己整个人藏在了被子里。漆黑封闭的空间里，云知双目瞪大，心跳得剧烈。

她和路星鸣在一起一年，除亲亲之外，再没有任何过界的举止。

他们决定明年春天结婚，那现在……是不是应该更进一步？

想到可能要经历的羞羞事，云知一张白皙的小脸刹那间染上粉色，她难为情地将脸蛋埋在枕头上，脚趾因羞涩而蜷缩。

就这样过了好一会儿，云知艰难地过了自己这关。

她喜欢路学长，就、就算奉献出去，也没什么。

云知深吸一口气，颤着手给路星鸣发送消息：学长，你明天要回家呀，我有礼物送给你。

她都不敢看自己打下的字，点了发送便丢下手机闭上了眼，在忐忑中沉沉地睡去。

第二日清早，云知前往蛋糕店订了生日蛋糕，转而又走进一家装潢精致的女性内衣店。

挂在墙壁上的内衣款式繁多，有性感风，也有可爱风，各种样式五花八门。

云知走走停停，好奇地打量，可又无法抉择。

柜员看出了她的心思，满脸堆笑地走了过来：“这位顾客，请问需要什么帮助吗？”

云知瞟了瞟挂在上面的大尺度内衣，白嫩的指尖轻轻揪扯着衣角，沉吟许久，才腼腆开口：“那个，我想……”

话音未落，柜员取下一套情趣内衣递到她的面前：“这是刚上市的新品，你身材娇小，穿这套日式的兔娘装一定很可爱。”紧接着，柜员又说，“相信你男朋友一定会喜欢的。”

这话说完，云知全身飘红。

她抬眸打量，白色的吊带胸衣质地轻薄，镶着蕾丝花边，如此大胆的设计令她瞠目结舌，涨红着脸，半天不语。

“现在买这套的话，会送您同款腿环、项圈和丝袜，还有一双兔耳朵发圈哦。”

云知结结巴巴：“这个……太、太暴露了，有没有……保守一点的？”

她接受不了，别说穿给路星鸣看了，就怕没等上身就羞死了过去。

柜员笑着说：“这款会带有一条套在外面的花边裙，比起其他款式，这套已经很保守了呢。”说着，柜员把那条极短的花边裙搭了上去。

云知犹豫两秒，最终买下了那套内衣。

她又去买了其他所需要的东西，之后取了蛋糕，直接打车回家。

路星鸣还没回来，她逗了一会儿狗后，坐在沙发上给男人发着微信。

云知：“学长，你什么时候回来？”

路星鸣回复得很快：“差不多七点半。”

七点半，云知着急地看了眼时间，这都六点了。

她不敢耽误，匆匆地起身布置房间。

云知买了很多彩带和彩灯，她将彩灯安在窗帘上，一闪一闪的橘黄色灯光为家里营造出几分浪漫的色彩。

云知摆好蛋糕，插上蜡烛，做完这一切后，转身去浴室洗澡。

洗完出来，她羞着脸换上了那套情趣内衣。

这套衣服穿起来复杂，用了半天时间才弄好吊袜带，接着云知又把头发扎成了双马尾，用店家送的兔耳朵发圈固定。

一切完成后，她站在落地镜前静静地打量着自己。

镜中的女孩四肢纤细，骨架娇小，花边内衣下的胸部小巧饱满。她的腰肢很细，臀部却无比挺翘，一双笔直的小腿被白色丝袜紧密地包裹。

她的脖子上戴了一个蕾丝项圈，项圈前面的绳子一直垂落到地面。

这套制服性感无比，头顶耷拉下的两只兔耳朵又为她添加三分可爱。

路星鸣差不多快回来了，云知紧张地喝了两口红酒，待窗外响起汽车引擎声时，唰地从沙发上跳起，钻入事先准备好的纸箱里。

“汪？”

塞翁和失马围在箱子旁边，歪着头表示困惑。

“哥哥回来了，你们快去找哥哥。”云知听到门外传来了脚步声，心里一紧，也顾不上塞翁和失马，急忙伸手把箱子合上，安静地蹲在里面一动也不敢动。

咔嚓，门开了。

脚步声于耳畔回荡，路星鸣回来了。

云知握拳为自己打了打气，深深喘息几声后，闭着眼从箱子里跳了起来，双手高高举起：“生日快乐，我是你的礼物！”

话音落下的那一瞬，四周陷入尴尬绵长的死寂。她听不到声音，也感受不到任何回应。

云知心怦怦跳，在这万籁俱寂时缓缓地把眼睛眯成一条细缝。

模糊的视野中，她看到路星鸣站在玄关处，身旁跟着一二三四五个陌生人，有男有女，此时都直勾勾地盯着她，不同的模样上是相同惊愕的表情。

云知全身僵硬，血液逆流，一张脸憋得通红。

她慢慢抿唇，慢慢将手垂下，慢慢蹲下身子重新钻到箱子里，末了还不忘把纸板牢牢地盖上。

气氛更加诡异，路星鸣单手插兜，清俊的眉眼上一如既往地淡薄、平静。

“那个……我看我们下次再过来吧。”研究院的同事们都回过了神，讪笑着拍了拍路星鸣的肩膀，“生日快乐，生日快乐。”

“不打扰你了，颜瑟不是给你放了假吗，这些天就好好休息。”

“我们先走了，再见，小路。”

同事们放下礼物接连离去，客厅重归空荡。

路星鸣背着手关上房门，抬眼环视一圈。

装饰在窗帘上的星星灯轻轻忽闪，散发出的橘色暖光让整个房间温馨明媚，桌上的草莓蛋糕还没动过，失马蹲坐在椅子上对着蛋糕垂涎欲滴。

路星鸣脱去西装，挽起袖口，踱步向云知走来。

皮鞋踩在木质地板上吱呀作响，他步伐不紧不慢，最后在箱子前站定，居高临下地看着箱子。

路星鸣长指曲起敲动箱子："出来吧，他们走了。"

云知缩在里面不说话，沉默地掉着眼泪。

她抽抽搭搭地哭，让站在外面的路星鸣更加想笑。他低咳一声掩去笑意，半蹲下身，把箱子上面的纸板打开。

云知抱膝蜷缩，垂着头默然哭泣，浓密的睫毛被眼泪浸透，鼻尖红红，又羞又恼的样子，一看就是哄不好的那种。

完了，他超级想笑。

路星鸣修长微凉的指尖抚摸上她白皙柔软的脸颊，摩挲一番后，温柔地下滑。

云知的下巴被他抬了起来，二人视线交会，让她尴尬地想立马挖个洞钻进去。

"你……没说带这么多人回来。"云知仰着小脸，委屈巴巴的样子。

想到刚才那一幕，云知又想哭了。

路星鸣嘴角向上微扬："他们非要跟过来。"

路星鸣说要回家和女朋友过生日，同事们好奇，于是死皮赖脸地跟了过来，哪里会想到……

路星鸣目光下移，瞥见她锁骨下的一片奶白时，定了定神。

"这是什么？"路星鸣伸手将那脖子上的黑绳挑了起来。

"不知道。"云知揉揉发堵的鼻子，"衣服上带的。"

路星鸣眯眼，扯着绳子用力一拉，云知便被他轻松地拽入了怀里。

他笑得撩人，拉长的尾音满是意味深长："原来是这样用的啊……"

云知眼梢飞红，黑亮澄澈的眼眸中盛满无措，路星鸣闭眼在她的颈窝轻嗅："你又偷偷用我的沐浴乳。"

云知的声音小小的："我、我喜欢嘛。"

她身体娇小，腰肢柔软，散发出的清浅香气搅得人意乱情迷。

路星鸣目光暗了暗，毫不犹豫地将她抱了起来。

云知双臂环上他的脖子，低声问："你要干吗？"

路星鸣目不斜视，说："拆礼物。"

她脸颊绯红，老老实实地贴着他一动不动。

一夜春宵，和煦的晨光落入屋中，温柔地照亮一角。

卧室空空荡荡，地上散落的衣物早就被整理干净，身旁空着，路星鸣不知去了哪里。

云知眨了眨干涩的眼睛，支撑着酸痛的身体从床上坐起。

她现在还是很疼，四肢就像是被车子碾过一样，除了疼就是酸，除了酸就是软。

云知喉咙很痛，更感觉渴。

"醒了吗？"房门被人推开，路星鸣拿了一杯水进来。

云知偷偷瞄了瞄他，他早已穿戴整齐，哪里还有昨夜禽兽的样子。

云知耳根又红了，埋在被窝里不作声。

"喝水。"

她舔了舔唇，从被窝里出来，接过水杯咕噜咕噜喝了个干净，最后把空掉的水杯递了过去。

云知乖乖喝水的样子让路星鸣眸中一暗，再次升起不好的感觉。他掩去情绪，长手接过水杯："饭快好了，你是出来吃，还是我送进来。"说着，眼神向下滑了滑。

云知呼吸一滞："我出去吃！"

为了证明自己可以，她掀开被子跳下床，结果还没站直，便软绵绵地向路星鸣倒去。

他伸手接住，眼底意味深长。

云知垂着脑袋不说话，自动过滤他的目光。

路星鸣抱着云知来到餐厅，将她放下后，去厨房盛饭。

云知这才发现已经是中午了，她竟然睡了这么久……

为了补偿她，路星鸣特意做了一桌子好吃的，都是她喜欢的食物。

看着满满一桌的菜，云知食欲大增，迫不及待地拿起了筷子。吃了两口后，她问："昨天我买的蛋糕，你吃了吗？"

路星鸣沉思几秒，说："如果你指的是桌上那个蛋糕，它已经被失马消化了。"

云知不可置信地张开嘴巴："啊？"

路星鸣："它一口也没给我留。"

云知的眼睛也瞪大了。

路星鸣："插在上面的蜡烛也被吃了。"

云知惊得倒吸一口凉气。

路星鸣耸耸肩："你考虑一下，我们要不把它卖了吧。"

偷吃生日蛋糕只是小事，过分的是，它把奶油弄得哪里都是。等早上出来，他看到的是满屋子狼藉，还有吃饱喝足窝在沙发上打滚的失马。

那厮全身沾满奶油，满身罪证根本不用逼供。塞翁估计也参与了，不然也不会一直躲在厕所不出来。

路星鸣又是给狗洗澡，又是做饭，一直忙碌到现在。

云知抿唇忍住笑："吃蜡烛不好，一会儿我给它检查一下。"

"嗯。"路星鸣低低地应道，静默地吃饭。

云知悄悄抬眼，望着男人那英俊出色的眉眼，突然难以抑制自己的喜欢。

她靠近，在他的脸上亲了一口，之后乖乖地坐好，老老实实地坐着吃东西。

路星鸣嘴角慢慢向上勾起，倾身上前，挑起她的下巴，落上一吻。

两人鼻尖挨着鼻尖，眼看着眼，定定地看了几秒，一起笑了。

“学长好坏。”云知拉开距离，“就戏弄我。”

路星歪头打量她，她害羞腼腆的神情格外诱人。他放下碗筷，双手托腮看着她。

等云知吃完两碗饭后，他问：“饱了吗？”

云知摸了摸鼓鼓的肚皮，点点头：“饱了。”

何止是饱了，她都吃撑了。

路星鸣满意地一颔首，拉住她的手腕：“那我们做点运动消化一下。”

这一运动就是一下午，云知昏昏沉沉地趴在床上当咸鱼。

餍足过后的男人慢条斯理地捡起衣服一件一件地穿上，看了一眼窗外的天色后，说：“晚上想吃什么？”

云知眼皮子颤了颤，把自己埋在被窝里不说话。

“小假发。”路星鸣恬不知耻地蹭了过来，“怎么，又生气了。我给你做清炒虾仁好不好？”

云知想了几秒，娇声娇气地说：“两盘才够。”

“好，两盘。”路星鸣摸了摸她露在外面的头发，起身出去做饭。

身后，云知轻轻叫住他：“学长。”

路星鸣回头，她藏在被窝里，眼圈红红的，嗫嚅一番后，说：“我、我喜欢你。”

路星鸣一怔，温柔地浅笑：“我知道。”

云知捂着发热的脸，慢慢钻进被窝里：“你知道就好。”

她喜欢他，很喜欢，很喜欢。

天上的星星有多少，她对他的喜欢就有多少。

领证之后，两人的婚期暂定在八月上旬。

云知对这些事情不懂，路星鸣一个人承包了婚礼的各项事宜，让她安心当甩手掌柜。

上午刚结束完一节课，云知便收到了路星鸣发过来的信息。

宝贝老公：下午有课吗？

云知对着这个备注静默两秒，打字回复：没有。明天上午也没有，一会儿我回家。

她继续说：你干吗又偷改人家的备注。

宝贝老公：你那天喝醉，自己改的。

云知缓缓在心里打出三个问号，她什么时候喝醉过？

宝贝老公：一会儿过去接你。

云知：不用，我自己回去。

宝贝老公：婚纱做好了，带你去试。顺便叫上你朋友。

云知一愣：这么快就做好了？

婚纱和伴娘服都是在路星鸣的好友那里设计的，听说对方是知名设计师，行程满，事务多，本来以为要多些时日，没想到一个月就做好了。

结束完对话，舍友隔着桌子对她笑，一脸暧昧："你男人？"

直白的称呼让云知不好意思地低头："他说待会儿来接我们。"

"啊？"

"礼服做好了，让我们过去试试。"

几人听后，埋头猛往嘴里扒拉着饭，含混不清着说："那我们快点，别让师兄久等了。"

她们刚在食堂解决完午餐，路星鸣就到了校门口。她们没敢磨蹭，拿上东西向校门口走去。

路星鸣的黑色越野车停在一棵树下，普通的车型并不显眼。

透过半敞开的车窗，她们瞥见男人眉目清冷、气质出众，指节分明的手指握着一部银灰色手机，侧耳接听着电话。

似是注意到了她们，路星鸣冲电话里的人说了什么，随即挂断电话，下车接过了云知手上的书包。

他先将云知的东西放入副驾驶位，接着打开后座的车门，让三名女士上车。

司徒蕊等人受宠若惊，讪讪地钻入车内，老实地坐着一动不动。

“今天在学校过得怎么样？”路星鸣发动引擎，随意地问话。

云知神色乖巧：“被教授训了。”

路星鸣挑眉，云知撇了撇嘴：“他怪我把实验课上的小白鼠喂得太胖了。”

云知一开始不喜欢上实验课，毕竟血淋淋的，过不了心理那关。逐渐习惯后，她热衷于喂养课堂上的各种小动物，什么小猫、小狗、小耗子，就连给牛量体温都不忘多喂它两根草。

当然，除了鸡，她喂的鸡在最后都进了同学们的肚子里……

这种行为被教授发现，并且对她进行了严厉的批评。

云知每次知错，下次还敢犯。

路星鸣那双宛如黑石般的瞳孔瞬间染上温柔的笑意，落在方向盘上的手慢慢放在云知的头顶，来回揉了揉，缓慢下滑，自然地捏住她纤细柔嫩的五指，紧紧地攥牢，再没松开。

坐在后座上的三人相互对视，司徒蕊低声嘟囔：“我觉得我们不应该在车里。”

艾璐认同：“我们应该在车底。”

许雪馨：“此处应作诗一首。”

司徒蕊眼神示意她继续，许雪馨慢悠悠地叹气：“新婚夫妻好恩爱，你我还是没男友；别人开车手拉手，我们只配狗咬狗。”

掌声响起，司徒蕊和艾璐齐齐投去赞赏的目光：“妙啊！妙啊！”

艾璐：“好诗！好诗！”

许雪馨一脸谦恭：“过奖，过奖。”

三人在后面玩得不亦乐乎，前面的云知憋着笑，害怕路星鸣生气，解释说：“你别介意，她们就这样。”

她们有事没事就瞎闹腾，自从她和路星鸣在一起后，她们几乎每天都会打趣一番。她脸皮子薄，开始还不好意思，后来有了免疫功能，随她们怎么闹，都不会脸红气喘。

路星鸣并不在意，勾了勾唇：“设计院有不少单身汉，你们想的话，我们可以介绍你们认识。”

三人立马坐正：“就不劳烦师兄了。”

她们说着玩儿的，哪会真的急于脱单。

说话间就到了婚纱店，路星鸣牵着云知走了进去。

这家店不大，员工只有两三名，也许是因为只接受预约客户，店里空荡荡，较为冷清。

等路星鸣进门后，店长笑着迎上去：“来得正好，婚纱刚送来，现在试，还是稍等一会儿。”

路星鸣斜瞥云知一眼：“现在吧。”

“那你？”

路星鸣说：“我稍等一会儿，先给她们试。”

店长点头，让人领着她们去了换衣间。

云知的房间是单独的，属于她的婚纱静静地陈列在房间内的模特架上。两名工作人员小心地取下婚纱，认真地帮她穿在了身上。

站在镜子前的云知双臂舒展，一动不动，让工作人员整理着。

婚纱穿起来很复杂，一层叠着一层的裙摆铺了满地，绣在上面的花纹繁复、精致且沉重。婚纱上半部分采用了传统的露肩收腰设计，领口处的花边解决了一色的单调，镶在花纹上面的钉珠造价不菲，更突显这件礼服的昂贵。

镜子中，纯白圣洁的颜色将女孩衬得澄澈无瑕，美不胜收。

云知慢慢垂手放在小腹前，突然觉得自己有些陌生。

工作人员搀扶着云知到椅子上坐下，拿出一双水晶鞋正要为她穿上时，门被打开，进来的是路星鸣。

云知扭头回眸，两人视线相触，她看到男人目光暗了暗，幽邃却也深沉。

“路先生。”

“我来吧。”路星鸣接过了工作人员手上的鞋子。

工作人员对视一眼，知趣地暂时退出房间。

换衣间顿时静谧，云知扬起脖子，这个动作让她的脖子线条显得格外修长、优雅。

路星鸣半跪在地上，单手抓起她的脚，慢条斯理地脱下鞋袜，动作轻柔地将那只鞋子穿了上去。

水晶鞋被阳光折射出光泽，她裸露在外的脚背白皙、光滑。

突然之间，路星鸣低头亲了上去。

他的唇温热，触上脚背却显得凉，云知耳朵里一片嗡鸣，瞬间裂开。

路星鸣仰头，又用亲过她脚的嘴亲了她的眼睛。

他很喜欢亲她的眼睛，每一次都是那么温柔又满含着浓郁深情的爱意。

云知的睫毛抖了抖，脸蛋透出一抹可爱的粉色。

“那我去换衣服了。”路星鸣的声音充满蛊惑，“我在外面等你。”

云知抬了抬眼，又垂下来，低声说：“那你进来干吗？”

路星鸣说：“想你了。”

云知呼吸一滞：“才一会儿不见。”

“云知。”他目光专注，“难道我没有告诉你吗？”

她看过去。

“你不在我身边一秒，我就想你一秒；你不在我身边一时，我就想你一时；你要是每天不在，我就每天想你。”他抿了抿唇，指尖轻轻点着她的睫毛，语调低沉、缓慢，“如果可以，我真想把你藏起来。”

云知腼腆地遮下眼帘：“你这又是和谁学的……”

他突然和她说这些话，实在是让人难为情，但是……也很开心。

路星鸣笑了笑：“看到你就无师自通了。”

他以前觉得情话腻味，说那些话不是他的风格，现在却觉得说的情话太少。

他喜欢她，恨不得把全世界的甜言蜜语都说给她听。

“好啦，你快出去换衣服。”云知越听越害羞，伸手推了推他，“快出去啦。”

路星鸣深深地看了她一眼，踱步离开。

等人走后，云知立马脱去穿好的水晶鞋，抱着脚丫子往鼻子下面蹭。她深深嗅了好几下，眉头渐渐皱起。

是不是有些臭呀？

云知又嗅了两下。

好像不臭，有点酸？

啊！早知道今天不穿球鞋出来了。

云知悔恨，懊恼万分。

“云知，你抱着你的脚丫子干吗呢？”

“就算你饿了，也不能吃自己呀。”

“别是太兴奋，傻了吧。”

进门的小姐妹你一言我一语，絮叨个不断。

云知上身踉跄，差点从椅子上栽下去。她匆忙坐好，手忙脚乱地把鞋子重新套上，说：“我没干吗，你们衣服换好了吗？”说着，她看了过去。

闺密三人早就穿好了伴娘服，淡蓝色的薄纱长裙简约又大气，各种小细节令人非常心动。

她们没有回答，反而围着云知感叹起来。

“很贵吧。”司徒蕊活像是一副没见过世面的样子，半蹲在她面前，一个劲地戳着她婚纱胸口上的钉珠。

许雪馨压低声音说：“刚才我查了一下，这家店只为私人订制，之前结婚的那个明星就是在这儿订的婚纱。听说一件婚纱七位数起步，啧，你家男人真是大手笔。”

七位数……云知的眼睛一下子瞪大了。

见云知半天不说话，许雪馨推了推她：“你怎么了？”

云知看着身上的衣服，一副心痛的样子：“那个败家老爷们，一点都不会过日子。”七位数的钱干啥不好，就买了这个，就这？就这？就这？！

艾璐无奈地叹息一声：“傻女人，身在福中不知福。”

“就是。”司徒蕊戳了戳云知的脑门，“结婚的男人可比愣头小子吃香多了，你家男人要脸有脸，要钱有钱，你可要看紧点，千万别被钻出来的骚狐狸抢走了。”

云知像傻白甜似的一笑：“不会啦。学长只喜欢我一个人，才不会有人抢走他呢。”

对于这点，云知非常自信，众人一合计，觉得也是。

路星鸣在外都是一副性冷淡的模样，母狗过去都不瞅一眼，就算有人不识相地想接近，估计也近不了身。

她们再次感叹，傻人果然有傻福，那么好一男的都被云知碰上了。

“走吧，你老公估计都等不及了。”三人一左一右地拉起裙摆，搀扶着云知走出换衣间。

厅外，礼服加身的路星鸣在前面不远处。

阳光斑驳，他的眼眸中盛着几缕碎影，还有云知圣洁的身影。

他慢慢走过去，把臂弯送了过去。云知挽上，一扭头，看向镜子。

他们站在一起很登对。

云知歪歪头，最后慢慢地靠在了路星鸣的肩上。

“学长。”

“嗯？”

云知看着镜子里的他们说：“我想现在就和你结婚。”

他抿唇，靠着她的小脑袋，柔声回道：“我也是。”

试完婚纱，小姐妹们告别云知，先回学校。

目送着她们离开，云知转身上车：“我们回家吗？”

“不回。”路星鸣俯身为她系好安全带，“带你去个地方。”

云知疑惑地歪歪头，没有多问，乖乖地跟着他走。

车子驶离婚纱店，又路过他们所住的地方，最后进入某风景雅致、环境清幽的别墅区。

“你要去朋友那儿？”云知忍不住问他，他笑了笑，没说话。

车子又向前开了一段，最后停下。

云知正要下车，路星鸣突然拉住她，在她困惑不解的眼神中摘下领带，蒙住了她的一双眼睛。

“学长？”她语气茫然。

“没事，我拉着你。”黑暗中，路星鸣的声音低沉。

云知藏在领带下的眼睫毛轻轻一抖动，放心地将手递了过去。

她跟着他向前，走得缓慢又小心翼翼。

“前面是台阶。”

云知抬脚上去，只听咔嚓一声的开门声，紧接着两条毛茸茸的生物扑了过来，扒拉在她的身上又舔又抓。

“塞翁，失马。”云知瞬间笑了，两只手狠狠地揉搓着狗头，“奇怪，你们怎么在这里。”

她越想越觉得不对劲：“学长，我可以取下领带了吗？”

“可以了。”

得到男人的首肯，云知立马扯下领带。

长久的黑暗让她眼睛不适，她用力眨巴了两下眼睛，仰头环视一圈，当下愣住。

房间布置得简约又不失温馨，客厅中央的墙壁上悬挂着一张巨大的照片，那是去年夏天她和路星鸣还有两条狗的合照，照片里的她笑得尤为灿烂。

云知一脸呆滞，反应不过来。

倏地，路星鸣牵起了她的手。

“那边是厨房，这边是洗手间，我把这间客房改成了塞翁、失马的房间，旁边是客卧，我们侄子来了，可以睡在这儿。”路星鸣又拉着云知上楼，推开走廊尽头的房门，“这是我们的婚房。”

他们的卧室被特别布置过，床单、窗帘多以红色为主，一眼看去很是喜庆。房间内连着一个露天阳台，站在那儿可以欣赏远景和院内的花园、泳池。

云知蒙了好几秒后，总算回过神，讷讷地道："我们的？"

"喜不喜欢？"他从后面抱住她娇小的身体，下巴自然而然地抵在了她的头顶，看着婚床靠着的墙壁说，"等婚纱照出来，就挂上去。"

云知的脑袋还有点蒙，她挣开路星鸣的双臂，伸手敲了敲脑袋让自己清醒，眼底仍是一片愕然："这里是……你买的？"

"总不能一直租房子。"路星鸣拉起她的手捏了捏，眼眸低垂，神色温润，"我想给你一个家，给塞翁和失马一个家。"

他卖了凌城的房子，又背着云知买下这里，想悄悄地给她一个惊喜。

路星鸣望着她的双眼熠熠生辉，似星辰夺目。

"云知。"他低头亲了亲她的嘴唇，"以后，我们有彼此了。"

他有家了，眼前的女孩就是他的家，是他的依靠，是他在这孤寂的宇宙中唯一的星河。

路星鸣曾无数次怨恨，他为何没有死在那条冰湖之中，没有随着他的母亲一起离去。

现在，他却庆幸，能活着真好。

云知垂眸看着两人十指相扣的手，突然眼底发热。

他们有彼此了，她有老公了。

这个认知让云知唇一勾，甜蜜地笑了。

番外篇

婚后

你这个男人
怎么这么冷酷无情。

两人的婚礼是在法国某座古堡举行的。

路星鸣和云知没有多少亲人，邀请的多是好友与同学。

宾客们来得都很早，伴娘和伴郎负责接待来宾。

“看吧，我说什么了，这两人早晚搞到一块。”武晓松死皮赖脸地蹭着刘彪虎，“这份子钱还是要交，啧。”

刘彪虎一脸厌嫌地踹着他：“滚，离我远点，贴这么近，恶不恶心。”

武晓松更加来劲：“别这样嘛，我们怎么说也好久不见了，不得亲热两下。”

正闹腾着，刘彪虎的视线突然被伴娘中的一位所吸引，他痴痴地看了对方两秒：“那是云姐的朋友吗？真漂亮。”

武晓松顺着刘彪虎的视线看去，对方一袭淡蓝色薄纱长裙，九分袖下的双臂修长纤细。她鬓发盘起，露出美丽且冷傲的五官。

刘彪虎吞了两口唾沫：“你说，我能去要个电话号码吗？”

这话刚说完，刘彪虎就被人踹了屁股，紧接着响起一道不羁的声音：“给爷滚，她的电话号码是你能要的吗？”

两人扭头，果然是韩厉。

韩厉今天要搀着云知走过红毯，穿得比以往都正式，然而，再怎么打扮，也难挡他骨子里的匪气。

刘彪虎挑眉：“哟呵，厉少几年不见，更像个流氓了啊。”

武晓松搭腔：“听说您老现在是武警，万万想不到啊，土匪都从良了。”

韩厉浓眉一凛，握拳对着两人晃了晃：“怎么，想挨揍？”

刚说完，颜瑟的目光轻飘飘地落了过来。

韩厉肩膀一僵，表情瞬间变化，拳头化作怀抱，狠狠地把两人揽入怀中：“好久不见了，哥们，我真是想死和你们一起戴着红领巾在五星红旗下起誓的日子了。”

“你吃错药了？”

“好好玩，不用和我姑父客气。”

姑父都叫上了，他这是真的吃错药了吧。

韩厉松开两人，踱步走到颜瑟的跟前：“我去找我姑姑一趟，有事的话，你联系我就成。”

颜瑟淡淡地一“嗯”，连眼神都不愿施舍给他。

韩厉早就习惯了她冷漠的态度，除有些失落外，也不觉得太难受。

他进入古堡，推开了新娘所在房间的房门，云知就在里面。

她安静地坐在窗前的椅子上，头纱下的面容精致美丽，澄澈的眸中隐约带着忐忑不安。

韩厉的到来惊扰了她，她瞬间抬头。

“韩厉。”她冲他一笑，脸上露出两个小小的酒窝。

韩厉看着她，突然窝心。

第一次见到她时，她还是一个衣着简陋、什么都不懂的村姑，如今，她已长大成人，嫁作人妻。

韩厉垂下眼睫毛遮去眼底的酸楚，阔步走来。

“爸妈有工作，不能来参加你的婚礼，就让我把礼物转交给你。”

“嗯，没关系。”这几年云知没有再回去过韩家。他们偶尔会来上京出差，有空就和她见上一面，没空便打个电话问候几句。

韩厉抿了抿唇：“祝祝她今天有演出，也过不来。”

韩祝祝现在是小有名气的钢琴演奏家，演出安排得很满，云知可以理解。

“不过，她有话要和你说。”韩厉拿起遥控器，开了电视。

上面正在播放一场演奏会，云知惊讶地发现舞台上的演奏者是韩祝祝。

她已经出落得很美丽了，聚光灯下的她优雅高贵、知礼大方。

韩祝祝调整了一下话筒，突然说：“今天是我一个亲人结婚的日子，准确来说是我姑姑。”

云知静静地看着她。

“多年前第一次见到你时，我讨厌你穿着土气、气味难闻，讽刺你没有文化。我瞧不起你，所以处心积虑地赶走你。”

韩祝祝说的是中文，台下大部分的国外观众都听不懂。

“当初我对你的讨厌是真的，现在对你的祝福也是真的。”她顿了一下，“现在这首曲子特别送给你，祝你新婚快乐，还有……”她看向了镜头，视线直直地落入云知的眼底，“希望你今后幸福。”

她弹的是自己谱写的曲子，取名为《云知》。

悠扬清脆的钢琴曲在耳畔环绕，曲调由低至高，又缓缓下沉归于平稳。

云知脊梁挺直，安静地听着曲子直到结束。

“要开始了，云知准备好了吗？”门外有人喊。

韩厉向她伸出手：“走吧，新娘子。”

云知深吸一口气，起身挽住了韩厉的手臂。

今天是个明媚的日子，万里无云，惠风和畅。晴空之下，她爱的人在目光所及处等着她。

云知手握捧花，一步一步地向路星鸣走去。

“喂。”韩厉目不斜视，忽然轻轻叫了她一声。

“怎么啦？”云知小声地问。

韩厉低声嘟囔：“我想哭。”

云知一愣，偷偷用余光瞄了韩厉一眼，他板着一张脸，但眼眶完全红了，像是马上就要落下泪一样。

云知呼吸一滞，眼圈跟着发热：“你、你别哭，我怕我也忍不住哭。”

韩厉“嗯”了一声，两滴眼泪却顺着眼角滑落下来。

“喂。”

马上就要到路星鸣的身边，韩厉看着前方，抿了抿唇，用只有两个人听得见的声音说：“路星鸣要是欺负你，你就告诉我。”他说，“你还是有娘家人给你撑腰的。”

这句话触到了她敏感的泪点，她忍了许久的眼泪总算落了下来。

她的手被路星鸣接过，又被他牢牢地握住。

看着男人那有力的五指，云知暗下决定：一定要帮侄儿追到老公的师父！

云知大四时被安排到了某军犬训练基地实习。

基地偏僻，离家并不算太远，开车四十分钟就能到达。

为了方便工作，云知特意去考了驾照，奈何她胆子太小，每次上下班还是要靠路星鸣暂时请来的司机接送。

这座训犬基地的规模虽然不是很大，每日的工作却很繁重。

云知到达岗位的第一件事就是打扫犬舍，接着为犬只进行例行检查。如果遇到手术，身为兽医助理的她要协助兽医进行手术，遇到脾气倔的，被咬一口也是常事。

同学们都说她是倒了八辈子霉才被分到这种鸟不拉屎的地方，但是她很享受。

也许是因为塞翁和失马，她格外偏爱狗狗，更别提是军犬这种威风凛凛的生物，能为它们工作是她的荣幸。

云知每天勤勤恳恳、任劳任怨地为犬只服务，她的热情逐渐得到回报，狗子们对她的态度从防备到友好，又从友好变成喜欢，没过两天便粘在她的身上不离开，就连最怕打针的那只见到她都乖乖地坐好。

除了基地的大小狗喜欢她，基地的年轻警官们也格外注意她。

云知年轻，又生得好看，黑发下的小脸细腻白嫩，一双眼清澈明媚，仿若稚子，完全没有成年人身上的世俗感。

她就像不染红尘的小仙女，干净美好，吸引着所有人的视线。

正值盛夏，烈日悬在上空，洒下的阳光火辣、炽热。

现在正是午休时间，云知害怕天气太热让犬只中暑，于是每隔一会儿就去一趟犬舍。

军犬们都很乖地在里面睡觉，也有几个调皮的隔着栅栏门冲她摇尾巴，求抚摸。

这里面养的大多是德牧和罗威纳犬，随便带出来一条就能吓哭小孩，此时它们一点都没有身为军犬的自觉性，对着她猛吐舌头，屁股后面的尾巴甩出了残影，一只只看着都挺精神的。

云知满意地点头，这才去部队餐厅吃饭。

现在早就过了吃饭的点，餐厅只剩下寥寥几人。云知打好饭，找了个凉快的地方坐下，一边吃，一边给路星鸣发信息。

自从结婚后，男人就变得很操心，各种鸡毛蒜皮的小事都要过问一遍，比如吃没吃饭，睡没睡觉，就连生理周期都不忘提醒——婆婆妈妈的，一点都没有高中时期的高冷样子。

云知："我吃过饭啦，老公好好工作，不要管我。"

路星鸣："晚上去接你。"

云知："哦。"

发完，她随意地将手机丢在桌面上。

正在此时，头顶覆盖下一片阴影，她捏着筷子的手一顿，缓缓地抬头看去。

坐过来的青年一身军装，板寸下的五官清秀腼腆，对上云知的视线时，他耳根唰地红透。

"中午好，队长。"云知有礼貌地叫他。

肖明坐姿笔直，好半天才结结巴巴地开口："那个……才、才吃啊。"

"嗯。"云知点点头，又看向他，"班长找我有事？"

他吞吞吐吐的，看起来像是有话要说。

"也没什么事。"肖明挠挠头，瞥见一旁的战友在冲他打手势时，鼓起勇气说，"我、我就是想问问辛巴的伤没事吧？"

辛巴是一只防暴犬，之前在训练时伤了右脚，手术后一直在休养。

"没事了。它还年轻，所以恢复得很快，用不了多久就能继续训练了。"

"哦。"

气氛再次沉默，云知犹豫两秒："肖班长还有事？"

肖明朝后看了一眼，注意到战友们的眼神后，清清嗓子说："晚上我们准备一起吃个饭，云、云知要不要一起来？"说完，他紧张兮兮地等待着云知的回答。

她摇了摇头："不啦，晚上我要和我家先生一起。"

肖明脑袋一蒙，瞳孔充满震惊："先、先生？"他声音颤抖，语气中满是不可置信，"你结婚了？"

"是啊。"云知歪歪脑袋，"你难道没看出来吗？"

这谁能看出来啊！

她刚来那会儿，不少人都以为她是高中生！所有人都以为她单身，现在可好，突然蹦出一个老公。

云知不好意思地揉了揉耳垂："工作不方便戴婚戒，所以一直放在家里，其实我去年就结婚了。"

这句话宛如一道惊雷，无情地劈在了肖明的天灵盖上，让他一颗少男心被摧毁得一干二净。

他眼神空洞，心如死灰，默然起身走向后座，去找战友们疗伤。

目送肖明那无精打采的身影远去，云知眨眨眼，扭头继续吃饭。

下班前云知收到了第一个月的工资，不多，只有三千块钱左右，但还是让她心里乐开了花。

她刚换好衣服，路星鸣的电话打了过来。

云知接起，男人声音清冷："我在你单位门口。"

云知看了一眼时间，距五点还有十多分钟："你来早了。"

"没关系。"他说，"我在门口等你。"

电话挂断，云知握着手机去院里张望一番。

路星鸣那辆黑色越野车停在大门口不远处，过了一会儿，车门被打开，他从里面走了下来。

云知眼睛一弯，又蹦又跳地冲他挥手。

路星鸣抬了胳膊做回应，懒散地依着车身，再没了其他动作。

云知的行为引起了年轻小警官的注意，上前打趣："那就是你老公？"

云知大大方方地点头应下。

距离有点远，他们也没看清对方长啥样，一时间抓心挠肝，满是好奇。

总算到了下班时间，云知告别同事向门外跑去。

几个人面面相觑，最后拉着肖明跟了过去，想要一睹他们“基地之花”的老公的真容。

路星鸣刚参加完一个会议，身上的西装还没来得及换下。他虽是懒洋洋地靠着，但脊梁挺得笔直，一条腿随意地曲起，眉眼里透出的沉稳高贵是在场所有人都比不上的。

“路星鸣！”云知张开双臂扑了过去。

路星鸣牢牢地接住，顺势在她的嘴唇上亲了亲。

两人很恩爱，羡煞了身后一群单身狗，更让肖明嫉妒得眼底发红。

“那是你同事？”路星鸣松开云知，眼睛淡淡地朝后一瞥。

云知回头一看，愣了愣后，笑着和他们介绍：“这是路星鸣，我先生。”

“你好，你好。”一群人讪笑着打招呼。

“你们好。”路星鸣微微颔首，眉目疏离，之后没多说话就坐上了驾驶位。

“那我走啦，周一见。”云知冲他们摆摆手，转身上车。

越野车很快消失在视野之内，肖明呆呆地看着，半天没回过神。

旁边的战友叹息一声，拍拍肖明的肩膀，安慰：“没事的，班长，你还有辛巴呢。”

肖明失落地垂眼，耷拉着肩膀重新回了基地。

回家的这条马路平坦笔直，路上难见半个车影。

看着旁边开车的路星鸣，云知突然手痒痒。

“老公。”云知莹润的眼眸紧盯着他的侧脸，甜腻腻地叫了一声。

路星鸣眼皮子一跳，平常除在床上外，她一叫老公，准没好事。

“我今天发工资了。”说着，云知把工资卡从包包里取出来，“给你保管。”

路星鸣挑了挑眉，嘴角勾起一抹笑：“这么大方。”

云知一本正经："以后我的工资都给你，你每个月给我五百块钱就行了。"

她要钱也没用，不如留给路星鸣养家。

路星鸣低笑，不客气地接过她手上的工资卡，揣到了口袋里。

见他收下，云知来回搓了搓手："老公。"

路星鸣：这次肯定没好事。

"能让我开开车吗？"她眼巴巴地瞅着路星鸣，一脸期盼。

路星鸣睨她一眼，他记得当初她学车时他没少受苦，每天半夜被她拉起来学车，后来好不容易考过了，却一次也没开过。

路星鸣合计一番，允了："好吧，让你开一会儿。"他慢慢将车停靠在路边，与她换了座位。

云知认认真真地系好安全带，激动地抚摸了一把方向盘，深吸一口气，一脚踩下油门。

她踩得过于猛，路星鸣身子踉跄，脑袋直接磕上了椅背。

路星鸣闷哼一声，今天这家恐怕是不好回去了。

云知把车开得歪歪扭扭，路星鸣坐得惊心动魄。

他的手紧紧地抓着扶手，生平第一次感受到了晕车的滋味。

路星鸣瞟向正开车上瘾的云知，张张嘴，欲言又止："宝贝……"

云知直直地盯着路，没有回应。

路星鸣嗓音干涩："我想和你多做几年人间夫妻。"

路星鸣说："还是换我来吧。"

云知眼底滑过失落：她才刚刚找到手感。

"好吧，换你来开。"云知不情不愿地停了车，打开车门走了下去。

路星鸣暗暗松了一口气，要是再让媳妇开下去，他们恐怕会直接开上黄泉高速路。

云知正要上车，突然听到耳边传来一道小小的奶猫的喵呜声。

她皱皱眉，顺着声音寻找过去，只见路边一处草丛里，一只巴掌大的小猫蜷缩在里面。

它看上去还没足月，全身干瘪瘪的，没几两肉，正睁着一双水绿色的眼睛冲她喵呜喵呜地叫。

云知蹲下，小心地把它抱了起来。

小猫咪长得很特别，头部至耳朵，还有尾巴的花纹是金色的，隐约掺杂着几缕黑色，脸部和身体通白，也许是因为营养不良，毛发干枯泛黄，杂乱地粘成一团。

“喵。”奶猫可怜兮兮地冲她叫着。

云知抱着小猫咪，心立马化了。

小家伙在她的掌心瑟瑟发抖，水绿的瞳孔中满是无措、恐惧。

云知用指腹轻轻摩挲着小猫咪的脑袋，带着它坐上了车。

路星鸣注意到了她手上的小玩意，眉头一皱：“这是什么？”

“猫咪。”云知的手往路星鸣那边伸了伸，“路边捡到的，估计是被人遗弃在这里的，好可怜。”

路星鸣没说话，继续开车。

云知喂了猫咪一点水，它喝完便窝在她的怀里睡了，小肚子一起一伏，舒坦得很。

到家之后，云知用家里的医疗设备为小奶猫做了一个简单的检查。

小家伙营养不良，有耳螨，除此之外，其他各项指标都正常。

云知家里常备着宠物所需的药物，她用宠物湿巾小心地为猫咪清理干净身体，又给它打了针，滴了耳螨净，最后找了个干净的小碗，为它泡了点羊奶粉。

猫咪饿坏了，没一会儿就把奶舔舐干净。

吃饱喝足的小家伙精神不少，对着她奶声奶气地喵呜两声后，走过来用毛茸茸的小脑袋蹭着她的手背。

这谁能把持住啊！

云知一颗心化成了棉花糖，手指对着奶猫又挠又摸，让它的肚皮朝天，猫咪眯着眼舒服得直打呼噜。

此时，路星鸣推门而入，他身后跟着两条想进来的大狗，他毫不留情地把好奇的两只狗关在了门外。

“它怎么样？”路星鸣轻轻地问。

“没什么大问题。小家伙一点都不怕人，特别粘人，你要不要摸摸看？”说着，云知把桌上的小猫咪向他那头推了推。

“喵。”奶猫挥了下软软的小肉垫，看起来是真的不怕人。

云知越看越觉得可爱，它越可爱，她就越想养。

她蠢蠢欲动，眼睛巴巴地瞅着路星鸣。

男人意会了她的意思，长睫毛微颤，默然移开视线，两个字平静却笃定：“不行。”

云知嘴角耷拉着，两根手指钩住他的小拇指晃了晃：“养它嘛。”

她现在很会撒娇，尾音上扬，声音细软，像一颗化开的奶糖，除了甜就是黏。

路星鸣不为所动：“不行，不能养。”

云知不开心地鼓了下腮帮子：“为什么不行？”

他没有说话，扭头一把拉开门。

两只巨大的狗一动不动地坐在门口，吐着舌头对她笑，一只比一只傻白甜。

啪。

路星鸣把门关上，黑眸沉沉，语调缓慢：“云知，我养不起你们四只。”狗能吃，人也能吃，他总担心自己会被掏空。

云知挠挠脸，小声地嘟囔：“那、那你少吃点不就养得起了，再说，猫猫也吃不了多少。”

路星鸣的眼皮子狠狠地一跳：“你倒是会心疼你老公。”

云知嘿嘿笑了两声，路星鸣深吸一口气，指着桌上打滚的奶猫说：“刚才我查了一下，这猫是缅因猫，长大能有一米高，体重过二十斤。你们这三个都要把我吃得破产了，再来一只绝对不行。”

这事没得商量，也不需要商量。

他淡而沉的声音中满是不容抗拒的果断，云知小脸拉下来，像霜打的茄子般萎靡不振。

云知不死心地劝说：“养嘛，用我的工资养。”

“不行。”他拧眉，“你看看我们家像动物园吗？”

云知委屈巴巴的，不说话，她的模样可怜极了，路星鸣沉吟片刻，不自觉地放软语调：“猫咪照顾起来很麻烦的，更别提是那么大的猫咪。它的粪便也很臭，你又不会处理。”

云知夺过话头：“我会的！”

路星鸣眉目清冷，两字淡淡的：“是吗？”

云知缩了缩脖子，心虚地把脑袋转到了另一边。

她现在好像……似乎……大概……也许是有那么一点点懒惰，平常打扫粪便是路星鸣的工作，给狗洗澡是他的工作，早上遛狗也是他的工作，他要是忙起来，会有家务工帮忙做。

她呢……好像光和狗子玩儿了。

路星鸣扬起一边眉毛：“嗯哼，怎么不说话了。”

云知讪笑，上前抱住他精瘦的腰身，下巴一个劲儿在他的胸前蹭，水灵灵的眼睛映着他英俊的眉眼：“养嘛，养嘛，小猫咪没有家好可怜。”

路星鸣不为所动：“不行。”

云知气鼓鼓：“你是不是不爱我了？”

路星鸣面无表情：“我爱你，但是不行。”

云知：生气。

“那我离家出走啦！”她抱起猫咪作势要走。

路星鸣抬腕看表：“晚餐前记得回来，走前顺便把垃圾丢一下。”

云知眼圈赤红，神色幽怨，用言语控诉着他：“你这个男人怎么这么冷酷无情。”一点都没有以前可爱了！

路星鸣笑得温和，俯身亲了亲她气得噘起的小嘴唇：“谢谢夸奖，晚上我会更加冷酷无情的。”

云知一噎，又羞又恼，跺跺脚，跑出了宠物治疗室。

她耍起了小脾气，饭都少吃了两碗。

晚上上床，云知上知乎问："老公不让养猫怎么办？"

底下很快有人回复。

——简单，你也别养你老公。

——容易，别和他睡觉。

云知盯着回复，若有所思。

咯吱，路星鸣拿着一本书走进了卧室。

云知手忙脚乱地把手机藏在枕头下面，闭眼假装睡觉。

身边的床陷下去一片，盖在身上的薄被被他扯了过去："不是说过躺着不能玩手机吗？"

"我……我没玩。"云知把被子向上拽了拽，只给他一个圆润的后脑勺。

路星鸣合上书本，身躯逼近，慢慢地把盖在她脸上的被子扯下去："还不开心？"

"没有。"云知矢口否认，眼睛闭得更紧，"我睡觉了，晚安。"

路星鸣眼底染上笑意，不紧不慢地说："我把猫咪和塞翁、失马它们隔离开了，用旧垫子弄了一个窝，应该会舒服的。"

"哦。"

路星鸣顿了顿："颜瑟一直想养猫，明天我把它送过去，你想看的话，也方便点。"

"哦。"云知语气低落几分。

路星鸣侧躺在她的身旁，长臂支撑着头，温热修长的指尖撩开遮挡在她脸颊上的发丝，指腹轻轻揉着她柔软、白嫩的耳垂。

很痒，云知缩着脖子躲了躲。

"家里养太多动物不好。"路星鸣嗓音温柔，"你要是喜欢，我给你买猫猫的玩偶。"

"不要。"云知抓起身旁的小兔子布偶抱在怀里，"我有星星。"

她对这只小兔子情有独钟，不管过了多久，都不会移情别恋。

路星鸣摸了摸她的脸蛋，俯身在她的脸上落下轻吻，粗重的鼻息逐渐下滑至肩窝。

云知皱皱眉，用力将男人推开：“不行，我今天不要和你睡觉。”

“我生气了，不和你睡觉。”说着，云知转过了身。

路星鸣单手捏起她的下巴，似笑非笑：“真的不要？”

他离得很近，目光揶揄又炽热，云知紧张地拽住兔耳朵，忍不住偷偷眯起一只眼。

男人穿着宽大的深色浴袍，领口敞得很开，露出一片结实的胸膛和性感的锁骨。

她的眼睛向上瞟了瞟，爱一个人时，就连他的喉结都那么撩人。

可是——

“我、我、我要有原则！”云知推开路星鸣，牢牢地闭眼，誓死不为男色折服。

路星鸣低哼，翻身离开，关灯睡觉。

黑暗中传来他绵长平稳的呼吸，云知瞪大着眼，突然了无睡意。

最终云知没按捺住，小手伸过来拉了拉他的衣袖，声音轻轻地说：“学长，我想先要你，再要原则。”

路星鸣早就知道会是这样，瞬间翻身压了过来，咬了咬她的嘴唇：“你怎么一点自制力都没有。”

她脸上一红，羞答答地搂住了他。

路星鸣的行动力很快，第二天一早便将小猫咪打包好，带着它去找新的主人。

被关在笼子里的奶猫很不安，一直挠着笼子，冲云知喵呜喵呜地乱叫。

云知无能为力，目光追随着猫影远去。

门外，路星鸣已发动了引擎。

她叹息一声，抱着失马的大脑袋蹭了蹭：“颜瑟姐会好好照顾猫猫的。”

失马倚靠在云知的腿上，懒洋洋地靠着，不作声。

车内，被路星鸣放在副驾驶座上的小奶猫还在一个劲儿地乱叫。隔着笼子，它对路星鸣龇牙嗷呜地凶着。

“再叫，我现在就扔了你。”

“喵呜！”

“不准叫。”

“呜！”

“烦死了。”

“喵！”

这还越叫越来劲了。

路星鸣余光扫了奶猫一眼，小家伙生起气来的样子神似他家里的小妻子，尤其是一双水绿的眼睛，湿漉漉的，没一点威慑性。

路星鸣眼睛弯了弯：“真拿你们没办法。”

他打了一下方向盘，拐向另外一条岔路。

过了一会儿，颜瑟打来电话，路星鸣接听。

“我的猫呢。”女人声音偏冷，透着三分慵懒。

“猫没有了。”路星鸣语气微顿，“狗有一只，要吗？”

颜瑟一合计，觉得也行：“什么品种？”

路星鸣说：“哈士奇，体长一米八五，除傻以外，其他都挺好的。”

颜瑟静默无语，片刻后，说：“你这哈士奇是成精了吧？”能长这么高。

路星鸣笑了笑：“那只狗叫韩厉，他很乐意被你养。”

啪嗒，颜瑟二话不说地挂了电话。

路星鸣去宠物超市为猫咪购置了生活用品，顺道又去宠物医院为猫咪做了一套详细的检查，最后才拎着大包小包的东西回了家。

中午的阳光灼热，他的女孩儿穿着一条白色纱裙，蹲在院子里的草坪上吹泡泡，身后两条狗在追着泡泡咬，画面可爱又温馨。

“我回来了。”路星鸣右手一个笼子，左手一大包，轻声和她打招呼。

云知扭头看了过来。

“喵呜！”笼子里的猫咪软乎乎地和她嚷嚷。

云知的双眼闪过愕然，接着一点一点地瞪大，她惊讶又欣喜地看着路星鸣，半天没有动静。

路星鸣晃了晃手上的袋子：“很沉。”

云知唰的一下跳起，屁颠屁颠地接过沉甸甸的两大袋猫粮，恭恭敬敬地迎接他进门。

“渴了。”路星鸣瘫坐在沙发上，姿态和大爷一样。

云知立马倒水，亲自送到他的嘴边。

“肩膀有点酸。”

云知了解，绕到沙发后面为他揉按着肩颈。

路星鸣舒服地眯眼，沉浸在这难得的享受中。

小猫咪还在笼子里没出来，塞翁和失马一左一右将笼子包围，好奇地闻过来，闻过去。猫咪明显怕了，眼瞳都竖成了两条。

“路星鸣……”云知欲言又止。

“嗯？”

她的声音小小的：“你……同意养它了？”

“是你养。”路星鸣纠正。

“我养，我养。”云知欣喜若狂，连连点头。她将塞翁和失马关到了它们的房间，动作轻柔地把小猫咪放了出来。

“喵。”奶猫眯着眼，又开始对着她撒娇。

云知的眼儿一弯，笑成了太阳。

“老公，你真好。”猫在她手里撒娇，她对着路星鸣撒娇。

路星鸣沉声说：“先说好，你铲屎。”

“我铲，我铲。”云知应承得痛快，“放心，以后我负责，不用你管。”

路星鸣轻哼一声，现在答应得利落，就怕到时候又当起甩手掌柜，把所有事都交给他做。

自从结婚后，她明显被养懒了。

“学长，我们给它取个名字，你说叫什么好？”

路星鸣想了想，说：“既然是别人丢的，就叫丢丢吧。”

这名字太不走心，云知立马否决：“不吉利，换一个。”

路星鸣：“既然是路边捡来的，就叫捡捡吧。”这个更不走心。

云知思索一番，眼睛一亮：“有了，叫星星。”

星星这个名字瞬间让路星鸣蹙眉：“不行，星星会吃醋。”

这句话一语双关，她的脸蛋红了红：“那……路路？”

路星鸣懒洋洋地扫了眼猫咪的大眼睛：“叫云云。”

“不行。”云知摇头，捂着发烫的脸蛋，嘟囔一句，“云云也会吃醋。”

路星鸣抿唇压抑住笑意：“那你看着取。”

云知摸着猫咪的耳朵，脑中灵机一动，有了主意：“我们有了塞翁、失马，那它就叫焉知吧，谐音‘颜值’，它又是女孩子，名字刚好适合。”

路星鸣不轻不重地点了点下巴，以表认同。

云知得寸进尺，兴冲冲地提议：“那焉知都有了，我们是不是应该再养一只‘非福’，一家人就是要整整齐齐。”

路星鸣表情未变：“我不介意改个名儿，路非福也挺好听的。”

为了不让自家男人改名，云知麻利地打消了念头。

养上焉知后，云知一如承诺的那样，每天勤勤恳恳地为猫咪梳毛、铲屎，逗它玩耍，然而没维持多久，他们的生活就变成了——

“学长，该给焉知铲屎了。

“学长，该给焉知洗澡了。

“学长，该给焉知剪指甲了。

“学长，该给你老婆做饭啦！”

学长路星鸣：结了婚的男人可真难。

缅因猫生长周期很长，焉知在他们家生活了半年，个头只比普通家猫大一倍，看起来就像是一只小型犬。

它尖尖的耳朵立了起来，白色的脖子变长，尾巴也开始长粗、长长，一双水绿的猫眼没有小时候圆润，反而上扬了不少，整天像个大佬一样眯着，横躺在狗窝，对着塞翁和失马为非作歹。

两条狗习惯性地让着大猫妹妹，任凭她怎么闹，都无动于衷，就连向来调皮捣蛋的失马在它面前都宛如成熟的长者。

家里三只小动物聪明讨喜，路星鸣的同事有事没事就会过来撸一把，摸一摸，这里面自然也包括颜瑟。颜瑟一来，当然少不了韩厉。

如路星鸣当初所说的，他们家真的成了动物园，每天人来人往，热闹得很。

它们可爱是可爱，能吃也是真的能吃，为了帮路星鸣减轻负担，云知试着开了个微博账号，时不时在上面发几条关于宠物的有趣视频，然而，并没有受到什么关注。她本人也不太在乎，依旧用微博记录着家里大大小小的事。

时间流转，云知大学毕业后选择继续留在训犬基地任职。

这份工作枯燥、辛苦，但她干得很开心，闲暇时间还会参与驯犬工作。后来基地创办了官方账号，由于人手稀缺，账号暂时由她打理。

上京三区军犬训练基地："辛巴依旧很怕打针。"

视频是云知刚让人拍的，画面里的防暴犬辛巴战战兢兢，老实地坐着让她打针，末了，还委屈巴巴地在她的腿边撒娇。

辛巴是罗威纳犬，体型健壮，撒娇起来的样子给人一种反差萌，这条微博发出去没多久就爆了。

"啊，我死了，军犬都这么好看吗？"

"只有我注意到兽医是个小姐姐吗？"

"我把前面的微博都翻看了！军犬好萌啊！"

…………

官方账号的粉丝疯涨了十几万，看着每条上万的评论，又看了看自己那颇为凄惨的私人账号，云知幽幽地叹了口气。

"云知，林医生找你。"

"好。"云知收好手机，小跑着去了兽医室。

"老师，您找我？"云知走进去，不忘将门关上。

林医生和她一样毕业于农大，年轻时便被分配到这里工作，平常都是他带着她，她很敬重这位老师。

林医生推了一下鼻梁上的眼镜，一脸喜色："恭喜你啊，云知。"

他的恭喜来得莫名其妙，云知蒙了一秒。

"马上快要到建军节了，军事频道准备开创一部有关军旅生涯的纪录片，用来在建军节期间播放，其中有一个单元是关于部队兽医的，你各方面做得都不错，所以，我向上面推荐了你。"

这话说完，云知彻底蒙了："啊？"

"好好干，不要露怯。"林医生拍了拍她的肩膀，"不要给我们部队丢脸。"

云知眨眨眼回过神，着急忙慌地摆着手："老师，我那个……不行的，我不行的，您还是换个人吧。"

她太容易害羞，别说上电视，就是有人让她出镜录段小视频都不乐意。

云知紧张得满脸通红，林医生笑着安抚："我倒是想参加，但我老脸老皮，拍出来实在不好看。你要是去了，多给我们部队争光，何况还能拿到钱呢。"

"钱？"云知眼睛亮了亮。

"是啊，总不能让你白拍摄。"

钱……云知现在就喜欢钱。

她的睫毛扑扇两下："那、那我要回去和我家先生商量商量，他答应才行。"

听到这话，林医生放肆地笑了出来，无奈地戳了一下她的脑门："小丫头还是个夫管严。行，这周给我回复。"

云知应下，退出房间。

她怀揣着心事回了家，那点小情绪自然没逃过路星鸣的火眼金睛。

晚上洗漱好后，夫妻俩一同上床。

云知整个人躺在路星鸣的身上，搭在他腿上的小脚左右晃动。

路星鸣环抱着她，手上的书本放在她的小肚子上，见她直直地盯着天花板出神，便合上书本，掐了掐她的脸蛋："有心事。"

云知的眼睛向上看，双手举起，揉了揉他的脸："路星鸣……"

云知正要说话，焉知进来，扭着屁股跳上床，十几斤重的身体压在了云知的肚子上。

她脸色一变，路星鸣脸色又是一变。

焉知不负众望地长成了巨猫，光是一身厚重的皮毛就能把人压得半死。

猫老大眯着眼，抱着爪爪打呼噜，路星鸣快窒息了，毫不犹豫地把人带猫一起推了下去。

"喵！"正舒坦的焉知不开心地露出四颗白白的、尖尖的小牙齿。

"焉知不能说脏话。"云知教育，"女孩子不能骂人。"

"喵呜！"

"好吧，是哥哥不好，那你下次不可以骂人了。"

"喵。"焉知似是妥协了，跳下床钻出了房间，估计是去霸占狗窝了。

望着消失的巨大一团，云知拧了拧眉："大姐大的脾气好像更暴躁了。"

路星鸣颔首，他也是这么想的。

云知说："肯定是被你惯的。"

路星鸣疑惑。

云知又说："你检讨。"

成吧，他惯的，他检讨。

"今天老师找我，想让我上一档节目，你同意吗？"云知看着他的眼睛，"当然，你要是不同意……"

话音未落，路星鸣便接过话茬："什么节目？"

云知言简意赅，把事情经过原原本本地复述一遍。

听完，路星鸣轻笑："那你可能和韩厉上的是同一档节目。"

云知疑惑地“咦”了一声。

“他最近都在训练，因为要拍的是第一单元，过两天就要拍了，这两天一直在和我吐苦水，说空闲时间都被占据了。”

想到韩厉那不情不愿的样子，云知扑哧笑出了声。

路星鸣放下书本，宠爱地摸了摸她毛茸茸的头发：“这事看你，不用特意问我意见，只要你喜欢就好。”

男人特有的低沉嗓音里有包容，也有怜爱，眼神里毫不掩饰对她的支持和喜欢。

云知心中微动，眼波流转着羞涩，她咬住下唇，慢慢地滚到了路星鸣的身上。

男人顺势搂住她，正想着温存一番时，门被撞开，三只庞大的躯体接连进入，分别占据床上三角，将原本宽敞的大床挤得毫无缝隙。

看着这三国争霸的局面，夫妻同时默然。

“那个……要不今天让它们睡一下？”看着窝在怀里的焉知，云知小声地提议。

路星鸣深深吸气，艰难地缩进了被窝里。

云知揉了揉焉知厚重的皮毛，翻身滚到路星鸣的怀里。

窗外月凉星疏，脚边有狗，身旁有猫，怀里还有她最爱的人。

“学长。”

“嗯？”

“谢谢你给我一个家。”云知抬头，闭上眼，亲了亲他的嘴唇，最后紧紧地抱住了他。

“云知。”

“嗯？”

正当云知以为他要说什么柔情蜜意的话时，却听他的声音响起：“想做坏事。”

番外篇

怀孕

"可爱"是形容我家太太的，
请注意用词。

考虑到能为家庭增加一笔收入，云知最终答应了节目的邀约。签订合同后没多久，摄影组前来基地拍摄，拍摄前，对方和云知简单介绍了一下流程。

这档名为《军旅生涯》的节目偏向纪实类，没有人设，没有剧本，一切都按照平常进行，有关职业生涯的采访会穿插在拍摄中，至于采访内容，并没有透露给云知。告知完这些后，节目组给了她半个小时的准备时间。

因为要上电视，云知难得地修了修眉毛，涂了口红，看着比往日更加精神。

早上八点，节目正式开拍。

她每天要做的第一件事是清理犬舍，她左手提着桶，右手拎着扫把，径直向犬舍走入。摄影师跟在身后，镜头对准她的脸。

云知长得好看，乌发小脸，明眸善睐，果红的唇彩将一双樱桃唇衬得越发莹润、饱满。阳光温柔地贴在她的眼睫毛上，过长的睫毛在脸上投落出两片青色的碎影。

摄影师拍过不少明星网红，如今对着云知，突然觉得这张素人脸不比娱乐圈的女星差多少。

一行人来到犬舍，陌生的气息令敏感的烈性犬们纷纷吠起来。犬很凶，露出的尖牙可以轻易撕碎在场的成年男性。哪怕它们被关在各自的小房间里，节目组的人也是有些怵的，毕竟他们面对的是一干在危险中厮杀过的军犬。

此时一道哨声响起，刚刚还狂叫不止的烈性犬顿时安静。云知放下口哨，命令："不准叫。"

狗子们乖乖地回窝，都没再瞎叫嚷。

她打开了第一道房门，这里面住的是雷雨，一条品种为德牧的搜救犬。

雷雨聪敏矫捷，日常最喜欢对着训导员和云知撒娇。

果不其然，在云知进来的下一秒，雷雨熟练地一躺，四肢朝上，吐着舌头一副求摸的表情。云知像没看见一样地跨过它的身体，进去开始打扫犬舍。

"呜……嘤……"雷雨一脸委屈，不死心地蹭到了她的脚边。

云知再次绕开，把扫好的垃圾倒入垃圾桶里，拿起拖把开始拖地。

雷雨：难过得要哭了。

负责采访的记者于心不忍，不禁劝说："你摸摸它嘛。"

"不行。"云知摇头，"我摸它的话，其他狗会吃醋。"

狗狗醋性大，要是让别的狗看见她摸了雷雨而不摸它们，肯定要吃醋、生气。为了不让它们生气，她只能一只一只地摸过去，那样非常耽误时间。

云知无情地忽略雷雨，关上门继续打扫其他房间。

摄影师一直在后面跟拍，每当她进入一个房间，都会迎来狗狗们激动而热烈的欢迎。性格热情的狗会扒在她的身上撒娇；沉稳一点的狗不会有那么多动作，只会乖乖地蹲在原地矜持地摇动尾巴。

它们对外是威风凛凛的军犬，面对喜欢的人类时，和普通的宠物没什么两样。

"平常都是你打扫吗？"记者忍不住好奇地问。

"训导员也会帮忙打扫，他们忙的话，都是我负责。"基地人手不够，一人负责两份工作是常有的事。

像云知既负责军犬的吃喝拉撒，又要负责它们的身体健康，闲来还要打理微博账号，忙得很。

清理完，云知又去了另外一间犬舍。

这间犬舍的规模不是很大，里面只住了四条军犬，它们都是退役的老犬，年龄最大的已有十四岁，最小的也有十一岁。四条犬中有两条是搜救犬，还有两条防暴犬。

它们立下功劳无数，伴随而来的还有各种伤病，犬上了年纪后，遗留在身体里的伤病日渐加重，年纪最大的那条搜救犬已经无法直立行走，每天要人抱着去外面晒太阳。

云知蹲在那条搜救犬的身前，温柔地摸了摸它的头，伸手把年迈的它悬空抱起。她神色轻松，步伐轻快，惊人的臂力看得周遭人愣了愣。

倒不是说抱起一条几十斤的犬有多困难，只是云知娇小，双肢纤细，柔柔弱弱的，实在不像是能干体力活的样子。

云知不顾众人的目光，抱着狗健步如飞，没一会儿竟把摄影师甩在了身后。摄影师回过神，扛着摄影机追了过去。

接下来，他们发现小姑娘不单是力气大，跑得快，体力竟然也不差，在照顾狗的时候顺便参加了个接力赛，还得了前三名。

下午，云知又心血来潮地和警官们掰手腕，拿了个第一名，参赛的警官第五次表示不想和她掰手腕。

摄影组：这小姑娘可真是神奇。

难不成给军犬看病的兽医必须要体力过人、文武双全？

一天的时间过得很快，拍摄接近尾声。

黄昏降临时，云知搬了小凳子坐在院里，怀里抱着一只刚满月的小奶狗。

夏日的晚霞迷醉、艳丽，橘红色的夕阳覆盖在大地上。

她忙碌一天，早上化好的妆早就脱落，发丝微微散开，几缕碎发凌乱地贴在脸颊边。

云知端正地坐着，看向镜头的杏眼圆润晶莹，夕阳在她眼底留下重重的一笔，双眼越发显得有神、灵动。

她太过好看，竟像画上的人一样动人。

摄影师太喜欢拍她的脸了，三百六十度全方面拍摄，近景远景来回切换，势必要让她这张脸完美地展现在屏幕上。专注拍摄的摄影师全然忘记这是一档纪实类的节目，根本不需要这么多花样。

“今天拍摄下来，我们发现兽医这个工作实在辛苦，你一个女孩子干这些真是太不容易了。”

记者的话让云知犹豫几秒，“嗯”了半天后，一脸耿直：“不辛苦，挺容易的。”

记者语塞。

云知没撒谎，她是真的觉得不辛苦，很容易，只是不知道为什么，不管是同学还是朋友，总认为她的工作很难，并且为她真情实意地感到委屈，就连闺密都不止一次地劝说她离职。

记者顿了一下，打破沉默：“感觉你的体力很好，原来当过体育生吗？”

云知晃了晃脑袋，诚实地说：“我原来是守山人。”

记者：“嗯？”

云知：“不过，我现在选择了城市里的生活。”

记者：“啊？”

云知腼腆地笑了笑：“当守山人的时候，我每天爬山挑水，所以体力就好了。”

想到和师父在山上的日子，云知心底涌出几分酸楚，她垂眸掩去难过，不再说话。

记者从震惊中走出，轻咳两声，继续问：“是什么让你选择做这份工作呢？”

这话问住了云知，也没有特殊的原因，当初来这儿是因为导师引荐，选择留下是因为懒得找其他工作，也因为离家近。

她轻轻抚摸着小奶狗的耳朵，眉眼缱绻，声音更是温柔：“没什么原因。”她说，“总要有人去做。”

记者一愣，总觉得这回答有些耳熟，旁边的摄影师小声地提醒：“前几天有个武警好像说了差不多的话。”

记者恍然大悟，他对那哥们儿印象深刻。

当时要做最后的采访，时间刚巧和开饭时间撞在了一起，那小兄弟一门心思地想着吃饭，硬是被他拽了三次，才采访完。

记者当时问的是：“为什么要选择当武警？”

只记得当时，那哥们儿双手插兜，站姿不甚笔直，虽是一身军装，眉眼里竟有几分洒脱、不羁，和正义扯不上丝毫关系。

“我不当武警，也会当医生、教师，说不定也会像你一样当个记者。职业放在那儿，总要有人干。开心就成了，哪有那么多为什么。”

说完，小老弟撒丫子跑去食堂吃饭，留记者在原地一脸发蒙。

他们两人的对话没有逃过云知的耳朵，正摸狗的云知抬了一下头：“你们说的韩厉是第三武警支队的那个吗？”

记者看向她，点点头。

云知的眼睛亮了亮：“他在部队过得好吗？没受伤吧？”

女孩一脸殷切，记者暗暗琢磨一番，暧昧地笑了：“难不成那小伙子是你男朋友？”

“不是，不是。”云知慌乱地否认，“他是我侄儿，我已经好久没见他了，有点担心。”

韩厉是新兵，每天出警在外，前半个月还被派去边防。云知心里挂念，又不好打电话骚扰，如今得知他没受伤，过得好，也就放心下来。

旁边的记者彻底震惊，呆呆地瞪着眼，半天没出神。

时间分秒流逝，早就过了下班的时间。

见记者还没有结束的意思，云知不由得嗫嚅着嘴唇提醒：“那个……您还有什么问题吗？”

记者回过神，这才发现超过了时间，他连忙起身，笑着冲云知伸出手：“今天过得很愉快，感谢你接受我们的采访。”

云知有礼貌地回握，正要作别时，突然听他说：“你每天在这儿工作，交男朋友了吗？”

云知摇摇头，接着说：“我没男朋友，我有老公。”

“老公”两个字被她咬得很重，她微微扬起下巴，小表情里满是难言的骄傲，记者彻底惊呆。

“我老公来啦！”前面那句话刚说完，云知就收到了路星鸣发来的短信，他估计早就等在了门口。

云知眉眼欣喜，再不敢耽误，匆匆和节目组挥手作别，换下衣服，放下狗，拎着包飞奔向大门外。

云知跑得快，摄影师只捕捉到一连串的残影，这个背影和当初韩厉赶去食堂吃饭时的背影一模一样。

镜头一路跟随，最后见她兴奋地扑到了一个男人的怀里。

两人上车，转眼在视野消失。

记者和摄影师在原地愣神，最后记者啧了两声："不去参加奥运长跑可惜了……"

摄影师点头，表示认同。

节目播出后，在网上引起了不小的反响，媒体各种吹嘘云知的颜值，甚至在她头上安了个"最美兽医"的称号。当然，更让人意外的还是她和韩厉的关系，众人都说这对姑侄颜值逆天。

话题维持了两三天后，热度开始减退。

紧接着，一条名为"上京飞机设计研究院攻破技术难关"的话题登上新闻榜，下面紧跟着"航天设计工程师路星鸣"。

那是一段关于工程技术的简短采访。面对镜头，男人不卑不亢地介绍着让人听不懂的职业术语，他那过于清俊出色的眉眼瞬间掀起波澜，只用了一天的时间，他的个人微博粉丝数突破五十万。

再然后，眼尖的网友发现路星鸣经常给一个叫作"一朵云"的用户点赞、评论，点进去一看，他们发现对方似乎是个宠物博主。

一朵云：这只懒猫好像更胖了，叹气。

上京研究院路星鸣评论：是有只懒猫变胖了。

一朵云：今天老公不在家，趁机"出轨"闺密。

上京研究院路星鸣评论：你不在家的老公说他现在有点吃醋。

一朵云：找到了老公年轻时的照片，超可爱！

上京研究院路星鸣评论：……"可爱"是形容我家太太的，请注意用词。

一朵云：狗子又、又、又吃了我家先生的学习资料，希望他不要发现。

上京研究院路星鸣评论：他已经发现了，并且联系了狗肉馆。

一朵云：睡觉的老公超级好看，我好喜欢他，想亲亲！

上京研究院路星鸣评论：你果然偷亲我了。

…………

数条日常微博穿插在跟宠物有关的视频里，两人评论区的各种互动深深扎了无数“单身狗”的心，最后众人才反应过来，这个名叫“一朵云”的用户不就是前几天刚上过新闻的军犬兽医吗！

这俩人竟然是夫妻？！吃瓜群众纷纷爆炸了。

不少微博博主见机行事，把两人的互动微博截了图，随便带了个话题发了出去，果不其然，两人又红了一次。

张嘴吃粮：“可爱是形容太太的”，上京研究院最年轻的设计工程师竟和这个力大无穷的兽医姐姐是夫妻？来感受一下他们的日常。

“现在流行把狗骗进来杀？”

“这俩人高中就认识了，一个学校的！”

“好宠啊！我死了。”

话题在榜单上飘了许久，云知亲眼见到她的粉丝数每秒成百上千地涨，最后竟超过了一百五十万，直逼两百万，以前的微博都被网友翻出，几乎每条微博下面都有上五千条的评论。

她……真的成了一个宠物博主。

云知想着怎么也不能白白冷落了这两百万粉丝，于是每周末抽出一两个小时用来直播。

家里的三只动物聪明讨喜，长得也好看，短短的时间内便吸粉无数，甚至还有了自己的后援会，偶尔带出去，还能撞见粉丝要合照，颇有排面。

时光刹那间飞逝，眨眼又到一年冬天。

云知里面穿着工作制服，外面套着一件厚厚的棉衣，拿着扫把认真地打扫犬舍。

今天烈性犬们的状态有些奇怪，见了她，并没有往日兴奋，就连最喜欢她的雷雨都不敢靠近，趴在窝里小心翼翼地看着她。

如果只有一只狗是这样，还可以解释，但如果全部这样，那就是反常了。

云知困惑，却找不到任何原因，就这样结束了一天的工作，她驱车回家。路星鸣今天加班，要很晚才回来，屋子里三大只老实地窝着。

见她的身影进门，三只动物慢悠悠地从沙发上跳下，伸了个懒腰围坐到门口迎接。

“我回来啦！”云知放下钥匙，踢掉鞋子，准备承受失马的“熊扑”。

然而，她并没有迎来预料中的热烈欢迎，两狗一猫坐在垫子上一动不动，除身后晃动的尾巴外，感受不到它们丝毫的兴奋。

云知眉头一皱，察觉事情并不简单。她换下大衣，弯身摸摸塞翁的脑袋：“你们今天怎么了，不喜欢我了吗？”

基地的狗是这样，家养的还是这样，她不得不怀疑自己身上是不是多了些让它们难受的气味。

如此想着，云知便去浴室洗澡。

塞翁、失马包括“大姐大”焉知亦步亦趋地跟在后头，等她进了浴室后，它们守在门前一动不动。

云知刚拧开水龙头，就听见门外传来焉知的叫声。

焉知是只高冷、内向的猫咪，长大后大多数时间都很高雅、安静，除和路星鸣拌嘴外，几乎不怎么叫。

此时它的声音带了几分尖锐与焦躁，似是在为什么不安。

热水打在身上非常舒服，云知满足地感叹，冲门外喊：“焉知不要叫了，我淹不死。”

“喵！”

“我马上就出去了，你乖，不要叫。”

“喵呜。”它不依，叫得一声比一声大。

云知没了办法，快速洗完澡，打开了门，瞬间对上三个守门神，她一阵无语。

焉知那双漂亮的绿猫眼看着她，张张嘴，连连喵呜，像是在责怪她为什么进去那么久。

云知摸了摸它，坐到梳妆台前涂护肤品。

三只“门神”继续跟着，忧心忡忡的样子。

云知一阵奇怪，她总算忍不住拍照发了微博。

一朵云：今天遇到了世纪难题，家里的小动物一直这样跟着我，包括基地的军犬都对我不热情了，奇怪。

微博发出没几秒，就有了回复。

“听说小动物可以感知到人体变化，云知是不是生病了？”

“是啊，最好去医院检查一下！”

“嘿嘿，那也不一定啊，万一是怀孕了呢！”

这些评论被云知一条一条地翻过，让她检查身体的呼声最高。

她摸着小肚子一脸深沉，生理期好像……是推迟了一段时间。

云知苦恼地挠挠头，见时间还早，穿上衣服去药店买了一盒验孕棒。

她第一次用这个，没什么经验，捣鼓许久才弄好。害怕搞错，她特意多用了两根，之后将三根验孕棒摆在桌上，静静地等待结果出来。

三分钟过去，验孕棒上呈现出两条杠，结果显示——她怀孕了。

她要当妈妈了……

惊喜来得太过突然，让她除震惊外，再也没有其他反应。

云知捏着验孕棒僵坐在椅子上许久，直到焉知喵喵叫，才愕然回过神。

她、她是妈妈了！

兴奋取代错愕，喜悦之情化作笑意染上她的眼角眉梢。她笑得开怀，捧着脸在原地蹦跶起来。

跳了几下后，云知恍然惊觉她现在不能有太多的动作，于是立马停下，捂着肚子，慢慢地坐回到椅子上。

云知深吸一口气，她肚子里有学长的小宝宝，不能太激动，不能太激动，不能太激动。

砰，楼下传来响动，是开门声，路星鸣似乎回来了。

云知的眼睛亮起，唰地起身向楼下狂奔，跑步的姿势迅猛又狂野。

“学长！”她跑下楼梯，张开双臂飞扑到刚进门的男人怀里。

路星鸣身上冰冰凉凉的，肩头满是冬日的冷气。云知丝毫不觉得冷，双腿紧紧地缠在他的身上，激动得小脸通红。

她的眼睛很亮，比往日都亮。

路星鸣踢掉脚上的皮鞋，抱着她进入客厅：“怎么还不睡？”他睨一眼墙上的钟表，时针已指向“11”的位置。

云知牢牢地环着路星鸣的脖子，说：“我在等你。”

路星鸣挑眉，轻笑：“我只是加班一天，你就想我了？”

她抿了抿唇，没说话，默默地将攥在掌心的验孕棒递了过去，大眼睛眼巴巴地盯着他，等他的回应。

男人看了几眼后，突然放下她向门外走去，她一愣，急忙叫住：“你去哪儿？”

路星鸣头也未回，只留下清冷的三个字：“买奶粉。”

现在还太早了啦！

路星鸣早早做好了迎接新生儿的准备。

他亲自设计了婴儿房，花里胡哨的玩具买了一堆，各种宝宝的衣服买了十几套，就连月子中心都提前安排好。如今万事俱备，只等着几个月后孩子出生。

考虑到职业的特殊性，云知在怀孕六个月时，就被路星鸣忽悠着请了产假，每天窝在家里安心养胎。

她并没有太剧烈的孕期反应，能吃能喝，睡得也香，根本用不着别人操心。偏偏路星鸣忧虑重，常在上班时间背着教授给她打视频电话，各种嘱咐，听得人耳朵生茧子。

六月份的上京城天气炎热，别说人，就连狗都不乐意去院子里玩。

云知懒洋洋地躺在沙发上看电视，估计是天气太干燥，她口中生涩，格外想吃凉凉的东西，但是，路星鸣不让她吃……

电视上刚巧在播放一则冰激凌广告，她直愣愣地盯着，口水一口接着一口地往下吞。

云知咂吧两下嘴，按捺不住馋虫，拿上钱包，穿上拖鞋出门去了。

路星鸣和小区超市的大爷混得熟，她肯定不能去那儿买。思来想去，她特意多走了十分钟，去了隔壁小区的超市。

超市的冰箱里的雪糕品种很多，花花绿绿的包装袋子勾得人心里痒痒的。

“小姑娘要买哪根？”售货阿姨一脸慈祥，“这边是新口味，要不要尝尝？”

哼，小孩子才做选择，她是大人了，大人全都要！

云知特别豪气地一指：“我要这个大桶的，还有那个，再给我拿一盒冰镇草莓。”

“得！”大娘很快把东西包好送到她的手上，“小心拿，别掉了。”

云知付了款，迫不及待地接过袋子，犹豫几秒，说：“阿姨，我能坐在您这儿吃吗？”

路星鸣的下班时间不太固定，有时候回来得早，有时候晚，她害怕回家吃被发现，路上吃有可能遇见眼线，到时候被他知道就麻烦了。

“欸，成。”大娘拿了张小马扎过来，“坐这儿。”

“谢谢阿姨。”云知甜甜地笑了一下，扶着腰坐下，满心欢喜地吃起了她心心念念的冰激凌和小草莓。

杧果牛奶味的冰激凌入口即化，清爽的凉意瞬间驱散夏日带来的燥热。她舒服地呵出一口凉气，又用牙签叉了块草莓放在了嘴里。

草莓甜滋滋的，她幸福地眯起了眼。

云知坐在超市门口，左一口草莓，右一口冰激凌，吃得好不开心。

柜台后面嗑瓜子的阿姨一个劲儿地瞅着她，最后忍不住提醒：“姑娘，怀孕吃太多凉的不好。”

“没事，我身体好。”云知低着头，满不在乎地说。

她怀孕到现在连孕吐都少有，一直以来是路星鸣太紧张了，担心这个，担心那个，活像是个老大爷。

草莓吃完，云知将垃圾丢入垃圾桶，临走前买了一块口香糖，边嚼边向家里慢悠悠地走。

晌午的街头空无一人，烈阳高照，马路像烧着般滚烫，热度透过拖鞋传到脚心。

云知正走着，身后响起汽车鸣笛声，云知以为挡了路，立马向一边移动。

下一秒，车子不疾不徐地挡在云知的跟前，她狐疑地扭头，透过那半敞的车窗，驾驶位上的韩厉冲她扬起嘴角轻笑。

云知先是一愣，接着笑了："韩厉！"

韩厉微抬下巴："上车。"

云知刚巧觉得累了，毫不犹豫地拉开车门坐了上去。

"你不是去新疆执行任务了？怎么回来了？"

"昨儿回来的，今天休假没事，就来看看你。"韩厉车速放得很慢，见她一头汗水，又贴心地把空调的温度调得低了些，省得冷热交替让人感冒，"你一个人出来做什么？"

"出来走走。"云知瞥了一眼镜子，确定脸上没有留下罪证，放心地收敛视线，"我以为你会先去颜瑟姐那儿，没想到来找我了。"

"颜瑟姐哪有我家小傻姑重要。"韩厉摸了摸云知的头顶，"路星鸣不在？"

云知说："他今天有会议要开，也不知道开到什么时候。"

韩厉冷哼："老婆怀孕都不懂得看着点，废物。"

云知早就习惯了他们两人时不时的明嘲暗讽，对此睁一只眼、闭一只眼，就当啥也没听见。

"那你中午吃了吗？"韩厉又问。

云知摸了摸自己圆滚滚的肚皮，点头："吃了。"

"吃的什么？"他拧眉，"没吃凉的吧，我妈说孕妇不能吃凉的，会流产。”

刚吃完凉的云知心虚地看向窗外：“没、没吃。”

韩厉经验丰富，早不像少年时期那样单纯好骗，他一眼看出云知在撒谎，眼睛一眯，车子驶入车库停下，目光灼灼地看着她：“喂，韩云知。”

云知慌了，又是摆手又是摇头：“我、我、我没吃，我没吃冰激凌，你别告诉路星鸣，他肯定会生气的。”

得，他这还没打电话，她就全招了。

云知小脸一拉，蔫蔫地垂下了头，委屈地控诉：“学长什么都不给我吃，我嘴馋，就偷偷吃了一点，真的，就一点！”就那么“亿”点，她没撒谎。

说话间，熟悉的车影缓缓地驶入大门，路星鸣回来了。

云知心里咯噔一下，一把抓住韩厉，神色慌张：“你是我侄儿，你不能出卖我，你不能告诉路星鸣我吃凉的，知道吗？”

韩厉朝天翻了个白眼，懒散地说了句“知道了”后，开门下车。

路星鸣也从车上下来，男人在这大热天依旧穿着西装，外衣被他搭在了臂弯处，衬衫扣子解开两颗，贴在脖子上的几缕发丝隐约被汗水浸湿。

韩厉抬手打了个招呼，路星鸣扫了他一眼，视线放在了云知的身上。

“我刚才出去溜达了一圈，回来刚巧碰见了韩厉。”云知眼不眨、气不喘地撒着慌，为保证可信度，刻意紧盯着路星鸣的眼睛。

“没有趁着我不在的时候偷吃东西吧。”夏日中，男人清冷的声音似冰沙薄荷，微冷中带有浅浅的沙哑。

云知摇头：“没有，我可乖了。”

听后，韩厉嗤笑了一声，云知抬脚，狠狠地踩了上去。

韩厉表情瞬间变了，拧巴着脸不敢吭声。

三人回屋，口干舌燥的韩厉直奔厨房，拿出一瓶冰镇啤酒一饮而尽。

他咕噜咕噜地喝得香，云知眼巴巴地看着都觉得香。

呜，她也想喝冰冰凉凉的饮料。

“喝点水。”路星鸣递来一杯凉开水。

云知嫌弃地撇了一下嘴，不情不愿地喝下半杯。

“你今晚住这儿还是走？”路星鸣问韩厉。

韩厉不假思索：“住着吧，正好我爸让我回家相亲，能在你这躲一下。”

路星鸣颔首：“晚上想吃什么，我给你们做。”

韩厉想了想：“火锅？”

云知眼睛一亮，路星鸣否决：“容易上火，换一个。”

韩厉又想了想：“烧烤？”

云知眼睛又是一亮，路星鸣再次否决：“油太大，孕妇吃太多不好。”

韩厉没了耐性：“那你还问什么啊！”

路星鸣拉开冰箱的柜门，说：“我就是客气一下，你别当真。”

韩厉冲路星鸣的背影竖起中指，愤愤地躺在沙发上撸猫。

路星鸣嘴里说着客气，但还是做了一桌好菜，其中糖醋排骨、辣子鸡都是韩厉爱吃的，鲫鱼汤、水果沙拉是给云知做的。

满桌菜系丰盛，可韩厉总觉得少了些什么，咂咂嘴：“是不是没啤酒了？”

吃肉不配酒，白活二十五。

路星鸣低头给两人盛饭，轻声说：“喝酒对孕妇不好。”

“可这和我有什么关系？”他又没怀孕。

“你当着她的面儿喝，她会馋。”路星鸣说，“再说，你刚才不是喝了？差不多得了。”

这话无法反驳，韩厉闷头吃饭，不敢多说话。

碗筷是韩厉洗的，夫妻两人坐在客厅一边看电视，一边吃水果。

自怀孕后，云知食欲大增，那张小嘴从饭后就没停过。

她一个人吃了一个苹果，一串葡萄，车厘子半盒，眼看着果盘里的东西逐渐减少，路星鸣沉声说：“老婆。”

云知忙于看动画片，对他的呼唤只是轻轻“嗯”了一声。

“别吃了，给我和你侄子留点。”

云知咀嚼的动作停下，看了一眼桌上的垃圾，后知后觉地发现她吃得好像是有那么一点多。把嘴里最后剩下的东西咽下后，云知一把将果盘推了过去：“给你。”

路星鸣轻轻咬了一颗葡萄，她眼睛一眨不眨地瞅着他。

路星鸣又拿起一颗小葡萄，云知继续盯着他看。

“好吃吗？”她连连吞咽唾沫，眼神里的渴求变成了炽热的火，灼灼地烧在路星鸣的脸上。

“好吃。”

云知舔了舔嘴唇，尽管刚吃了一串葡萄，但她还是问：“什么味道呀？”

路星鸣将葡萄皮丢至垃圾桶里，睨了她一眼，唇边染上一抹薄薄的笑意。他俯身亲了上去，舌头撬开她的嘴唇窜了进去。

他舌尖上有葡萄的甜意，凉丝丝的。

热吻结束，路星鸣缓缓地将她松开，双眼里涌着暗潮：“就是这个味道。”

云知怔怔地半张着嘴，回过神后，一头扎到了他的怀里，死死地搂着他的腰不松开。

路星鸣亲亲她的头顶，眸色暗沉：“云知，我们晚上要不要……”

云知低着头，脸一红，刚要说“好”时，从沙发后面传来尖叫：“啊！”韩厉震惊地大喝，“你们注意点好不好？我是个小孩，见不得这些！”

啧，坏事精。

路星鸣烦躁地松开云知，没好气地指挥：“狗还没喂，你顺便把我买的骨头煮了，不用放盐。”

“我是你爹？要伺候你？”

路星鸣懒洋洋地靠着沙发：“爹，麻烦帮你儿子煮一下骨头。”

因为这声“爹”，韩厉满足地去厨房煮骨头。

可是，煮着煮着，他意识到不对劲，路星鸣是不是骂他是狗啊？

半夜时，云知的肚子疼了起来，一阵接一阵的抽痛感很快将她惊醒。

身旁的路星鸣在熟睡，她害怕吵醒他，小心翼翼地翻过身，捂着肚子蜷缩成一团，静静地等待着痛楚过去。

结果她越忍，肚子疼得越厉害。

她紧咬着牙齿，痛苦难忍地溢出低吟声。

啪嗒，桌上的台灯突然亮起，橘黄色的灯光点亮房屋，她恍惚许久，这才半眯着眼，慢慢地扭头看了过去。

路星鸣脸上的睡意未散，眼底却有了三分清明。

“不舒服？”也许是刚醒来的原因，他的嗓音听起来格外沙哑。

云知疼出一身的汗，脸蛋苍白，有几缕黑发粘在侧脸，一双漆黑的眸蒙着一层雾蒙蒙的湿意，她抱着肚子，身体微抖。

“肚子疼……”云知语气无力，想到白天吃的两桶冰激凌，垂着头不敢看他的眼睛。

“哪儿疼？”路星鸣的手摸了过来。

“胃。”

路星鸣手指上移，轻轻一按，她立马哼唧出来，把他的手推开，再也不让他碰。

路星鸣俊眉轻皱：“我不在的时候，你吃什么了？”虽是问话，语气却格外笃定，似是料定她会在外面偷吃。

云知可怜兮兮地把脑袋滚在了枕头下，不吭声。

“你到底吃什么了，我不是说过你怀孕期间不能乱吃东西吗？”路星鸣声调低沉，强势逼问的语气格外有压迫感。

孕妇的情绪本就敏感，加上身体难受，她绷不住想哭。

“你……你别凶我。”云知抬着眼，泪珠像是马上要从眼里滚落一样，神情委屈，“我就吃了冰激凌。”

她看起来很可怜，路星鸣不觉间放柔嗓音：“还有呢？”

云知怯生生地答：“两桶冰激凌。”

两桶……

路星鸣喉头一噎，一口气差点没提上来：“除了这个呢？”

“还有一盒草莓。”她抿抿唇，“就这些，没了。”

就这些？看她这个态度，她还觉得自己吃少了！路星鸣差点被气笑。

他掀开被子下床，云知心里一紧，急忙叫住：“你去哪儿？”

“烧水。”孕妇不能使用药物止痛，如今只能多喝热水来缓解症状。

水很快烧好，云知半躺在床上，捧着水杯小口小口地喝着。路星鸣盘腿坐在身前，耐心地按摩着她手腕正中的内关穴。

他面无表情，动作却是极其温柔的。

云知抱着水杯，湿润的杏眼望着他，心尖儿变得暖烘烘的。

突然外面响起敲门声，路星鸣喊了声“进”，韩厉推门而入，他还没彻底睡醒，双眼惺忪：“你怎么了？”

云知微微仰起头：“抱歉，是不是吵醒你了？”

韩厉点了一下头，其实路星鸣出门时并没有弄出多大动静，怪就怪他哪怕睡觉时都会保持警惕，细微的动静都会把他吵醒。

韩厉打了个哈欠，瞥了眼她手上冒着热气的水杯，嘴角向上扯出一个嘲弄的弧度：“偷偷吃冷的，现在知道难受了吧。”

“我都这样了，你还说风凉话……”她摸了摸胃部，也不知是喝热水喝的，还是按摩奏效了，抽痛感缓解许多。

“用不用去医院，去的话，我现在去开车。”

眼看韩厉要下去，云知连忙叫住：“不用，我现在好很多了，你快去睡吧。”

韩厉临走时不放心地看了她一眼：“真没事？”

“没事。”云知摇头，“有路星鸣陪着呢。”

韩厉余光扫过一旁静默不语的男人，有他守着的确是挺让人放心的。

韩厉揉揉眼，折回房间继续休息。

喝完两杯水，云知半卧回床上，盖好被子，再次合眼，路星鸣在后面将她紧紧地抱住。

估计是水喝得太多，她又忍不住想去厕所，连续跑了四五次后，她总算不好意思了。

她翻身面对着路星鸣近在咫尺的精致英俊的眉眼，手指头在他的嘴唇上来回拨弄。路星鸣眉心竖起两道褶皱，一把抓下她的手。

“学长……”

“嗯？”路星鸣困得厉害，淡淡的尾音满是疲惫。

云知满眼心疼：“明天我们要不分床睡吧？”

话音刚落，路星鸣眼睛睁开。

“怀孕后我经常起夜，最近还老爱抽筋，每次都吵得你睡不好。”云知心里过意不去。

她晚上很闹腾，路星鸣又睡眠浅，每次她半夜腿部抽筋，他总会爬起来给她按摩。她自己不上班倒是无所谓，可他白天还有工作，长时间这样下去，肯定吃不消。

“不吵。”路星鸣抱住她，下巴轻轻地在她的发丝上摩挲，闭着眼说，“快睡，小心把宝宝弄醒。”

云知轻轻一笑：“宝宝才不会醒。”这话还没说完，肚子就被轻轻地踹了一下。

她眉头一拧，控诉：“路星鸣，你儿子踢我。”

路星鸣懒懒地睁开一只眼，略觉得好笑“你这么快就确定性别了？”

云知摸着圆滚滚的肚皮，满心向往：“学长小时候那么可爱，学长的儿子也一定很可爱。他要和你长得一样高，一样好看，一样聪明。”

路星鸣嘴角慢慢上扬：“我在你心里就那么好？”

“嗯。”云知重重地点头，“学长最好了！所以，我希望宝宝和你一样好，千万不能像我这么笨。”

路星鸣伸手在她的嘴唇上不轻不重地掐了一把，低声警告：“不准说我老婆的坏话。”他像抱小孩一样把她的身体完全箍在怀里，一字一句地说，“我的妻子好过所有。”

她是世间一切都比不上的明月，是被他藏在心头珍爱的宝物。

“云知。”路星鸣亲亲她小巧的鼻尖，嗓音暗哑，缓缓地开口，“我永远爱你。”

深情的告白抵消掉夜色孤寂，她心里有花在开，有阳光盛放。

云知拉着他的手放在了自己隆起的腹部上：“也要和宝宝说，不然他会不开心。”

路星鸣一脸固执：“不行，我只和老婆说‘爱你’。”

云知一愣，滚在他的怀里偷偷地娇笑起来。

路星鸣眉眼带笑，把她抱紧：“晚安，老婆。”

云知揉揉眼皮，回搂过去：“晚安，老公。”

寂静中，他又暗暗警告：“不准再背着我偷吃东西。”

云知哽住，这男人怎么这么计较！

番外篇 宝宝

她是他年少时的钦慕，是如今的欢喜；
今后不离，直到魂归土里。

云知的第一个孩子诞生于九月中旬，大名“路挽星”，小名“羊羊”。前者是云知取的，后者是韩厉取的。这两个名字，路星鸣都不喜欢，可是他们执意要这么取，他只能无可奈何地应允。

羊羊的容貌和性格都随了云知，长得白嫩可爱，笑容恬静，待人温柔又包容，就像是一轮小太阳，不管走到哪里，都能收获到大批注视和赞扬。

她很聪明，年纪小小的，却学什么都快，这点倒像路星鸣。因为聪明，她平常什么都会自己打点好，根本不需要大人太操心。

明明才三岁，却懂事得像个大孩子。

路星鸣疼爱女儿，觉得她太省心也不好，于是闲暇时就和云知带着她玩幼儿游戏，比如拼图。考虑到闺女的智商，路星鸣准备的是中等难度的拼图，一家三口各持一份，谁先在规定的时间内拼出来，谁就赢。

三人围坐在地毯上各自努力，路星鸣明显在让着她们，速度极为缓慢。羊羊趴在路星鸣的身旁，一大块拼图眼看着也要完成。

云知对这些不擅长，折腾半天，连个老虎头都没拼出来。

路星鸣快完成了，羊羊看了看手上的拼图，又看了看云知的，小手拉了拉路星鸣的袖子。

他会意，凑了过去。

“爸爸，妈妈好像有点笨哦。”

路星鸣点了点她粉嫩的鼻尖，低声警告：“不可以说我老婆笨。”

羊羊眼珠子转了转，在他的耳边轻轻嘟囔：“那爸爸，我们先不要拼出来。”

小姑娘一脸忧心：“我们让着点妈妈，免得她倒数第一会难过。”

路星鸣眼底染上笑意，大手轻轻地抚了抚女儿柔软微鬈的发丝后，瞥向云知，问：“用我帮忙吗？”

云知捏着拼图方块和它做着斗争，对刚才父女俩的悄悄话压根儿没放在心上，看着地上混乱的拼图，一脸为难：“这个……这个太没意思啦，我们玩别的吧！”

家里的大人小孩都宠着云知，自然没有异议，同意了。

于是，在接下来的猜拳、你画我猜、智能闯关等游戏，都以云知的落败而告终。

云知深深地意识到……她似乎并不擅长这一类游戏，叹息。

一天的时间过得很快，由于第二天夫妻两人要上班，于是睡得也早。

他们刚躺下，房门被敲响，羊羊抱着韩厉给她买的绵羊抱枕走了进来。她没穿鞋，眨巴着大眼睛望着他们。

路星鸣害怕孩子着凉，急忙下去将孩子抱了上来。

“爸爸妈妈，我能和你们一起睡吗？”羊羊从一岁起就不需要家人陪床了，如今提这样的要求实属稀奇。

夫妻俩自然答应，把中间的位置腾给了她。

羊羊环着抱枕倚靠在云知的怀中，声音软糯：“爸爸妈妈下周还能和我继续玩吗，什么都可以。”她话语里有一丝丝落寞。

云知喉头噎了一下，路星鸣很忙，即使是休息日，也不会歇下。

云知有时候也会被叫到工作岗位。两人在家里陪孩子的时间很少。

他们以为羊羊听话、懂事、不需要人陪，其实她内心也是想爸爸妈妈和她多待一会儿的。

云知突然心疼得难受，揪出羊羊怀里的抱枕丢在一边，温柔地把她抱在怀里：“以后每个周末，爸爸妈妈都陪着羊羊出去玩儿好不好？你想去哪里都可以。”

听到这话，小姑娘脸上的阴郁之气刹那间一扫而空，化作笑容绽放在眉眼间。

“其实不用你们陪也可以。”

转变得这么快？

云知和路星鸣对视一眼，不禁问：“你不希望我们陪你了？”

羊羊睫毛扑扇，小手摸了摸云知平坦的腹部：“羊羊是不是就是从这里出来的？”

云知哪里想到她会这么突然问这种问题，顿时哽住，涨红着脸看向路星鸣。

小姑娘不依不饶，一脸探究与好奇："那弟弟也能从这里出来吗？"

弟弟……云知大脑一片空白。

"幼儿园的画画家生了小弟弟，每天陪着画画。羊羊也想要弟弟陪。"

云知哑口无言，正想着如何解释时，路星鸣忽地将羊羊抱起，顺便还抄起玩偶塞在了她的怀里："羊羊想要弟弟的话，就不能和爸爸妈妈睡了。"

羊羊歪歪头："为什么呀？"

路星鸣一本正经："你在的话，弟弟会害羞，不肯跑到妈妈肚子里来。"

羊羊似懂非懂："好吧，那我自己睡。"她回头看了一眼云知被子下的身体，"弟弟要乖乖地去妈妈的肚子里哦。"

云知：羞于见人。

路星鸣哄闺女睡着后，再次返回卧室，未等云知说话，他便关灯蹭过去，长臂轻而易举地将她牢牢地环抱在怀里。

男人胸膛宽厚，沐浴乳清淡的香气萦绕鼻尖，云知攥住他的指尖，与之十指紧扣："你说羊羊会不会很孤单呀？"

女儿过于懂事，知道他们工作忙，尽可能不给他们添麻烦，就算有心事，也选择藏在心里。即使平常韩厉他们会过来和她玩儿，可是在她的心里，最想要的也还是爸爸妈妈的陪伴吧。

云知有些犹豫要不要辞职当全职主播算了，这几年她当宠物博主积攒了不少人气，每个月认真直播的话，收入完全可以赶超路星鸣。这样既能保证收入，又有空陪孩子和家里的猫狗。但是，她又舍弃不下基地的军犬。

云知一个头两个大，路星鸣看出她神色里的纠结，低头亲亲她的发梢："要不考虑一下羊羊的需求？"

"嗯？"

路星鸣说："给她生个弟弟玩。"

云知默然："这哪是想生就能生的……"

路星鸣摩挲着她柔软纤细的手腕，笑得格外意味深长。

十个月后，云知真的生了，生了个弟弟……

有了弟弟，羊羊果真每天开开心心地照顾弟弟，就连换尿片这种事都主动请缨，无怨无悔。

他还没有取名字，羊羊认真思考两三天后，将写有名字的字条偷偷塞到了路星鸣的怀里，还躲着云知，不让她看到。

云知感觉自己被父女俩排挤了，气鼓鼓地跑到一边和塞翁、失马诉苦。

路星鸣忍住想笑的心情翻开字条，落在上面的笔迹稚嫩却整齐，写着的是——路慕知。

很好听，念起来也格外温柔。

路星鸣瞥了一眼旁边和猫狗打闹的云知，抱起女儿："羊羊为什么给弟弟取这个名字？"

羊羊的眸子晶莹水润，声音稚气又认真："我问过老师，老师说'慕'是喜欢的意思。我喜欢妈妈，爸爸喜欢妈妈，以后弟弟也要喜欢妈妈。"她靠着路星鸣，"妈妈生下我和弟弟好辛苦，我们要永远喜欢妈妈。"

羊羊见过云知挺着肚子走不动的样子，也见过她躺在病床上憔悴的样子。她还小，但懂得心疼是什么感受。妈妈生她是恩赐，她会永怀于心。

路星鸣静静地听着她说完，一股暖意流淌在心间。

窗外阳光甚好，宝宝在婴儿床里熟睡，他最疼爱的妻子和女儿在旁边，他已经拥有了全世界最美好的宝藏。

路星鸣亲了亲羊羊的脸蛋："嗯。"他说，"就叫路慕知。"

她是他年少时的钦慕，是如今的欢喜；今后不离，直到魂归土里。

（全文完）